봉선화

봉신연의

6

허중림 지음 ● 홍상훈 풀어 옮김

솔

양임

주왕에게 간언하다가 눈알이
뽑히지만 청허도덕진군에 의해
죽음을 모면하고 하늘과 땅속, 천 리
밖까지 보는 능력을 가지게 된다.

원시천존

천교闡敎를 총괄하며 상나라의 천수가
다하는 시기를 이용해 강상에게 봉신
계획을 수행하도록 한다.

진기

청룡관의 독량관으로 사람의 혼백을
흩어지게 만드는 노란 연기를 내뿜어
전공을 세운다.

태상노군

천교의 대장로로 신계 창설 계획에
적극적으로 가담하지는 않지만
절교가 천교에 정면으로 대항하자
하계로 내려온다.

육압도인

서곤륜의 한선閑仙으로 위기 상황에
나타나 곤륜산 12대선을 구한다.

정륜

도액진인의 제자로 기주후 소호의
설득에 주나라에 귀순하여 전공을
세운다.

토행손

곤륜산 12대선 중 하나인 구류손의
제자로 지행술을 익혀서 땅속을
자유자재로 다닌다.

통천교주

절교의 최고 선인으로 신계 창설
계획에 절교도가 궤멸될 음모가
숨겨져 있다고 보고 천교를 공격한다.

| 선계 3교의 계보 |

천교 闡敎

태상노군
↓
원시천존   연등도인, 강상
↓
남극선옹   등화, 소진

곤륜산 12대선
- 구선산 도원동 광성자 ──────────── 은교
- 태화산 운소동 적정자 ──────────── 은홍
- 건원산 금광동 태을진인 ─────────── 나타
- 오룡산 운소동 문수광법천존 ───────── 금타
- 구궁산 백학동 보현진인 ─────────── 목타
- 옥천산 금하동 옥정진인 ─────────── 양전
- 청봉산 자양동 청허도덕진군 ──────── 황천화, 양임
- 금정산 옥옥동 도행천존 ─────────── 위호, 한독룡, 설악호
- 이선산 마고동 황룡진인
- 협룡산 비운동 구류손 ──────────── 토행손
- 공동산 원양동 영보대법사
- 보타산 낙가동 자항도인

✿ 종남산 옥주동 운중자 ──────────── 뇌진자
✿ 구정철차산 팔보영광동 도액진인 ─────── 이정, 정륜
✿ 오이산 백운동 교곤, 소승, 조보
✿ 서곤륜 육압도인

✿ 용길공주

✿ 신공표

통천교주

벽유궁
- 금령성모 —— 문중, 마씨 사형제 → 일성구군
- 귀령성모
- 다보도인
- 무당성모
- 규수선
- 오운선
- 금광선
- 영아선

일성구군
- 금광성모
- 진천군
- 조천군
- 동천군
- 원천군
- 손천군
- 백천군
- 왕천군
- 장천군
- 요천군

- ✿ 구룡도 사성 ————————— 왕마, 양삼, 고우건, 이흥패
- ✿ 금오도 함지선
- ✿ 구룡도 성명산 여악 ————— 주신, 이기, 주천린, 양문휘
- ✿ 봉래도 우익선
  - 일기선 여원 ————————— 여화
  - 법계 ——————————— 팽준, 한승, 한변
- ✿ 분화도 나선, 유환
- ✿ 구명산 화령성모
- ✿ 아미산 나부동 조공명 ————— 진구공, 요소사
- ✿ 삼선도 세 선녀 ————————— 운소낭랑, 벽소낭랑, 경소낭랑
- ✿ 고루산 백골동 석기낭랑, 마원
- ✿ 장이정광선
- ✿ 비로선

준제도인   접인도인

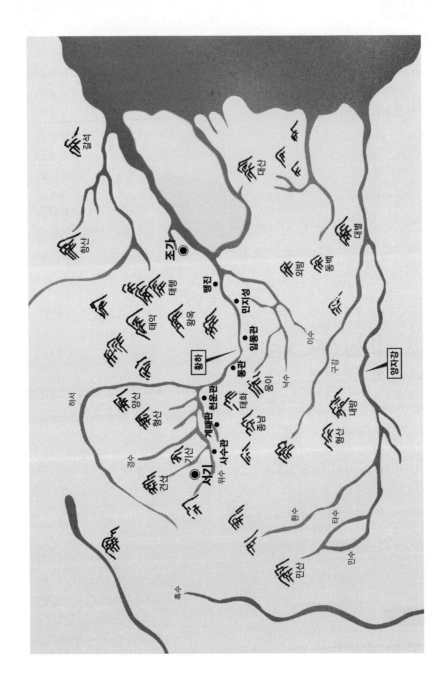

차 례

일러두기

- 이 책은 (明) 許仲琳 編著, 『封神演義』(上海:上海古籍出版社, 2000)를 저본으로 하고 (明) 許仲琳 著, 『封神演義』(北京:中華書局, 2009)와 (淸) 許仲琳 著, 『封神演義』(北京:中國長安出版社, 2003)를 참조하여 원문을 교감한 후 번역한 것이다.

- 이 책에 각 회마다 실려 있는 본문 삽화는 『中國古代小說版畫集成』(北京:漢語大詞典出版社, 2002)에서 발췌한 명나라 때 목판화를 그대로 수록한 것이다.

- 이 책은 기본적으로 전체 완역이지만 가독성을 높이기 위해 "詩曰", "以詩爲證"과 같은 장회소설의 상투적인 표현 가운데 일부는 번역을 생략하기도 하고 본문 가운데 극히 일부의 중복된 서술은 간략히 요약하는 방식을 취했다.

- 이 책에서 주인공의 이름은 본명 표기를 원칙으로 하였기 때문에 원문에서 '자아子牙'와 같이 자호字號를 써서 표기한 것은 '강상姜尙'으로 바꾸었고 '희백姬伯'과 같이 성姓과 작위爵位를 합친 호칭도 '희창姬昌'으로 바꾸는 방식을 일괄적으로 적용했다.

- 이 책에 인용 또는 제시된 원문 가운데 시사詩詞와 부賦를 제외한 산문은 원문을 함께 수록하지 않고 번역문만 제시했다.

- 이 책의 주석은 온전히 역자 개인의 지식을 바탕으로 각종 자료를 검색하여 작성한 것이기 때문에 혹시 있을 수도 있는 오류 또한 역자의 책임이다.

- 이 책에서 저서는 『 』로, 단편 작품의 제목과 편명篇名과 시 및 노래의 제목은 「 」로 표기했다.

두 장수가 신통력을 드러내다
哼哈二將顯神通

각기 유명한 두 장수 만나
청룡관에서 승부를 지었지.
오행의 도술 모두 어깨 견줄 만하고
만겁의 윤회 거쳐 이 생을 함께 살았지.
노란 기운은 소리 없이 장수 쓰러뜨리고
하얀 빛은 그림자 있어 병사를 사로잡았지.
오묘한 법술에는 앞뒤가 없음을 알아야 하나니
큰 난관 닥칠 때는 목숨이 절로 위태로우리라!

二將相逢各有名　靑龍關遇定輸贏
五行道行皆堪並　萬劫輪迴共此生
黃氣無聲能覆將　白光有影更擒兵
須知妙法無先後　大難來時命自傾

그러니까 황천록 등 삼형제가 진기를 포위하고 공격하는데 갑자기 누군가의 창이 진기의 오른쪽 정강이를 찔렀다. 이에 진기가 사정권 밖으로 도망치자 황천록이 뒤쫓았다. 진기는 비록 부상을 입었지만 도술은 마음대로 쓸 수 있어서 탕마저를 치켜들자 비호병들이 우르르 몰려왔고 그가 배 속에 단련해 품고 있던 노란 기운을 내뿜자 황천록은 그대로 낙마하여 비호병들에게 사로잡히고 말았다. 이에 진기는 황천록을 관문으로 끌고 들어갔고 구인은 그를 옥에 가둬두라고 했다. 그 무렵 황천작과 황천상이 영채로 돌아가서 황천록이 잡혀간 사실을 보고하자 황비호는 무척 침울해하며 정찰병을 보내 혹시 참수되어 효수되었는지 알아보게 했다. 잠시 후 정찰병이 돌아와서 보고했다.

"효수되어 있지는 않사옵니다."

한편 진기는 정강이의 상처에 단약을 발랐다.

이튿날 상처가 완전히 나은 구인은 복수를 하기 위해 나섰다. 그는 투구를 쓰지 않고 마치 행각승처럼 황금으로 만든 테를 쓰더니 전포와 갑옷을 입고 말에 올라 창을 들고 주나라 진영으로 가서 황천상에게 나오라고 요구했다. 정찰병의 보고를 받은 황천상이 출전하려 하니 황비호도 말릴 수 없었다. 황천상은 말에 올라 창을 들고 영채 밖으로 나가서 구인을 발견하고 고함을 질렀다.

"구인, 오늘은 반드시 너를 사로잡아 공을 세우고 말겠다!"

그러더니 황천상이 말을 몰아 달려들며 창을 휘둘렀고 구인도 창을 들고 맞섰다. 황천상이 마치 소낙비가 퍼붓듯이 창을 휘두르자 구인은 더 이상 당해내지 못하고 공격하는 체하다가 얼른 고삐를 돌려 관문을 향해 도주했다. 그러자 황천상은 앞뒤를 가리지 않고 쫓아갔는데 갑자기 구인의 정수리 위로 하얀 빛이 피어나더니 그 빛이 갈라지면서 사발만큼 큰 붉은 구슬이 나타나 공중에서 빙글빙글 돌았다. 그때 구인이 소리쳤다.

"황천상, 내 보물을 봐라!"

황천상은 영문을 몰라서 고개를 들어 쳐다보았고 그 순간 정신이 아득해지면서 기절해버렸다. 그러자 상나라 병사들이 달려들어 그를 말에서 끌어내리고 오랏줄로 두 팔을 묶었다. 황천상이 깨어나 보니 이미 사로잡힌 몸이 되어 있었다. 구인은 무척 기뻐하며 승전고를 울리며 관문으로 돌아갔다.

가련하다 소년 영웅이여
한바탕 꿈속의 사람으로 변해버렸구나!

可憐年少英雄客　化作南柯夢裏人

구인은 곧 사령부로 들어가서 자리에 앉아 수하에게 분부했다.

"황천상을 끌고 와라!"

황천상은 병사들에 의해 앞으로 끌려 나오자 분기탱천하여 사납게 고함쳤다.

"역적 구인, 감히 요사한 술수로 공을 세우려 하는 것은 사내대장부가 할 짓이 아니지 않느냐! 내 죽는 것은 아깝지 않으니 마땅히 나라의 은혜에 보답해야 하기 때문이다. 강상 대원수의 병력이 도착하면 비천한 네놈은 온몸이 가루가 되는 재앙을 당할 것이다. 기왕 포로가 되었으니 어서 죽여라! 내 반드시 원귀가 되어 네놈을 죽이고 말겠다!"

"뭣이! 이 역적 놈이 오히려 악담을 퍼붓다니! 네놈이 화살과 몽둥이, 창으로 내게 부상을 입혔을 때는 제법 기분이 좋았을 것이다. 하지만 이제 포로가 되었는데도 목숨을 구걸하지 않고 악담을 퍼부어 나를 모욕하다니!"

황천상은 눈을 부릅뜨고 호통쳤다.

"역적 놈! 네 폐부에 창을 찌르지 못하고 네 머리통을 몽둥이로 부수지 못하고 네 심장을 화살로 뚫지 못한 것이 원통할 뿐이다. 그랬으면 나도 나라의 은혜에 보답하고 충성을 다했다는 칭송을 들을 수 있었으련만 이제 불행히도 포로가 되었으니 오로지 죽음만이 있을 뿐이다. 너는 무슨 구차한 말을 그리 꼴사납게 늘어놓는 것이냐!"

이에 화가 머리끝까지 치민 구인이 수하에게 명령했다.

"우선 이놈의 수급을 효수하고 그 시체는 성 위의 누대에 걸어놓아라!"

잠시 후 정찰병이 주나라 중군 막사에 보고했다.

"사령관, 넷째 왕자님께서 구인에 의해 수급이 효수되고 시신은 성 위의 누각에 걸려 있사옵니다. 어찌해야 할지 군령을 내려주시옵소서!"

그 말을 들은 황비호는 버럭 비명을 지르더니 그대로 쓰러져버렸다. 사람들이 달려가 부축해 일으키자 그가 대성통곡하며 말했다.

"내 아들이 넷인데 무왕 전하를 위해 맹진에서 회합하여 공을 세우지도 못하고 겨우 첫 번째 관문에서 세 아들을 잃었구나!"

황비호는 아들들을 그리워하며 시를 한 수 읊었다.

나라 위해 몸 바쳐 전장에 나왔으니
그 일편단심은 해와 밝음을 다투리라.
드센 도적 소탕하기 전에
좌도방문의 술법에 어린 내 아들 잃었구나!

爲國捐軀赴戰場　丹心可並日爭光

幾番未滅強梁寇　左術擒兒年少亡

일이 이렇게 되자 황비호는 황급히 보고서를 작성해서 전령으로 하여금 밤낮을 쉬지 않고 사수관으로 달려가 강상에게 구원병을 요청하도록 했다. 이에 전령이 며칠 만에 강상의 영채에 도착하자 수문장이 중군 막사에 보고했다.

"대원수, 황 사령관이 파견한 전령이 원문에 대령하고 있사옵니다."

"안으로 데려와라!"

잠시 후 전령이 막사로 들어와 절을 올리고 나서 보고서를 바쳤다. 강상은 보고서를 펼쳐 읽어보고 깜짝 놀랐다.

"애석하게도 등구공과 황천상이 비명에 죽었구나!"

그가 무척 상심하며 애도하는데 등선옥이 통곡하며 막사로 들어왔다.

"대원수, 제가 가서 부친의 복수를 하고 싶사옵니다!"

강상은 허락하면서 선봉장 나타도 함께 가도록 했다. 나타는 무척 기뻐하며 밤낮을 가리지 않고 행군하여 청룡관으로 향했는데 그는 속도가 빠른 풍화륜을 타고 먼저 갔고 등선옥은 뒤를 따라갔다. 나타는 순식간에 청룡관에 도착했으니 바로 이런 격이었다.

순식간에 천 리를 가고
눈 깜짝할 사이에 구주에 이르지!

頃刻行千里　須臾至九州

나타가 영채 앞에 이르러 수문장이 보고하니 황비호가 황급히 안으로 불러들였다. 나타는 중군 막사에 들어가서 절을 올렸다. 그러자 황비호가 말했다.

"내가 병력을 나누어 이곳에 왔다가 불행히도 아들을 잃고 등구공마저 좌도방문의 술법에 걸려 목숨을 잃었네. 그래서 패전에 대한 처벌을 기다리며 구원병을 청했는데 이제 선봉장이 오셨으니 정말 다행일세!"

"아드님께서 일편단심 충성으로 나라를 위해 목숨을 바쳤으니 역사에 길이 이름이 남을 것이옵니다. 그 또한 장군께서 가르치신 보람이 아니겠사옵니까?"

이튿날 나타는 풍화륜에 올라 화첨창을 들고 관문 아래로 가서 싸움을 걸었다. 그때 그의 눈에 황천상의 시신이 들어오자 분노하여 이를 갈았다.

"내 기필코 구인을 사로잡아 똑같이 해주겠다! 여봐라, 성 위에 있는 너, 당장 구인에게 전해라. 일찌감치 목을 깨끗이 씻고 순순히 내밀라고 말이다!"

전령의 보고를 받은 구인은 자기 재간을 믿고 저번처럼 행각승의 차림새를 하고 밖으로 나갔다. 그리고 풍화륜을 탄 장수가 달려들자 소리쳐 물었다.

"네가 혹시 나타라는 놈이더냐?"

"비천한 놈! 황천상은 너와 적대국의 장수로서 피차 자기 나라를 위해 싸우다가 사로잡혔으니 기껏해야 효수하는 정도에서 그쳐야지 무슨 죄가 있다고 시신까지 저렇게 걸어놓았느냐? 내 이제 반드시 너를 잡아서 살을 찢어 젓갈을 담가 황천상의 원한을 풀어주고 말겠다!"

그러면서 그가 화첨창을 내지르자 구인도 창을 휘둘러 맞섰다. 둘이 이삼십 판쯤 맞붙었을 때 구인이 재빨리 도망치자 나타가 추격했는데 그때 구인이 또 머리 위에서 하얀 연기를 피워내더니 그 붉은 구슬이 나타나 공중에서 맴돌았다. 그는 나타도 보통 사람과 마찬가지라고 생각했지 연꽃의 화신인 줄은 꿈에도 몰랐다. 이에 그는 황천상에게 한 것과 똑같이 소리쳤다.

"나타, 내 보물을 봐라!"

그러자 나타가 고개를 들어 쳐다보고는 껄껄 웃음을 터뜨렸다.

"무식한 촌놈 같으니, 이건 겨우 붉은 구슬에 지나지 않거늘 뭘 보라는 게냐?"

구인은 깜짝 놀랐다.

'내가 득도하여 이 진주를 단련하고 나서 장수들을 사로잡을 때마다 성공하지 않은 적이 없는데 오늘 나타는 왜 저것을 보고도 기절하여 쓰러지지 않는 거지?'

그는 속으로 당황하여 어쩔 수 없이 고삐를 돌려 다시 달려들었다. 그 순간 나타가 던진 건곤권이 그의 어깨를 정확히 때려버리자 구인은 힘줄이 끊어지고 뼈가 부러져 안장에 엎어진 채 관문 안으로 들어가버렸다. 나타는 영채로 돌아가서 황비호에게 전과를 보고했다.

한편 토행손은 양곡을 운반하고 나서 대원수에게 보고하고 자기 거처로 가니 등선옥이 보이지 않는 것이었다. 그가 어찌 된 일인지 묻자 무길이 대답했다.

"황비호 장군이 구원병을 청하면서 보고서를 올렸는데 자네 장인께서 전사하셨다는 소식을 알려왔네. 그래서 자네 부인이 그곳으로 간 것일세."

그 말을 들은 토행손은 무척 상심하여 황급히 강상에게서 영전을 수령하고 나서 즉시 양곡 지원병을 이끌고 청룡관으로 향했다. 며칠 만에 그곳에 도착하여 황비호에게 절을 올리자 황비호가 말했다.

"등구공은 좌도방문의 술법에 걸려 전사했고 내 두 아들은 사로잡혔는데 천상이는 역적 구인에게 잡혀 그 시신이 성 위 누대에 걸려 있네. 오늘 선봉장 나타가 구인에게 건곤권으로 부상을 입히기는 했지만 그 역적은 아직 목을 바치지 않았다네."

"제가 오늘 저녁에 황천상의 시신을 훔쳐 와서 관에 안치하고 내일은 구인을 잡아서 복수하겠습니다."

토행손은 막사에서 물러나 등선옥과 재회한 다음 날이 저물자 지행술로 관문 안으로 들어가 먼저 전체를 한 바퀴 둘러보고 태란과 황천록이 옥에 갇혀 있는 것을 발견했다. 이경 무렵이 되어 사방에 인적이 고요해지자 그가 살그머니 옥으로 잠입하여 나직하게 말했다.

"황천록, 내가 왔으니 안심하게. 조만간 이 관문을 점령할 걸세!"

황천록은 그의 목소리를 듣고 무척 기뻐하며 말했다.

"좀 더 서둘러주십시오!"

"그야 당연하지!"

토행손은 곧장 성 위의 누대로 가서 밧줄을 잘라 황천상의 시신을 관문 밖으로 떨어뜨렸다. 그러자 주기가 그것을 거두어 갔고 아들의 시신을 본 황비호는 대성통곡했다.

"젊은 나이에 나라를 위해 목숨을 바쳤으니 정말 애석하구나!"

그는 황급히 관에 시신을 안치하고 생각했다.

'아들 넷 가운데 이제 셋을 잃었으니 오늘은 천작이더러 천상이의 시신을 데리고 서기성으로 돌아가서 아버님을 모시라고 해야겠구나. 그러면 황씨 가문의 대가 끊어지지 않을 테고 나도 충효를 모두 다할 수 있겠지.'

그는 곧 셋째 아들 황천작에게 시신을 운구하여 서기성으로 돌아가게 했다.

한편 나타에게 부상당한 구인은 이튿날 울적한 기분으로 사령부에 앉아 있었다. 그때 성을 순찰하던 병사가 와서 보고했다.

"간밤에 누군가 밧줄을 자르고 황천상의 시신을 훔쳐 가버렸사옵니다!"

그 말을 들은 구인은 시름이 더욱 깊어졌다. 이에 진기가 버럭 화를 냈다.

"제가 출전해서 저놈들 대장을 잡아서 복수하겠습니다!"

그는 곧 비호병을 이끌고 주나라 진영 앞으로 가서 싸움을 걸었다. 그러자 정찰병의 보고를 받은 황비호가 물었다.

"누가 나가시겠소?"

이에 토행손이 나서니 등선옥도 부친의 복수를 위해 뒤에서 지원하겠다고 했다. 부부가 영채를 나가자 화안금정수를 타고 탕마저를 든 진기가 진영 앞으로 나왔다. 그를 보고 토행손이 호통쳤다.

"비천한 놈이 좌도방문의 술법으로 내 장인을 해쳤으니 네놈은 불구대천의 원수로다! 오늘 기필코 너를 붙잡아 복수하고 말겠다!"

진기는 껄껄 웃음을 터뜨렸다.

"썩어빠진 허깨비 같은 네가 무슨 재간이 있겠느냐! 네까짓 놈은 죽여봐야 내 손만 더러워질 뿐이다!"

그러면서 그가 화안금정수를 몰고 달려와서 탕마저를 내리찧자 토행손도 빈철로 만든 몽둥이를 휘두르며 맞섰다. 몇 판 맞붙고 나서 진기는 작은 몸집에 동작도 재빠른 토행손을 금방 이기기 어렵겠다고 판단하고 황급히 탕마저를 치켜들었다. 그러자 곧 비호병들이 일제히 앞으로 달려들었고 그는 토행손을 향해 노란 연기를 내뿜었다. 토행손은 오래 버티지 못하고 털썩 쓰러졌는데 비호병들이 달려들어 그를 사로잡으려 할 때 맞은편에서 그 모습을 본 등선옥이 오광석을 내던지니 미처 방비하지 못하고 있던 진기는 제대로 입을 얻어맞아 입술이 터지고 이가 떨어져나갔다.

"아이쿠!"

진기는 손으로 얼굴을 감싸고 도망쳤고 등선옥은 다시 오광석을 날려 진기의 등짝을 후려쳐 등을 보호하고 있던 후심경後心鏡을 박살 내버렸다. 그 바람에 진기는 안장에 엎어져 도주해야 했다. 한편 토행손은 눈을 떠보니 온몸이 밧줄에 꽁꽁 묶여 있는 것이었다.

"하하, 이것도 나름대로 재미있군!"

진기는 등선옥에게 부상당해 패주하여 관문으로 들어가 구인을 만났다. 구인은 코가 퍼렇게 멍들고 입술은 터져 전포와 허리띠까지 헐렁해진 그의 모습을 보고 다급히 물었다.

"이게 어찌 된 일이오?"

"하찮은 놈 하나를 사로잡다가 어떤 비열한 작자가 몰래 던진 돌에 얼굴과 등짝을 얻어맞아 패주하게 되었습니다."

그러자 구인이 수하에게 말했다.

"사로잡은 장수를 끌고 와라!"

병사들은 토행손을 계단 앞으로 끌고 왔다. 구인이 보아하니 신장이 서너 자밖에 되지 않자 진기에게 물었다.

"이따위 물건은 뭐하러 잡아 오셨소이까?"

그러더니 즉시 수하에게 명령했다.

"끌고 나가 참수하여 수급을 효수해라!"

느긋하게 관문으로 나온 토행손은 병사들이 칼을 내려치려는 순간 몸을 꿈틀하는가 싶더니 어느새 종적이 묘연해져버렸다.

지행의 도술은 원래 종적이 없어

보물 훔치고 관문 몰래 드나드는 개세의 영웅일세!

地行道術原無跡　盜寶偷關蓋世雄

이렇게 되자 병사들은 그저 멍하니 입을 벌리고 눈만 멀뚱멀뚱 뜨고 있다가 이내 정신을 차려 황급히 구인에게 보고했다. 보고를 들은 구인은 깜짝 놀랐다.

"주나라 진영에 그런 기인이 있었구나! 그러기에 여러 차례 서기성을 정벌했는데도 죄다 패배하고 말았던 게지. 황천상의 시신이 없어진 것도 그자가 훔쳐 갔기 때문인지도 모르지. 여봐라, 관문의 경비를 더욱 철저히 하도록 하라!"

한편 토행손은 영채로 돌아가서 황비호에게 보고하고 나서 함께 관문을 함락할 방도를 논의했다. 그때 정찰병이 중군 막사로 들어와서 보고했다.

"세 번째 독량관 정륜이 도착하여 원문에서 대기하고 있사옵니다."

"안으로 모셔라!"

잠시 후 정륜이 들어와서 황비호에게 절하고 말했다.

"대원수의 분부에 따라 양곡과 군수품을 가져왔습니다."

"노고가 많으셨소이다. 이 공적은 장부에 기록해두겠소이다."

"이 모두 나라를 위한 일이 아니겠습니까?"

그러다가 정륜이 토행손을 발견하고 황급히 물었다.

"아니, 토 장군이 여기는 어쩐 일이시오?"

"청룡관에 진기라는 작자가 있는데 그 또한 정 장군처럼 사람을 잡아 가는 재주가 있더이다. 내 장인께서도 그자에게 사로잡혀 목숨을 잃으셨기에 대원수의 허락을 받아 지원하러 왔소. 그런데 그자는 입에서 노란 연기를 내뿜어 사람을 기절시키니 코에서 하얀 빛을 내뿜는 정 장군과는 많이 다르고 오히려 더 편해 보이더이다. 어제는 나도 그자에게 사로잡혀 관문 안에 다녀온 적이 있소이다.”

“이럴 수가! 예전에 사부님께서 이 술법을 전수해주시면서 온 세상에 견줄 것이 없을 것이라고 하셨는데 어떻게 이 관문에 또 그런 기인이 있을 수 있다는 말씀이십니까? 아무래도 제가 직접 그자를 만나서 실력을 알아봐야겠습니다.”

한편 진기는 단약을 먹고 등선옥에게 당한 부상이 하룻밤 만에 모두 나았다. 이튿날 그는 다시 출전하여 등선옥에게 나오라고 요구했다. 그러자 정찰병이 중군 막사에 보고했고 정륜이 나서서 황비호에게 말했다.

“제가 출전하고 싶습니다.”

“정 장군의 임무는 양곡을 운반하는 것인데 그 역시 아주 중요한 일일세. 선봉에 나서서 적을 격파하는 것은 원래 임무가 아니니 자네를 출전시키면 대원수께서 질책하실지도 모르겠네.”

“어느 쪽이나 모두 조정을 위해 공을 세우는 것인데 안 될 까닭이 없지 않습니까?”

황비호는 어쩔 수 없이 허락했다. 그러자 정륜이 화안금정수에 올라 항마저를 든 채 삼천 명의 오아병을 이끌고 영채 밖으로 나갔다. 상대편을 살펴보니 진기도 화안금정수를 타고 탕마저를 든 채 노란 복장에 갈고리와 밧줄을 든 일단의 병력을 거느리고 있었다.
정륜은 의아한 생각이 들어 앞으로 나가서 소리쳐 물었다.

"너는 누구냐?"

"나는 독량상장군 진기다. 그러는 너는 누구냐?"

"나는 독량관 정륜이다. 듣자 하니 네가 기이한 술법을 쓴다기에
겨뤄보려고 왔느니라!"

그러면서 정륜은 화안금정수를 몰아 항마저를 휘둘렀고 진기도
탕마저를 휘두르며 맞서니 일대 격전이 벌어졌다.

두 장수 진세 앞에서 승부를 다투면서
둘이 칼날을 맞대는데 누가 감히 막을 수 있으랴?
이쪽은 머리 흔들며 산을 내려오는 사자 같고
저쪽은 꼬리 흔들며 맹호를 찾는 산예 못지않구나.
이쪽은 흥이 나서 천지를 바로잡으려 하고
저쪽은 일편단심으로 강산을 보좌하려 했지.
하늘이 태어나게 한 한 쌍의 사나운 별신
오늘 아침에 서로 만나 승부를 겨루는구나!

二將陣前尋鬥賭　兩下交鋒誰敢阻

這一個似搖頭獅子下山崗　那一個不亞擺尾猻猊尋猛虎

這一個興心定要正乾坤　那一個赤膽要把江山輔

天生一對惡星辰　今朝相遇爭旗鼓

두 장수는 용호상박의 격전을 벌였다. 이쪽에서 사납게 두 눈을

두 장수가 신통력을 드러내다.

부릅뜨자 저쪽은 빠드득 이를 갈았다. 토행손은 나타와 함께 원문 밖으로 나가 그들의 싸움을 구경했고 황비호도 장수들과 함께 기문 아래에서 구경했다. 정륜은 격전의 와중에 생각했다.

'이놈이 정말 그런 술법을 쓴다면 아무래도 선수를 치는 것이 좋겠구나.'

그러면서 그가 항마저로 허공을 휘젓자 오아병들이 장사진을 이루어 달려들었다. 그것을 본 진기도 탕마저를 흔들자 그의 비호병들이 갈고리와 밧줄을 들고 나는 듯이 달려 나갔으니 그야말로 이런 격이었다.

유능한 자에게는 그를 굴복시킬 유능한 이가 있기 마련이라
오늘 홍 장군과 호 장군°이 서로 만났구나!

能人自有能人伏　今日哼哈相會時

이윽고 정륜의 코에서 두 줄기 하얀 빛이 '쉭!' 하고 쏘아지자 진기의 입에서도 노란 빛이 뿜어졌다. 그러자 정륜은 땅바닥에 쓰러져 황금 모자가 땅에 닿았고 진기도 그대로 낙마해버렸다. 이렇게 되자 양측의 까마귀 병사들과 비호병들은 감히 달려들어 상대를 사로잡지 못하고 각자 자기편 대장을 떠메고 진영으로 돌아갈 수밖에 없었다. 그 모습을 본 토행손과 여러 장수들은 배꼽이 빠지도록 웃었다. 이에 정륜이 탄식했다.

"세상에 이런 기인이 또 있다니 내일은 기필코 승부를 내고야 말겠어!"

진기도 관문으로 돌아가 구인에게 자세한 상황을 보고했다. 구인은 이미 가몽관이 함락되었다는 소식을 들은 터라 마음이 더욱 불안해졌다.

이튿날 정륜은 관문 아래로 가서 싸움을 걸었다. 그러자 진기가 출전하여 말했다.

"정륜, 사내대장부가 뱉은 말은 천금보다 무겁다. 오늘은 술법을 쓰지 말고 각자의 무예만으로 승부를 가리자. 어차피 우리는 만나기 어려운 상대가 아니더냐?"

그러면서 그가 화안금정수를 몰고 달려드니 두 사람은 또 하루 종일 공전의 대격전을 벌였다. 그러나 결국 승부를 내지 못하고 정륜이 돌아오자 황비호는 장수들과 함께 관문을 함락할 방책을 의논했다. 그때 나타가 말했다.

"토행손도 여기에 있으니 오늘 밤에 제가 먼저 관문으로 들어가 대문의 자물쇠를 부수고 적이 방비하지 못하는 틈을 이용해 야간 기습을 하는 것이 최선일 듯합니다."

황비호도 그 말에 동의했다.

"그저 선봉장만 믿겠네."

나타가 계책 세워 무위를 펼치니
오늘 밤 청룡관은 무왕의 수중에 들어오겠구나!

哪吒定計施威武　今夜青龍屬武王

그 무렵 구인은 주나라 병력을 저지하는 데 협력할 장수를 파견해달라는 문서를 작성하여 조가로 발송했다.

　한편 토행손은 일경 무렵이 되자 관문 안으로 잠입하여 옥에 갇힌 황천록과 태란을 은밀히 풀어줄 준비를 했다. 그리고 이경 무렵에는 나타가 풍화륜을 타고 관문 안으로 들어가 성 위 누각에서 벽돌을 던져 대문을 지키는 병사와 장수들을 흩뜨려놓고 그 틈에 재빨리 자물쇠를 부숴버렸다. 그와 동시에 주나라 병사들이 함성을 지르며 성 안으로 쇄도하여 천지가 뒤집어질 듯이 징과 북을 울려대자 성 안은 엄청난 혼란에 빠져서 백성들은 모든 것을 팽개치고 도망치기에 바빴다. 그 소리를 들은 토행손은 즉시 황천록과 태란을 풀어주고 셋이서 함께 사령부를 향해 쳐들어갔다. 아직 잠자리에 들지 않았던 구인은 다급히 말에 올라 창을 들고 나와 살펴보니 등롱과 횃불 속으로 붉은 전포에 황금 갑옷을 입은 무성왕 황비호가 보이는 것이었다. 나타는 풍화륜을 탄 채 화첨창을 휘두르며 다가갔고 등수와 조승, 손염홍도 가세하자 구인은 순식간에 포위당해버렸다. 성 안으로 들어온 정륜은 진기와 맞닥뜨리자 다시 야간의 격전을 벌였으며 황천록은 뒤쪽에서부터 사령부로 들어갔다. 토행손은 빈철 몽둥이를 끌며 구인이 탄 말의 아래쪽을 파고들었는데 그가 말의 급소를 쳐버리자 말이 앞으로 고꾸라지는 바람에 구인도 낙마하고 말았다. 그 모습을 본 황비호는 재빨리 달려들어 창을 내질렀다. 하지만 구인은 흙의 장막을 이용해 도망쳐버렸으니 생사는 미리 정해져 있는지라 그는 이 관문에서 죽을 운명이 아니었던 것이다.

　주나라 장수들에게 포위당한 진기는 나타가 던진 건곤권에 팔을 맞아 몸이 왼쪽으로 약간 기우뚱하더니 황비호의 창에 옆구리를 찔려 비명에 죽고 말았다. 주나라 병사들이 날이 밝아올 때까지 성 안을 휩쓸고 나서 황비호가 병력을 점검해보니 상나라 진영에서 구인 혼자만 빠져나간 상태였다. 이에 황비호는 대청에 올라 방문을 내붙여 백성들을 안심시키고 인구 조사를 철저히 한 다음 장수 몇 명을 남겨서 관문을 수비하게 했다. 그리고 그는 병력을 이끌고 강상의 영채로 돌아갔다. 나타는 그보다 앞서 강상에게 승전보를 전하러 갔고 토행손은 다시 양곡을 조달하기 위해 떠났다.

그 무렵 강상은 중군 막사에서 장수들과 함께 병법에 대해 의논하고 있었다. 그때 갑자기 전령이 달려와서 보고했다.

"대원수, 나타가 대령하고 있사옵니다."

"안으로 들여보내라!"

잠시 후 나타가 들어와서 청룡관을 함락하게 된 과정을 자세히 설명하고 이렇게 덧붙였다.

"그래서 제가 먼저 승전보를 알리러 왔사옵니다."

강상은 무척 기뻐하며 장수들에게 말했다.

"내가 이 두 관문을 먼저 함락한 것은 양곡 운송을 원활하게 하기 위해서였소이다. 이 관문을 확보하지 못해서 주왕의 군대가 양곡 운송로를 끊어버린다면 전진도 못하고 후퇴도 못하는 상황에 빠질 뿐만 아니라 앞뒤로 적을 상대해야 하는 문제가 생기기 때문이지요. 이래서는 승리를 장담할 수 없기에 대원수로서 이 문제를 먼저 살펴야 했소이다. 다행히 이제 두 관문을 모두 확보했으니 근심거리가 사라진 셈이라 할 수 있겠소이다."

"정말 빈틈없는 계책이십니다!"

그때 수하가 들어와서 보고했다.

"황비호 장군이 대령하고 있사옵니다."

"안으로 모시게!"

잠시 후 황비호가 들어와서 절을 올리자 강상이 그의 공적을 축하했다. 그러다가 등구공과 황천상이 보이지 않는 것을 알고는 마음이 무척 착잡해져서 탄식했다.

"애석하게도 이렇게 충성스럽고 용맹한 분들이 우리 무왕의 녹을 더 이상 받지 못하게 되었구려!"

강상은 중군 막사에 술상을 차리게 하여 성대한 잔치를 열어주었다.

이튿날 강상은 신갑에게 사수관에서 전투를 개시하자는 내용이 담긴 문서를 보내도록 했다.

그 무렵 사수관의 사령관 한영은 강상의 군대가 영채에서 움직이지 않고 병력을 나누어 먼저 가몽관과 청룡관을 공략한 사실을 알고 황급히 정찰병을 보내서 상황을 알아보게 했다. 얼마 후 정찰병의 보고가 올라왔다.

"두 관문은 이미 함락되고 말았사옵니다."

이에 한영이 장수들에게 말했다.

"지금 주나라가 두 관문을 점령해서 사기가 한창 올랐는데 우리는 정확히 중간에 위치해 있기 때문에 서로 협력하여 수비에 치중해야지 함부로 힘을 내세워 전투를 하는 것은 좋지 않을 듯하오."

그러나 장수들은 저마다 불만스러운 표정으로 한바탕 목숨을 건 결전을 벌이려고 했다. 그 와중에 전령의 보고가 올라왔다.

"강상이 전령을 통해 전투를 청하는 문서를 보내왔사옵니다."

"들여보내라!"

잠시 후 신갑이 대전 앞으로 와서 강상의 서신을 바쳤고 한영이 펼쳐보니 거기에는 이렇게 적혀 있었다.

주나라의 봉천정토천보대원수 강상이 사수관의 사령관에게 알리오.

천명이란 늘 일정하지 않아서 오로지 덕이 있는 자만을 보살핀다고 했소. 이제 상나라 왕 은수는 음란하고 흉포하여 천하 백성을 학대하고 있어서 위로는 하늘이 근심하고 아래에서는 백성이 원망하고 있소. 또 천하가 분열되어 제후들이 반란을 일으키니 백성의 삶은 도탄에 빠졌소.

오직 우리 주나라 무왕께서 하늘을 대신하여 삼가 토벌을 감행하려 하니 진군한 지역의 백성은 순복하고 강한 힘을 믿고 설치던 이들도 순순히 목을 바치고 있소. 가몽관과 청룡관의 관리들 또한 하늘을 거스르다가 장수들은 모두 목이 베이고 깃발이 꺾였으며 백성은 주나라에 귀순했소. 그리고 이제 주나라의 병력이 이곳에 이르렀기에 특별히 이 편지를 보내 알리나니 대적하든지 투항하든지 조속히 현명한 결단을 내림으로써 스스로를 망치는 일이 없도록 하시오.

이상이오.

한영은 즉시 그 서신에 "내일 전투를 개시하겠소"라고 답장을 썼다.

신갑이 서신을 받고 돌아와서 보고하자 강상은 병력을 정비하여 전투를 준비했다. 그날 밤은 별다른 일 없이 지나갔다.

이튿날 강상은 포성을 울리며 병력을 이끌고 원문 밖으로 나가 진세를 펼치고 관문 아래에서 싸움을 걸었다. 정찰병의 보고를 받은 한영이 황급히 병력을 점검한 다음 포성을 울리고 관문 밖으로 나가 좌우로 장수들을 포진하고 보니 강상의 병력은 규율이 엄정하고 모두들 영웅의 기상이 넘쳐났다. 이를 묘사한 「자고천鷓鴣天」이라는 노래[詞]가 있다.

뭉게뭉게 살기 피어나 만 리에 뻗고
깃발과 창칼에 차가운 빛 투영된다.
용맹한 병사는 고리 세 개 달린 칼을 들고
호랑이 같은 장수는 말안장에 한 길 여덟 자 창을 걸쳤다.
군대의 규모는 엄청나고
병사들도 일사불란하여
징 소리 북소리 늑대 울음처럼 사납게 울린다.
동쪽을 정벌하여 서른 차례 격전을 벌였는데
사수관의 전투가 그 첫 번째였지.

殺氣騰騰萬里長　旌旗戈戟透寒光
雄師手仗三環劍　虎將鞍橫丈八槍
軍浩浩　士忙忙　鑼鳴鼓響猛如狼

한영은 말에 탄 채 강상을 향해 공손히 말했다.

"대원수, 안녕하십니까? 천하의 모든 이가 천자의 신하라고 했거늘 대원수께서는 왜 명분도 없이 군대를 일으켜 아랫사람으로서 윗사람을 능멸하며 상나라에 반역을 일으킨 것이오? 제가 대원수라면 그런 무모한 일을 벌이지 않았을 것이외다!"

"하하! 그것은 잘못된 말씀이외다. 군주가 올바르면 천하의 선비들이 본분에 맞는 자리를 지키겠지만 군주가 올바르지 못하면 하찮은 사람 하나라도 얻을 수 없는 법이오. 그리고 천명이라는 것이 어찌 늘 한곳에만 일정하게 머무를 수 있소이까? 오로지 덕이 있는 사람만이 군주 노릇을 할 수 있는 것이 아니오? 옛날 하나라 걸왕이 폭정을 일삼아서 상나라 탕왕이 그를 정벌하고 대신해서 천하를 다스렸소. 그런데 지금 주왕은 그 죄가 걸왕보다 더 무거워서 천하의 제후들이 반란을 일으키고 있으니 우리 주나라가 특별히 하늘을 대신하여 죄를 다스리고자 하는 것이오. 이는 천명인지라 그것을 어기는 것은 주왕과 똑같은 죄를 저지르는 것이 아니겠소!"

"뭣이! 강상, 나는 네가 현명하고 고상한 인물인 줄 알았는데 알고 보니 요사한 말로 대중을 현혹하는 작자였구나! 대체 얼마나 대단한 재주를 가졌기에 감히 그런 큰소리를 치느냐? 여봐라, 누가 나가서 저 작자를 잡아 오겠느냐?"

그러자 옆에 있던 선봉장 왕호王虎가 말을 몰고 달려 나가 칼을 휘둘렀고 그 모습을 본 나타는 풍화륜을 몰고 나가 화첨창을 휘두르며 맞섰다. 이에 양쪽 진영의 병사들이 탄성을 터뜨리면서 북소리와 뿔피리 소리를 일제히 울려댔다. 하지만 몇 판 지나지 않아서 왕호는 나타의 창에 찔려 낙마하고 말았다. 이번에는 위분이 말을 몰고 나가 창을 휘두르며 곧장 한영을 공격하니 그는 들고 있던 방천극으로 맞섰는데 위분의 창술이 맹호처럼 사나운지라 이미 왕호의 죽음으로 사기가 꺾인 한영은 싸울 마음이 사라져버렸다. 그 순간 강상이 병력을 몰고 공격하자 한영은 더 이상 감당하지 못하고 관문 안으로 패주했다.

한영은 관문을 닫고 조가에 급보를 전하는 한편 방어 전략을 짜느라 고심했다. 그때 갑자기 수하의 보고가 올라왔다.

"칠수장군 여화가 대령하고 있사옵니다."

그 말에 한영은 무척 기뻐하며 황급히 분부했다.

"안으로 들여보내라!"

잠시 후 여화가 대전 앞으로 와서 절을 올리자 한영이 말했다.

"여 장군이 패전하고 황비호가 이 관문을 빠져나갔는데 그 뒤로 어느새 몇 년이 지났구려. 뜻밖에 그가 힘을 길러서 오히려 지금은 강상과 함께 병력을 셋으로 나누어 가몽관과 청룡관을 모두 점령해버렸소이다. 어제는 나도 나가서 전투를 벌였지만 패전하고 말았으니 이를 어쩌면 좋겠소?"

"나타에게 부상을 입고 봉래도로 돌아가 사부님을 뵙고 한 가지 보물을 단련해 왔으니 이번에는 전날의 복수를 할 수 있을 것입니다. 주나라에 천만 명의 병력이 있다 한들 이제 한 놈도 살아남지 못할 것입니다."

그 말을 들은 한영은 무척 기뻐하며 곧 술상을 차리게 하여 여화를 접대했다.

그리고 이튿날 여화는 주나라 진영으로 가서 싸움을 걸었다. 이에 강상이 자원할 장수를 찾자 나타가 즉시 나섰다.

"제가 다녀오겠사옵니다."

나타는 곧 풍화륜에 올라 화첨창을 들고 나가서 여화를 알아보고 소리쳤다.

"여화, 꼼짝 마라!"

원수를 만난 여화도 화가 치밀어 얼굴이 시뻘겋게 달아올라서 더 이상 말을 섞지 않고 화안금정수를 몰고 달려들어 방천극을 휘둘렀다. 둘이 이삼십 판쯤 맞붙었을 때 나타가 태을진인에게 전수받은 창술로 수많은 변화를 일으키자 여화도 더 이상 감당할 수 없어서 화혈신도化血神刀라는 칼을 공중에 던졌으니 그것은 번개처럼 날아가 상대에게 상처를 입히고 또 거기에 맞은 이는 즉사하게 만드는 보물이었다.

단약 만드는 화로에서 단련하여
불길 속에서 실력 닦았지.
영험한 기운은 후발선제의 묘용이 있고
음과 양이 안팎으로 호응하지.
갑옷을 뚫고 원신을 상하게 하고
몸에 닿기만 하면 목숨이 사라지지.
나타가 이 칼을 만났으니

이제 곧 살갗을 피로 적시겠구나!

丹爐曾煅煉　火裏用功夫
靈氣後先妙　陰陽表裏扶
透甲元神喪　沾身性命無
哪吒逢此刃　眼下血爲膚

　나타는 여화의 화혈도가 너무나 빨리 날아오자 미처 피하지 못하
고 부상을 입고 말았다. 다만 그는 연꽃의 화신인지라 온몸이 연꽃
잎으로 되어 있었으니 그 칼에 맞아 부상은 당하더라도 피와 살을
가진 보통 사람처럼 즉사하지는 않았다. 부상을 당한 나타는 비명
을 지르며 패주하여 원문으로 들어오자마자 비틀거리며 풍화륜에
서 떨어져버렸다. 그의 부상은 심각해서 아무 말도 못하고 그저 몸
을 부들부들 떨 뿐이었다. 수문장의 보고를 받은 강상은 즉시 그를
들것에 실어 중군 막사로 옮기게 했다.
　"여보게, 나타!"
　하지만 나타가 대답조차 하지 못하자 강상은 마음이 너무나 울적
했다. 이제 나타의 목숨이 어찌 되는지는 다음 회를 보시라.

제75회

토행손, 오운타를 훔치다가 함정에 빠지다
土行孫盜騎陷身

여화는 제 힘을 믿다가 죽음을 자초했거늘
스승은 왜 군이 힘을 허비하는가?
토행손 불태웠다가 오히려 재앙 초래했으니
구류손의 분노만 야기했구나.
북해에 처음 빠졌다가 겨우 벗어났지만
곤선승에 다시 묶이니 어찌 피할 수 있으랴?
예로부터 운수 정해지면 벗어나기 어렵나니
이미 봉신방 안의 인물이 되어버렸지.

余化特強自喪身　師尊何苦費精神
因燒土行反招禍　爲惹懼留致起嗔
北海初沈方脫難　捆仙再縛豈能狗
從來數定應難解　已是封神榜內人

그러니까 나타에게 승리를 거두고 돌아온 여화는 이튿날 다시 주나라 진영으로 가서 싸움을 걸었다. 정찰병의 보고를 받은 강상은 주위를 돌아보며 물었다.

"누가 출전하시겠소?"

그러자 뇌진자가 즉시 나섰다.

"제가 다녀오겠사옵니다."

그는 곧 창을 들고 밖으로 나갔는데 누런 얼굴에 시뻘건 머리카락을 한 흉측한 얼굴의 여화를 보고 물었다.

"네가 여화냐?"

"역적 놈! 나를 알아보지 못한단 말이냐?"

그 말에 분기탱천한 뇌진자는 두 날개를 펼치고 공중으로 날아올라 황금 몽둥이를 내리찍었고 여화도 방천극을 휘두르며 맞섰다. 한 사람은 공중에서, 한 사람은 화안금정수를 타고 위세를 떨치며 격전이 벌어졌는데 뇌진자가 황금 몽둥이를 태산처럼 묵직하게 내리치자 위를 향해 막아내는 여화는 점점 힘이 부쳤다. 이에 그는 다급히 화혈도를 꺼내 던졌고 그것은 그대로 뇌진자의 풍뢰시를 베어 버렸다. 다행히 그 풍뢰시는 신선 세계에서 얻은 두 알의 살구가 변한 것이라 그 칼에 맞고도 목숨에 지장이 없었으나 강상은 뇌진자마저 부상을 당해 패주하여 돌아오자 마음이 더욱 불편해졌다.

이튿날 여화가 다시 싸움을 걸어오자 강상이 말했다.

"연달아 두 명이 부상당해 바보가 된 것처럼 멍한 상태로 말조차 못하고 그저 오한이 걸린 듯 떨고 있으니 이번에는 일단 휴전패를 내걸도록 하라."

이에 군정사의 장교가 휴전패를 내거니 여화도 어쩔 수 없이 자기 영채로 돌아가야 했다.

이튿날 독량관 양전이 원문에 도착하여 휴전패를 발견하고는 속으로 생각했다.

'3월 15일에 대원수에 임명되신 후로 벌써 열 달이 다 되어가는데 아직도 여기에서 막혀 상나라 영토를 한 치도 정복하지 못하고 심지어 휴전패까지 내걸고 계시다니 정말 이상한 일이로구나! 일단 대원수를 뵙고 대책을 마련해보자.'

잠시 후 양전은 중군 막사로 들어가 절을 올리고 나서 말했다.

"양곡과 군수품을 정해진 기한에 맞춰 조달했사옵니다."

"무기와 양곡은 충분한데 전과는 부족하니 이를 어쩌면 좋을꼬!"

"사숙, 일단 휴전패를 거둬들이시옵소서. 내일 제가 출전하여 그자에 대해 살펴보면 뭔가 방법이 생길 것이옵니다."

이에 강상은 장수와 제자들과 함께 그 일에 대해 상의했다. 그때 갑자기 수하가 들어와서 보고했다.

"어느 젊은 도사가 찾아왔사옵니다."

"안으로 모셔라!"

잠시 후 그 도사는 중군 막사로 들어오더니 엎드려 절을 올렸다.

"저는 건원산 금광동에 계신 태을진인의 제자인 금하동자이온데 사부님께서 나타 사형이 위급한 상황임을 아시고 몸조리를 할 수 있도록 저더러 산으로 모셔 오라고 분부하셨사옵니다."

강상은 즉시 나타를 그에게 내주었다.

한편 양전은 뇌진자가 아무 말도 못하고 그저 오한이 든 것처럼 몸을 떨어대자 칼에 맞은 상처를 살펴보았는데 피가 먹물처럼 검은 것이었다. 한참 동안 살펴보던 양전은 그것이 독 때문이라는 것을 알고는 강상에게 가서 말했다.

"휴전패를 거둬주시옵소서."

이에 강상은 휴전패를 거두라는 군령을 내렸다.

이튿날 정찰병으로부터 휴전패가 거둬졌다는 소식을 들은 여화는 즉시 화안금정수를 타고 주나라 진영 앞으로 가서 싸움을 걸었다.

언제나 승리하다 보니 결국 패할 날이 올 줄 몰랐는데
주나라 진영에도 자연히 기인이 찾아오게 되었지!

常勝不知終有敗　周營自有妙人來

양전도 정찰병의 보고를 받고 황급히 삼첨도를 들고 밖으로 나가 보니 얼른 보기에도 여화는 좌도방문의 술법을 쓰는 자였다. 이에 그가 소리쳤다.

"네가 여화라는 자이더냐?"

"그렇다, 그런데 너는 누구냐?"

"나는 대원수의 사질인 양전이다."

그러면서 양전이 말을 몰고 달려들어 삼첨도를 휘두르자 여화도 방천극을 들어 맞섰다. 둘이 스무 판도 채 맞붙지 않았을 때 여화가 화혈도를 던져 공격하자 양전은 재빨리 일흔두 가지 현묘한 술법을 운용하여 원신이 빠져나오면서 왼팔로 칼을 막았다. 하지만 그도 결국 부상을 입고 고통에 찬 비명을 지르며 패주할 수밖에 없었다.

양전은 영채에 돌아오자마자 무슨 독에 당했는지 살펴보고 나서 강상을 찾아갔다. 그러자 강상이 물었다.

"그래, 여화를 만나보니 어떻던가?"

"그자의 칼은 정말 무시무시했사옵니다. 다행히 저는 사부님께 전수받은 도술을 써서 원신이 빠져나온 상태에서 왼팔로 그의 칼을 막았사온데 아무리 살펴봐도 무슨 독을 썼는지 알 수가 없었사옵니다. 그래서 일단 옥천산 금하동에 한번 다녀올까 하옵니다."

"그렇게 하게."

양전은 곧 흙의 장막을 이용해 옥천산 금하동으로 가서 사부를 만났다. 그가 절을 올리고 나자 옥정진인이 물었다.

"무슨 일로 왔느냐?"

"사숙과 함께 사수관까지 진격하여 그곳을 지키는 장수 여화와 대적했는데 그자의 칼에 무슨 독이 묻었는지 뇌진자가 그 칼에 부상당한 뒤로 오한이 든 듯 몸을 떨면서 아무 말도 못하고 있사옵니다. 나중에는 저도 그 칼에 부상당했는데 다행히 사부님께서 전수해주신 도술 덕분에 중상은 면했지만 여전히 그것이 무슨 독인지 알 수 없사옵니다."

옥정진인은 황급히 양전의 상처를 살펴보더니 이렇게 말했다.

"이것은 화혈도에 당한 상처로구나. 이 칼에 부상당해서 피가 나면 즉사하기 마련이지. 다행히 뇌진자가 다친 것은 두 알의 살구였고 너도 도술을 썼으니 이런 정도에 그친 것이지. 아니라면 모두 살 수 없었을 것이야."

"그렇다면 이것은 어떻게 치료해야 하옵니까?"

"이 독은 나도 해독할 수 없다. 이 칼은 봉래도의 일기선 여원余元이 만든 것이다. 예전에 수련할 때는 이 칼을 화로 안에 넣고 세 알의 신령한 단약과 함께 단련했지. 그러니 이 독을 해독하려면 그 단약이 있어야만 가능하다."

옥정진인은 한참 동안 생각하다가 이렇게 말했다.

"이건 네가 아니면 해낼 수 없겠구나."

그리고 그에게 귓속말로 여차여차하면 될 것이라고 일러주었다. 양전은 무척 기뻐하며 곧 옥천산을 떠나 봉래도로 갔으니 그야말로 이런 격이었다.

신선의 도술은 속세의 것과 달라서
조만간 봉래도에서 큰 공을 세우리라!

眞人道術非凡品　咫尺蓬萊見大功

양전이 흙의 장막을 이용해 봉래도로 가다가 동해에 이르러 보니 정말 기화요초로 가득하여 아무리 구경해도 물리지 않는 아름다운 섬이 나타났다. 파도는 잔잔하고 산의 벼랑은 비단을 쌓아놓은 듯 서 있었으니 그야말로 봉래도의 경치는 하늘 궁궐과 별 차이가 없었다.˚

기세는 동남쪽을 누르고
사해 바닷물의 원류가 되었지.
왕성한 물결 일어나 파도 일으켜
산의 뿌리에 몰아쳐 푸른 궁궐 만드는구나.

아름다운 신기루 맺혀

인간 세상의 기이한 경관 만들어내고

못된 교룡 바람 일으키니

또한 아득한 바다가 환상으로 변하는구나.

붉은 산 푸른 숲 속세와는 다르고

옥으로 만든 궁궐 하늘 밖 풍경이로다.

기린과 봉황 노니나니

자연히 신선 세계에서 태어난 신령한 몸이요

난새와 학 날갯짓하니

어찌 인간 세상의 속된 몸이랴?

옥 같은 꽃 사계절 내내 빼어난 자태 터뜨리고

옥 같은 풀 천 년 동안 상서로운 기운 드러내지.

늘 푸른 소나무 잣나무야 말할 것도 없고

신선 세계의 복숭아와 과일 언제나 있지.

높다란 대나무 구름 스치며 달을 머물게 하고

등나무 덩굴 햇빛 받으며 맑은 바람에 춤추지.

계곡의 폭포는 이따금 부는 바람에 눈처럼 날리고

사방의 붉은 벼랑 별처럼 늘어서 있구나.

그야말로 모든 시내가 하늘 떠받치는 높은 산 아래 모여들어

대지의 뿌리는 만겁의 세월 동안 자리 옮기지 않지.

勢鎭東南　源流四海

汪洋潮湧作波濤　滂渤山根成碧闕

蜃樓結彩　化爲人世奇觀

蛟蟄興風　又是滄溟幻化

丹山碧樹非凡　玉宇環宮天外

麟鳳優游　自然仙境靈胎

鸞鶴翔翔　豈是人間俗骨

琪花四季吐精英　瑤草千年呈瑞氣

且慢說青松翠柏常春　又道是仙桃果仙時有

修竹沸雲留夜月　藤蘿映日舞清風

一溪瀑布時風雪　四面丹崖若列星

正是　百川澮注擎天柱　萬劫無移大地根

　　양전은 봉래도의 경치를 실컷 구경하고 나서 일흔두 가지 도술에 의지해 칠수장군 여화의 모습으로 변신하여 봉래도 안으로 들어가 일기선 여원에게 엎드려 절을 올렸다. 여원이 그를 보고 물었다.

　　"무슨 일로 왔느냐?"

　　"사부님의 분부에 따라 사수관에 가서 사령관 한영과 함께 관문을 지켰는데 뜻밖에 강상의 군대가 찾아왔사옵니다. 저는 첫 전투에서 나타에게, 두 번째 전투에서는 뇌진자에게 부상을 입혔사온데 세 번째 전투에서는 강상의 사질인 양전과 싸우다가 제가 칼을 던졌는데 그자가 손가락질하자 칼이 거꾸로 돌아와 제 팔에 부상을 입히고 말았사옵니다. 사부님, 부디 자비를 베풀어 저를 구해주시옵소서!"

　　"그자가 무슨 능력이 있기에 내 칼을 손가락질로 되돌릴 수 있었던 게지? 그 칼을 단련할 때 화로 안에서 음양을 나누어 정하면서 세 알의 단약과 함께 단련했는데 지금 여기에 그 단약이 남아 있으나 아무 쓸모가 없구나. 그러니 만약의 사태에 대비해 네가 그것들을 가져가려무나."

그러면서 여원이 단약을 꺼내 건네주자 여화로 변신한 양전이 고개를 숙여 감사했다.

"사부님, 하늘과 같은 은혜를 베풀어주셔서 감사하옵니다!"

그리고 양전은 즉시 주나라 영채로 돌아갔으니 그의 현묘한 변신술을 칭송한 시가 있다.

깨달음 얻어 공을 이루니 비로소 도술이 깊어져서
현묘함 속에 더욱 현묘하여 있음과 없음이 생겨났지.
봉래도에서 통천교의 비법 잘못 전하여
사수관에서 화혈도 헛되이 쓰게 만들었구나.
계책으로 물건 챙기니 환술의 대가라 할 만하고
교묘하게 변신하여 영명한 모습 되었구나.
주나라 문왕과 무왕의 복이 많아
기묘한 계책도 물결에 쓸려 간 부평초로 변했구나!

悟到功成始道精　玄中玄妙有無生
蓬萊枉秘通天敎　汜水徒勞化血兵
計就騰挪稱幻聖　化成奇巧生英明
多因福助周文武　一任奇謀若浪萍

한편 여화에게 단약을 주고 난 일기선 여원은 차분히 앉아서 생각에 잠겼다.

'양전의 능력이 얼마나 대단하기에 내 화혈도를 손가락질로 되돌릴 수 있는 거지? 게다가 여화가 그 칼에 상처를 입었다면 여기에 어떻게 올 수 있었지? 분명 무슨 이유가 있을 게야.'

그는 곧 손가락을 짚어 점을 쳐보고 깜짝 놀라서 소리쳤다.

"아뿔싸! 양전, 그 고약한 놈이 변신술로 내 단약을 훔쳐 갔구나! 감히 나를 능멸하다니!"

이에 여원은 분기탱천하여 금빛 눈동자의 낙타를 타고 양전을 쫓아갔다. 한참 길을 가던 양전은 뒤쪽에서 쫓아오는 바람 소리를 듣고 이내 내막을 눈치채고는 재빨리 단약을 자루에 넣은 다음 은밀히 효천견을 공중에 풀어놓았다. 여원은 오로지 양전을 쫓아가는 데만 정신이 팔려 있던 터라 미처 방비하지 못하고 그만 효천견에게 목덜미를 물리고 말았다.

강철 칼날 같은 이빨에 살갗과 살이 다치고
붉은 도포는 반쯤 찢겨나갔지!

牙如鋼劍傷皮肉　紅袍拉下半邊來

여원은 효천견에게 불의의 공격을 당해 붉은 백학의白鶴衣가 반쯤 찢겨나가자 더 이상 양전을 쫓아갈 수 없었다.

"일단 돌아가서 다시 정돈한 뒤에 이 원수를 갚아주마!"

한편 강상은 막사 안에 우울하게 앉아 있었는데 그때 수하가 보고했다.

"양전이 대령했사옵니다."

"들여보내라!"

잠시 후 양전이 들어와서 단약을 훔쳐 온 일을 자세히 설명하자 강상은 무척 기뻐하며 황급히 뇌진자에게 단약을 발라 상처를 치료하게 했다. 그리고 건원산에서 몸조리하고 있는 나타에게도 단약을 보냈다.

이튿날 양전은 관문 아래로 가서 싸움을 걸었다. 그러자 한영이 서둘러 여화를 출전시켰다. 여화가 화안금정수에 올라 방천극을 들고 관문 밖으로 나오자 양전이 그를 보고 고함을 질렀다.

"여화, 저번에 네가 화혈도로 내게 부상을 입혔지만 다행히 내게 만들어놓은 단약이 있었다. 그것이 아니었다면 네놈의 간사한 책략에 당할 뻔했지!"

그 말을 들은 여화는 속으로 생각했다.

'그 단약은 이 칼과 같은 화로에서 나온 것인데 어떻게 주나라 영채에 그것이 있지? 저 말이 사실이라면 이 칼은 아무 쓸모가 없잖아?'

하지만 그는 곧 화안금정수를 몰고 달려들어 양전과 격전을 벌였다. 둘이 그렇게 서른 판 남짓 맞붙었을 때 단약 덕분에 상처가 나은 뇌진자가 분기탱천하여 하늘을 날아 영채 밖으로 나오며 소리쳤다.

"네 이놈, 여화! 고약한 칼로 내게 부상을 입혔겠다? 단약이 아니었다면 목숨을 부지하지 못할 뻔했어. 꼼짝 말고 내 몽둥이 맛을 봐라! 내 기필코 이 분풀이를 하고야 말겠다!"

그러면서 뇌진자가 황금 몽둥이로 머리를 내려치자 여화도 들고 있던 방천극으로 막아냈다. 그것을 본 양전은 삼첨도를 더욱 용맹하게 휘둘렀고 여화는 뇌진자의 몽둥이를 피하기 위해 몸을 살짝 피했다. 하지만 그 순간 몽둥이가 그대로 화안금정수를 내리치는 바람에 여화는 땅바닥에 벌렁 떨어져버렸고 양전이 그 틈을 놓치지 않고 삼첨도를 휘둘러 그의 목숨을 끊어버렸다.

지니고 있던 좌도방문의 술법 모두 소용없었으니
부질없이 상나라의 동량 노릇을 했구나!

　　　　　　　　一腔左術全無用　枉做商朝梁棟材

어쨌든 양전은 여화의 목을 베고 승전고를 울리며 돌아가 강상에게 전과를 보고했다.

한편 여화의 패전 소식을 들은 한영은 깜짝 놀랐다.

"이를 어쩐단 말이냐! 저번에 조가에 구원병을 요청했는데 아직 소식이 없으니 이제 이 관문의 수비를 함께할 사람도 없구나. 이를 어쩌면 좋을꼬!"

그가 그렇게 애태우고 있을 때 여원이 금빛 눈동자의 낙타를 타고 사수관으로 들어와서 사령부 앞에 이르렀다. 그가 문지기에게 안에다 통보하라고 하자 여러 장수들이 여원의 흉악하기 그지없는 모습을 보고 다급히 한영에게 보고했다.

"안으로 모셔라!"

잠시 후 한영은 계단을 내려가서 그를 맞이했다. 여원은 푸르뎅뎅한 얼굴에 시뻘건 머리카락, 날카롭게 삐져나온 송곳니를 가졌고 신장은 한 길 일고여덟 자쯤 되었다. 그는 늠름한 위세를 풍기며 두 눈에서는 흉맹한 빛을 번뜩였다. 한영은 그를 정중하게 은안전으로 안내하고 절을 올리며 물었다.

"도사님, 어디서 오셨는지요?"

"양전이 내 단약을 훔치고 제자인 여화까지 죽였으니 이는 나를 너무 무시하는 처사가 아니겠소? 나는 봉래도의 일기선 여원인데 이 일의 복수를 하기 위해 하산했소이다."

한영은 무척 기뻐하며 곧 술상을 차리게 하여 대접했다.

이튿날 여원은 오운타五雲駝를 타고 주나라 진영으로 가서 강상에게 나오라고 요구했다. 정찰병의 보고를 받은 강상은 좌우로 삼산오악의 제자들을 포진한 채 영채를 나와서 홀로 앞으로 나섰다. 그가 살펴보니 상대 쪽에는 대단히 흉악하게 생긴 도사가 있었다.

어미관에는

황금 박아 장식했고

붉은 도포에서는

은은히 구름이 피어난다.

푸르뎅뎅한 얼굴에 송곳니 삐져나왔고

시뻘건 머리카락과 수염 길러 생김새도 괴상하다.

허리띠에서는 불꽃이 휘날리고

삼실로 엮은 신은 수정처럼 맑다.

봉래도에서 신선의 몸 수련하여

느긋이 노닐며 맑은 뜻 얻었지.

도관道觀의 제사 감독하며 신이 되었나니
일기선의 명성은 예전부터 높았지.

魚尾冠　金嵌成

大紅服　雲暗生

面如藍靛獠牙冒　赤髮紅鬚古怪形

絲絛飄火燄　麻鞋若水晶

蓬萊島內修仙體　自在逍遙得志淸

位在監齋成神道　一炁仙名有舊聲

강상이 앞으로 나아가 물었다.

"도인, 안녕하시오?"

"강상, 양전을 내보내라!"

"양전은 양곡을 조달하러 떠나서 지금 영채에 없소이다. 그대는
봉래도에 계신다면서 하늘의 뜻을 모르시오? 상나라가 육백 년을
지속해왔지만 무도한 주왕에 이르러 천명을 팽개치고 흉악한 일을
자행함으로써 그 죄가 차고 넘쳐 하늘이 진노하고 백성이 원망하
여 천하가 그에게서 등을 돌렸소이다. 우리 주나라는 하늘과 백성
의 뜻에 순응하고 하늘의 도리를 실천할 수 있었기 때문에 천하가
주나라에 귀의했소이다. 이제 하늘의 뜻을 받들어 죄인을 정벌하고
상나라의 정치를 대신 맡아 시행하려 하는데 그대는 왜 하늘을 거
슬러 멸망을 자초하려는 것이오? 도인, 그대도 여화와 같은 이들이
어떻게 되었는지 아시지 않소? 그들이 설령 도술을 지니고 있다 한
들 어찌 천명을 바꿀 수 있었겠소이까?"

"뭣이! 이것이 다 네가 요사한 말로 대중을 현혹하기 때문이 아니더냐! 그러니 너를 죽이지 않으면 이 재앙의 뿌리를 없애지 못하겠구나!"

여원은 곧 오운타를 몰고 달려들어 강상에게 보검을 휘둘렀고 강상도 칼을 들어 맞섰다. 그때 강상의 좌측에 있던 이정과 우측에 있던 위호가 각각 무기를 들고 달려 나와 강상을 도왔다. 이에 네 사람은 분노가 치밀어 당장 승부를 판가름하려 했다. 여원의 보검은 눈부신 빛을 번쩍였으며 강상의 칼은 현란하게 빛났다. 이정의 칼은 차가운 빛을 피워냈고 위호의 항마저는 뭉게뭉게 살기를 피워 올렸다. 그때 오운타를 탄 여원이 한 자 세 치의 금빛 살촉[鏃]을 공중에 던져 강상을 공격하니 강상도 재빨리 행황무기기를 펼쳤다. 그러자 천 송이 연꽃이 나타나 그의 몸을 보호해주었다. 여원은 황급히 살촉을 다시 거둬들여 이번에는 이정을 향해 던졌는데 그 순간 강상이 타신편을 뿌리니 미처 방비하지 못하고 있던 그는 그대로 등짝을 얻어맞아 한 길 남짓한 삼매진화를 내뿜었다. 그사이에 이정이 여원의 정강이에 창을 내질러 부상을 입히자 여원은 다급히 오운타의 등을 두드렸고 그 금빛 눈동자의 낙타는 네 발에서 금빛을 피워내며 달아나기 시작했다. 그 모습을 본 강상은 병력을 거두어들이고 영채로 돌아갔다.

한편 양곡을 조달하고 돌아오던 토행손은 강상이 전투하는 보습을 발견했는데 여원이 탄 오운타가 네 발에 금빛을 일으키며 달려가는 모습을 몰래 지켜보고 무척 기뻐했다.

'저걸 구해서 타고 다니며 양곡을 조달하면 정말 편하겠구나!'

그 무렵 강상은 중군 막사에 앉아 있었다. 그때 갑자기 보고가 올라왔다.

"토행손이 대령하고 있사옵니다."

"들여보내라!"

잠시 후 토행손이 안으로 들어와서 기한에 맞춰 양곡과 군수품을 조달했다고 보고하자 강상이 말했다.

"양곡을 조달하느라 애썼네. 물러가서 잠시 쉬게."

그는 곧 중군 막사에서 나와 등선옥을 만나 이야기를 나누었다. 그때 등선옥이 이렇게 말했다.

"나타가 여화의 칼에 부상당해 몸조리를 하러 건원산으로 갔다고 하네요."

토행손은 밤이 되어 등선옥에게 말했다.

"아까 여원이 타고 있는 것을 봤는데 그놈의 네 발에서 금빛이 피어나서 마치 구름 속에 무지개처럼 표홀히 떠가는 모습이 정말 멋지더구려! 오늘 밤에 몰래 가서 그놈을 훔쳐 타고 다니며 양곡을 조달할까 하는데 어떻겠소? 안 될 것 없지 않겠소?"

"그렇기는 하겠지만 반드시 대원수께 보고하고 일을 하셔야지 마음대로 하시면 안 돼요."

"굳이 말씀드릴 필요가 있겠소? 그냥 다녀오면 그만이지 번거롭게 보고까지 할 필요가 있냐 이거요."

그래서 부부는 그럴듯한 계책을 세웠다. 이경이 되자 토행손은 몸을 움찔하더니 순식간에 사수관 안으로 들어가 사령부로 갔다. 그는 여원이 묵묵히 앉아서 원신을 운용하는 것을 땅속에서 지켜보았는데 자세히 보니 여원이 눈을 반만 감고 있어서 감히 올라가지 못하고 기다릴 수밖에 없었다.

한편 여원은 원신을 운용하다가 갑자기 심장이 두근거리자 은밀히 손가락을 짚어 점을 쳐보고는 토행손이 오운타를 훔치려 한다는 사실을 눈치챘다. 이에 그는 콧구멍으로 양신이 빠져나왔고 잠시 후 그의 몸뚱이는 우레처럼 코를 골며 잠이 들었다. 토행손은 땅속에서 그 소리를 듣고 무척 기뻐했다.

'오늘 밤에 틀림없이 성공하겠구나!'

그는 땅속에서 쑥 나와서 쇠몽둥이를 끌고 회랑 아래에 이르러 오운타가 묶여 있는 것을 발견하고는 곧 고삐를 풀어 섬돌 아래로 끌고 왔다. 그리고 대를 밟고 올라가 그 등에 타본 다음 다시 조심스럽게 내려와 이내 빈철로 만든 몽둥이로 여원의 관자놀이를 힘껏 내리쳤다. 그런데 그는 칠공에서 삼매진화를 내뿜을 뿐 꼼짝도 하지 않았다. 다시 한 번 내리쳤으나 여전히 아무 소리도 없었다.

'이놈의 도사가 정말 단단하구먼! 일단 돌아갔다가 내일 다시 방법을 찾아봐야겠구나.'

이에 토행손이 오운타에 올라 그 머리를 툭 치자 즉시 네 발에서 금빛을 피워내며 공중으로 날아올랐다. 그는 무척 기뻐했으니 그야말로 이런 격이었다.

기쁨이 오기도 전에 재앙이 다시 닥치니
오로지 물건 훔치다가 잘못된 재앙 초래했기 때문이지!

歡喜未來災又至　只因盜物惹非殃

토행손, 오운타를 훔치다가 함정에 빠지다.

토행손은 오운타를 타기는 했지만 아직 관문 밖으로 나가지 못했다. 그러자 그가 오운타에게 말했다.

"보배야, 어서 관문 밖으로 나가자꾸나."

그 말이 끝나기도 전에 오운타는 땅으로 내려오기 시작했고 토행손이 오운타에서 내리려는 순간 여원이 그의 머리카락을 덥석 움켜쥐고 소리쳤다.

"이 도둑놈, 감히 낙타를 훔치려고?"

그 소리에 사령부의 장수들이 깜짝 놀라 일제히 횃불을 밝혀 들고 달려왔다. 은안전으로 나온 한영은 여원이 토행손을 높이 치켜들고 있기에 자세히 살펴보니 난쟁이인지라 이렇게 말했다.

"도사님, 그런 놈은 뭐하러 붙잡고 계십니까? 그냥 내려놓으시지요."

"이놈이 지행술을 쓸 줄 안다는 것을 모르고 하는 말씀이오. 일단 땅에 닿기만 하면 바로 사라져버릴 거외다."

"그럼 그자를 어떻게 처리해야 합니까?"

"내 부들방석 아래에 있는 자루를 가져오시오. 이 못된 놈을 거기에 담아 불태워 죽여버려야 재앙이 없어질 거외다."

한영은 곧 자루를 가져오게 해서 토행손을 집어넣었다. 그러자 여원이 병사들에게 말했다.

"장작을 가져오너라!"

잠시 후 장작에서 불길이 일면서 여의건곤대如意乾坤袋를 태우기 시작하자 토행손이 불길 속에서 비명을 질렀다.

"아이고, 뜨거워 죽겠다!"

그 불길이 어떠했는지 묘사한 시가 있다.

가는 금빛 뱀이 온 대지를 밝히고
뭉게뭉게 검은 연기 즉시 피어나지.
수인씨는 세상에 나왔을 때 이궁에 살았고
염제는 불빛 타고 날아올라 불의 정령을 호령했지.
산의 바위도 이 불길 만나면 모두 붉은 흙으로 변하고
강이나 호수도 이 불길 만나면 모조리 말라버리지.
뜻밖에 하늘의 뜻이 주나라 군주에게 돌아가니
자연히 참다운 신선이 나타나 이 위기에서 구해주겠지.

細細金蛇遍地明　黑煙滾滾卽時生

燧人出世居離位　炎帝騰光號火精

山石逢時皆赤土　江湖偶遇盡枯平

誰知天意歸周主　自有眞仙渡此驚

　여원이 불길로 토행손을 태우자 그의 목숨은 경각에 달려 있었다. 그런데 그가 아직 죽을 운명이 아니었는지 마침 부들방석에 앉아 원신을 운용하던 구류손에게 백학동자가 찾아와서 이렇게 말했다.
　"사형, 사부님께서 어서 가서 토행손을 구하라고 분부하셨습니다."
　이에 구류손은 백학동자와 작별하고 종지금광법을 이용해 사수관 안으로 갔다. 그런데 마침 여원이 여의건곤대를 불태우고 있었으니 그는 회오리바람을 일으켜 아래로 내려가 재빨리 손을 뻗어 여의건곤대를 통째로 들고 사라져버렸다. 여원은 갑자기 바람이 불어와 불길의 기세가 변하자 손가락을 짚어 점을 쳐보았다.

"못된 구류손! 감히 제자를 구한답시고 내 여의건곤대까지 가져가버리다니! 내일이면 마땅히 네놈을 손봐줄 수 있을 게다!"

한편 불길 속에서 구해진 토행손은 갑자기 뜨거운 기운이 사라지자 어찌 된 영문인지 몰랐다. 구류손은 여의건곤대를 들고 주나라 영채로 갔는데 그날은 남궁괄이 영채 밖을 순찰하고 있었다. 삼경이 끝나가는 시간에 어둠 속에 누군가 서 있었다.

"누구냐?"

"날세, 어서 대원수께 내가 왔다고 알려주시게."

남궁괄은 가까이 다가가 구류손임을 알아보고는 다급히 운판을 두드려 보고했다. 강상은 늦은 시간에 보고받고 황급히 원문 밖으로 나가서 구류손을 맞이했다. 그런데 그가 웬 자루를 들고 있는 것이었다. 그들은 중군 막사에 이르러 서로 인사를 나누고 자리에 앉았다. 강상이 물었다.

"도형, 무슨 가르침을 주시려고 이 깊은 밤중에 오셨소이까?"

"토행손이 불의 재난을 당해서 구하러 왔소이다."

"아니, 토행손은 어제 막 양곡을 조달했는데 어찌 그런 재난을 당했답니까?"

이에 구류손도 여의건곤대를 풀어서 토행손을 꺼내놓고 어찌 된 영문인지 물었다. 그러자 토행손이 오운타를 훔치러 간 일을 설명했다. 강상은 진노했다.

"그런 일을 하려거든 내게 보고를 했어야지 어째서 지휘관에게 알리지도 않고 나라에 욕이 될 짓을 저질렀단 말인가! 당장 군법으로 다스리지 않으면 다른 장수들도 잘못된 행동을 따라서 군기가 문란해질 것이다. 여봐라 집행관, 토행손을 끌고 나가 참수하여 수급을 효수하도록 하라!"

그러자 구류손이 말했다.

"이 아이가 군법을 어기고 몰래 관문에 들어가 나라를 욕보였으니 당연히 참수해야 하지만 지금은 인재가 시급히 필요한 때이니 잠시 죄를 대신해서 공을 세우도록 해주시구려."

"도형께서 그렇게 말씀하시니 어쩔 수 없구려. 여봐라, 일단 풀어주도록 해라!"

토행손은 사부의 은혜에 감사하고 강상에게 잘못을 사죄했다. 그 소동에 주나라 진영은 밤새 소란스러웠다.

이튿날 여원은 주나라 진영으로 가서 구류손에게 나오라고 요구했다. 그러자 보고를 들은 구류손이 강상에게 말했다.

"그자가 온 것은 여의건곤대 때문이니 나는 나가지 않겠소이다. 대신 그대가 나가서 여차여차하면 이 못된 도사를 사로잡을 수 있을 것이외다."

강상은 구류손의 계책을 듣고 포성을 울리며 영채 밖으로 나갔다. 그러자 여원이 그를 보고 고함을 질렀다.

"너 말고 구류손을 내보내라는 말이다!"

"도우, 정말 천명을 모르시는구려! 그대가 토행손을 태워 죽이려고 했을 때 그가 스스로 피할 수 없었지만 뜻밖에 그의 사부가 와서 구해주었으니 이야말로 복이 있는 사람은 온갖 수단을 써도 해칠 수 없고 박복한 사람은 도랑에만 빠져도 목숨을 잃는 격이 아니겠소이까? 이것이 사람의 힘으로 어찌 할 수 있는 일이겠소이까?"

"뭣이! 주둥이만 잘 놀리는 하찮은 작자가 감히 내 일을 방해하다니!"

여원은 즉시 오운타를 몰고 달려들어 보검을 휘둘렀고 강상도사 불상을 몰아 칼을 들고 맞섰다. 그러자 둘 사이에 일대 격전이 벌어졌으니 이를 묘사한 노래가 있다.

으슬으슬 전쟁의 구름 만 길 높이 치솟고
병사들은 북을 치며 깃발 흔들어댄다.
하나는 봉신방 만든 도읍의 수령이요
다른 하나는 도관에서 이름 높은 도사.
이쪽은 정도에 따라 하늘의 뜻 받들어 주왕을 멸하려 하고
저쪽은 신선이 될 복이 없어 스스로 고명한 재주 자랑했지.
이쪽은 병법가 사이에서 시조라고 칭송받고
저쪽은 성품 흉악하니 어찌 그냥 놓아주려 했겠는가?
예로부터 복 있는 이가 박복한 이를 내치기 마련이니
돌고 도는 하늘의 뜻에서 어찌 벗어날 수 있으랴?

凜凜征雲萬丈高　軍兵擂鼓把旗搖

一個是封神都領袖　一個是監齋名姓標

這個是正道奉天滅紂王　那個是無福神仙自逞高

這個是六韜之內稱始祖　那個是性惡凶心怎肯饒

自來有福催無福　天意循環怎脫逃

　　강상과 여원이 격전을 벌이며 채 열 판도 맞붙지 않았을 때 마침내 구류손이 곤선승을 공중에 던져 여원을 사로잡았다. 그리고 황건역사에게 명령하여 공중으로 잡아가게 하자 혼자 남은 오운타만 관문 안으로 뛰어 들어갔다.

　　강상과 구류손은 여원을 붙잡아 중군 막사로 들어갔다. 그러자 여원이 말했다.

　　"강상, 네가 비록 나를 사로잡았지만 대체 나를 어찌하겠느냐?"

　　강상은 이정에게 명령했다.

　　"끌고 나가 참수하라!"

　　이정은 곧 여원을 끌고 나가 보검으로 목을 내리쳤는데 '쨍!' 하는 소리와 함께 보검이 두 동강 나버리는 것이었다. 이에 이정이 돌아와서 자세히 보고하자 강상은 직접 원문 밖으로 나가 위호로 하여금 항마저로 내리치게 했다. 하지만 항마저마저 여원의 몸에 닿자 뭉게뭉게 연기가 나고 활활 불길이 일 뿐이었다. 그때 여원이 노래를 불렀다.

　　보라, 천황의 시대에 득도하여 몸을 단련하니
　　벽유궁에서 신선술 수련하며 도 닦았노라.
　　감궁과 이궁의 음양이 바야흐로 나타나고
　　오행도 나를 따라 마음대로 노닐었노라.

사해와 세 강물 두루 돌아다니고
금과 옥처럼 단단한 몸 비밀리에 수련해 이루었노라.
일찍이 화로에서 신선의 불로 담금질했나니
이제 네가 내 목을 치려면 잘 알아야 할 것이다.
예로부터 칼로 맞은 빚은 칼로 돌려주는 법
내 말이 틀림없이 맞을 테니 의심하지 마라!

君不見天皇得道將身煉　修仙養道碧游宮
坎虎離龍方出現　五行隨我任心游
四海三江都走遍　頂金頂玉秘修成
曾在爐中仙火煅　你今斬我要分明
自古一劍還一劍　漫道余言說不靈

강상은 그 노래를 듣고 기분이 몹시 불쾌하여 구류손에게 상의
했다.

"여원을 놓아줄 수도 없으니 일단 뒤쪽 영채에 가둬두었다가 사
수관을 함락한 뒤에 다시 처리하도록 합시다."

"그렇다면 대장장이에게 무쇠로 궤짝을 만들게 하시구려. 거기
에 여원을 넣어 북해에 빠뜨리면 후환이 없어지지 않겠소이까?"

이에 강상은 급히 무쇠 궤짝을 만들게 하여 여원을 그 안에 가두
었다. 그러자 구류손이 황건역사에게 명령하여 그 궤짝을 들고 가
서 북해 바다 밑에 빠뜨려버리라고 했다.

그런데 무쇠 궤짝은 다섯 가지 금속° 가운데 하나이고 더구나 물
속에 빠졌으니 이는 금金과 수水가 상생하는 격이어서 결국 여원을

도와주는 꼴이 되고 말았다. 이에 여원은 북해에 빠지자마자 물의 장막을 빌려 곧장 벽유궁 자지애 아래로 갔다. 그때까지 그는 곤선승에 묶여 있었는데 그때 갑자기 도동 하나가 민요를 부르며 다가왔다.

산도 멀고 물도 아득하여

속세의 길과 단절되었지.

거칠고 허름한 도포지만

소매 안에 천지를 뒤집어 담지.

해와 달 어깨에 지고

천지를 가슴에 품는다네.

언제나 안개와 노을 속에서 휘파람 불며 유유자적

천지간을 소요하면서

용과 호랑이 굴복시켜 도가 절로 높아지고

자줏빛 안개 새 거처를 보호해주니

흰 구름 벗을 삼지.

영원히 늙지 않고 살면서

그저 병 속에서 문득 깨닫는다네!

山遠水遙　隔斷紅塵道

粗袍敝袍　袖裏乾坤倒

日月肩挑　乾坤懷抱

常自把煙霞嘯傲　天地逍遙

龍降虎伏道自高　紫霧護新巢　白雲做故

長生不老　只在壺中一覺

그를 발견한 여원이 소리쳤다.

"여보시오, 사형! 저 좀 구해주시오!"

수화동자가 보니 자지애 아래에 푸른 얼굴에 시뻘건 머리카락, 커다란 입에 송곳니가 삐져나온 도사가 오랏줄에 묶여 있었다.

"그대는 누구인데 그런 곤경에 처해 있소?"

"저는 금령성모의 제자로 봉래도의 일기선 여원이외다. 강상이 저를 북해에 빠뜨렸는데 다행히 하늘이 목숨을 끊지 않아 물의 장막을 이용해 여기에 올 수 있었소이다. 사형, 부디 말씀 좀 전해주시구려."

수화동자는 즉시 금령성모에게 찾아가서 여원의 일에 대해 자세히 설명했다. 그 말을 들은 금령성모는 불같이 화를 내며 자지애 앞으로 갔는데 제자의 모습을 보니 더욱 화가 치밀었다. 그녀는 급히 벽유궁으로 들어가서 통천교주에게 절을 올리고 말했다.

"사부님, 드릴 말씀이 있사옵니다. 곤륜산의 제자들이 우리 절교를 무시한다는 말은 자주 들었사오나 일기선 여원이 대체 그들에게 무슨 죄를 지었다고 저들이 무쇠 궤짝에 가둬 북해에 빠뜨렸는지 모르겠사옵니다. 다행히 그가 목숨을 건져서 물의 장막을 이용해 자지애로 도망쳐 왔사오니 사부님께서 부디 자비를 베푸셔서 저희의 체면을 살려주시옵소서!"

"지금 어디에 있느냐?"

"자지애 앞에 있사옵니다."

"이리로 데려오너라."

잠시 후 제자들이 여원을 떠메고 벽유궁 앞으로 오자 그의 모습을 본 벽유궁의 제자들은 너나없이 분을 참지 못했다. 그때 금종과 옥경이 일제히 울리면서 통천교주가 궁궐 대문 앞으로 왔다. 이에 제자들이 일제히 하소연했다.

"천교의 제자들이 우리 절교를 너무 무시하고 있사옵니다!"

통천교주는 여원의 모습을 보고 먼저 그의 몸에 부적을 하나 붙이고 나서 손가락을 퉁겼다. 그러자 즉시 곤선승이 풀려 떨어졌다. '성인은 화가 나도 표정으로 드러내지 않는다'라고 했듯이 통천교주는 차분히 여원에게 말했다.

"따라 들어오너라."

그리고 그에게 한 가지 물건을 내주며 이렇게 말했다.

"가서 구류손을 잡아 내게 데려오너라. 절대 그를 다치게 해서는 안 된다, 알겠느냐?"

"예!"

그야말로 이런 격이었다.

선인께서 가슴 꿰는 사슬 천심쇄를 하사하셨으나
하늘이 그 뜻대로 따라주지 않을까 걱정스럽구나!

聖人賜與穿心鎖　　只恐皇天不肯從

어쨌든 여원은 그 보물을 지니고 벽유궁을 떠나 흙의 장막을 이용해 순식간에 사수관에 도착했다. 정찰병의 보고를 받은 한영은 계단을 내려와서 그를 맞이하고 함께 대전으로 들어갔다. 한영은 허리를 숙여 절하며 말했다.

"도사님께서 패전하여 강상에게 사로잡혔다는 소식을 듣고 무척 걱정스러웠는데 이렇게 다시 존안을 뵙게 되니 너무나 다행스럽습니다!"

"강상이 나를 무쇠 궤짝에 담아 북해에 빠뜨렸는데 다행히 별것 아닌 술법으로 빠져나와 우리 교주님께 찾아가서 한 가지 보물을 빌려 왔으니 이제 성공할 수 있을 것이외다. 오운타를 수습해서 출전할 준비를 하고 이 원한을 갚고야 말겠소!"

여원은 곧 오운타를 타고 주나라 진영의 원문 앞으로 가서 구류손에게 나오라고 요구했다. 구류손은 자기 거처로 돌아가지 않고 있었는데 강상은 정찰병의 보고를 받고 깜짝 놀라서 황급히 그를 찾아가 의논했다. 그러자 구류손이 말했다.

"여원이 북해에 빠지자 물의 장막을 이용해 벽유궁으로 도망쳤으니 틀림없이 통천교주가 무슨 대단한 보물을 빌려주었을 테지요. 그러니 감히 다시 하산했을 거외다. 일단 그대가 나가서 상대해주시구려, 그러면 내가 다시 잡아들일 테니 그렇게 해서 일시적이나마 급한 불은 꺼야 하지 않겠소이까? 만약 그자가 먼저 보물을 쓴다면 나는 당해내지 못할 거외다."

"일리 있는 말씀이십니다."

이에 강상은 곧 포를 울리게 하고 대원수의 깃발을 앞세운 채 진영 앞으로 나갔다. 여원은 그를 보고 고함을 질렀다.

"강상, 내 오늘은 너와 자웅을 결판내고야 말겠다!"

그러면서 그가 오운타를 몰고 달려들어 사납게 칼을 내리치자 강상도 얼른 칼을 들어 맞섰다. 그들이 단 한 차례 맞붙었을 때 구류손이 곤선승을 공중에 던지며 황건역사에게 명령했다.

"여원을 잡아 와라!"

그러자 '휙!' 하는 소리와 함께 황건역사가 여원을 붙잡아 왔으니 그야말로 이런 격이었다.

가을바람 불기도 전에 매미가 먼저 알아차리고
은밀히 죽음을 보내니 영문도 모르고 죽는구나!

秋風未動蟬先覺　暗送無常死不知

여원이 뜻밖의 기습을 당해 사로잡히자 강상은 비로소 마음이 놓였다. 그는 여원을 중군 막사로 끌어다 놓은 다음 구류손과 상의했다.

"여원을 죽이려면 오행의 술법 가운데 하나를 쓸 수밖에 없는데 저 작자가 그것에 모두 정통하니 죽일 방법이 없지 않소이까? 다시 도망치기라도 하면 곤란하지요!"

그러나 '삶과 죽음은 운명적으로 정해져 있으니 하늘의 뜻을 어찌 피하랴?'라는 말이 있듯 여원은 봉신방에 이름이 오른 이였기 때문에 그 운명을 피할 수 없었다. 강상이 어찌할 방도를 몰라 고심하고 있을 때 수하가 들어와서 보고했다.

"육압도인께서 오셨사옵니다."

강상은 구류손과 함께 영채 밖으로 나가서 그를 맞이하여 중군 막사로 들어왔다. 그런데 여원은 육압도인을 보자 혼이 날아갈 듯 놀라서 얼굴이 누렇게 변해 이렇게 말했다.

"도형, 기왕 오셨으니 자비를 베풀어주시구려. 내가 천 년 동안 도

를 닦으며 온갖 고생을 하여 수련한 점을 가련히 여겨주시구려. 이제
부터는 반드시 개과천선하여 주나라 병사를 가로막지 않겠소이다."

"그대는 하늘을 거슬렀으니 천리天理에 용납되기 어렵소. 게다가
봉신방에 이름이 오른 처지이니 나는 그저 하늘을 대신하여 처벌할
뿐이오. 그야말로 이런 격이 아니겠소?"

올바른 도리에 귀의하지 않고 사악한 길로 들어가
가슴에 품은 높은 도술을 믿고 으스댔지.
뜻밖에 하늘이 진정한 군주를 도와
오늘 내가 왔으니 그 목숨 부지하기 어려우리라!

不依正理歸邪理　仗你胸中道術高

誰知天意扶眞主　吾今到此命難逃

그렇게 읊고 나서 육압도인은 강상에게 말했다.
"향을 사를 탁자를 마련해주시구려."

잠시 후 육압도인은 향로에 향을 사르고 곤륜산을 향해 절한 다
음 꽃바구니 속에서 호리병을 하나 꺼내 탁자 위에 올려놓았다. 그
리고 호리병의 마개를 열자 한 줄기 하얀 빛이 공중으로 피어나더
니 그 빛의 꼭대기에 일곱 치 다섯 푼 크기의 물건이 나타났는데 거
기에는 눈과 날개가 달려 있었다. 그러자 육압이 중얼거렸다.

"보배여, 회전하시라!"

그것이 하얀 빛 위에서 서너 바퀴 회전하자 불쌍하게도 여원의
커다란 머리가 떨어져버렸으니 이 참장봉신비도斬將封神飛刀의 묘

용을 노래한 시가 있다.

먼저 진원眞元을 단련한 뒤에 공력을 운용하니
이 속의 오묘함은 암수가 짝을 이루고 있지.
오직 하나 선천의 비결만 남았으니
요사한 괴물 베는 것은 당연히 다르다네!

先煉眞元後運功　　此中玄妙配雌雄

惟存一點先天訣　　斬怪誅妖自不同

이렇게 육압도인이 참장봉신비도로 여원의 목을 베자 그의 영혼은 봉신대로 들어가고 말았다. 강상은 그의 수급을 효수하려고 했는데 그때 육압도인이 말했다.

"안 되오, 여원은 원래 신선의 몸이었으니 그것을 밖에 드러내놓는 것은 예의가 아니오. 흙 속에 매장해줘야 하오."

그런 다음 육압도인과 구류손은 작별 인사를 하고 나서 각자의 거처로 돌아갔다.

한편 여원이 죽었다는 소식을 들은 한영은 은안전에서 장수들과 의논했다.

"이제 여원 도인도 죽었으니 더 이상 주나라 장수를 막을 사람이 없소. 적군이 성 아래에 와 있고 좌우의 관문도 이미 주나라에 함락된 데다가 강상의 휘하에 있는 이들은 모두 도술에 능하니 결국 우리가 승리할 수 없을 것 같소. 허나 투항하자니 상나라에서 벼슬살이를 한 은혜를 차마 저버릴 수 없고 저항하자니 결국 이 관문을 지켜내지 못하고 포로가 되고 말 것 같소. 그러니 이제 어쩌면 좋겠소?"

이때 부장 서충徐忠이 말했다.

"사령관께서 상나라를 저버릴 생각이 아니시라면 결코 관문을 저들에게 바치지 않으실 것이 아닙니까? 그러니 차라리 직인을 대전에 걸어놓고 문서는 창고에 넣어두고 폐하께서 계신 조가를 향해 절을 올린 다음 벼슬을 버리고 떠나는 것이 어떻습니까? 그러면 신하로서 도리를 잃지 않을 수 있지 않겠습니까?"

한영은 그 말이 일리 있다고 생각하고 병사들에게 같은 내용의 군령을 내렸다.

"사령부 안의 중요한 물자를 꾸려서 수레에 싣도록 하라!"

결국 그는 산림에 은거하기로 결심했다. 그러자 여러 장수들도 제각기 행장을 꾸리기 시작했다. 한영은 금은보화와 옷가지, 비단 등을 챙겨 나르라고 분부했다.

이렇게 관문 안이 시끌벅적하자 뒤뜰에서 강상의 군대에 대항할 무기를 만들고 있던 한영의 두 아들이 깜짝 놀라서 달려 나왔다. 그때 장수들이 상자를 나르고 있는지라 무슨 일인지 물어보니 관문을 버리고 떠나기로 했다는 것이었다. 그러자 두 아들이 말했다.

"잠시 멈추시오, 우리 나름대로 방책이 있소."

그러면서 그들은 부친에게 달려갔는데 이후에 어찌 되는지는 다음 회를 보시라.

정륜, 장수를 사로잡아 사수관을 함락하다
鄭倫捉將取氾水關

만인거의 흉험한 기세 막을 수 없는데
거센 바람이 불길 모아 드센 적을 도왔지.
깃발은 불꽃처럼 모두 재앙을 당했고
장수와 병사는 재앙 만나 부상 입었지.
한낮인데도 벌써 반쪽 벽조차 가릴 수 없거늘
황혼에야 어찌 고을을 보호할 수 있으랴?
뜻밖에 독량관이 목숨 재촉하는 재능 있어
두 아들이 그를 만나 순식간에 죽어갔지.

萬刀車兇勢莫當　風狂火聚助強梁

旗幡若焰皆逢劫　將士遭殃盡帶傷

白晝已難遮半壁　黃昏安可護三鄉

誰知督運能催命　二子逢之刻下亡

그러니까 한영이 뒤채에서 장수와 병사들에게 서둘러 물건을 나르라고 분부하자 깜짝 놀란 큰아들 한승韓昪과 작은아들 한변韓變이 부친에게 달려갔다. 그들은 부친의 그런 모습을 보고 황급히 주위의 수하에게 물었다.

　"이것이 무슨 일인가?"

　수하가 앞서 한영이 한 말을 자세히 들려주자 두 아들은 황급히 뒤채로 가서 한영에게 말했다.

　"아버님, 왜 재산을 옮기고 계십니까? 이 관문을 버리고 어찌하실 생각이십니까?"

　"너희는 아직 어려서 세상사를 잘 모른다. 어서 짐을 챙겨 이곳을 떠나 변란을 피해야 한다. 머뭇거리다가 일을 그르치면 안 된다!"

　그 말을 들은 한승은 자기도 모르게 헛웃음을 터뜨렸다.

　"아버님, 그것은 아닙니다! 이 일이 밖에 알려지기라도 하면 아버님께서 평생 쌓으신 명성이 하루아침에 무너질 것입니다. 아버님께서는 나라의 고관대작으로 아내와 자식까지 모두 나라의 은덕을 입지 않으셨습니까? 이제 폐하께서 이 중요한 관문을 아버님께 맡기셨는데 나라의 은혜에 보답하여 목숨을 바쳐 절개를 지킬 생각은 하지 않으시고 오히려 아녀자 같은 생각으로 목숨에 연연하시면 후세의 조롱거리만 될 뿐입니다. 이 어찌 사내대장부로서 할 일이겠습니까? 이것은 또한 대신을 믿고 일을 맡기신 폐하를 저버리는 일이기도 합니다. '사직에 있는 이는 사직을 위해 죽고 제후에 봉해진 이는 자신의 봉토를 위해 죽어야 한다'라는 옛말도 있지 않습니까? 그런데 어찌 이리 가벼이 버리고 떠나시겠다고 하십니까? 저희 형제는 어려서부터 아버님의 가르침을 받고 궁술과 기마술을 익혔으며 기인을 만나 훌륭한 술법을 배웠지만 아직 숙련되지 못했을 뿐입니다. 며칠 동안 스스로 연습하여 이제야 완성해서 막 출전하려던 참인데 뜻밖에 아버님께서 이 관문을 버리려 하시는군요! 저희는 이 한 몸 바쳐 나라에 충성을 다하고 싶습니다!"

그 말을 들은 한영은 고개를 끄덕이며 탄식했다.

"충의라는 것을 나라고 어찌 모르겠느냐? 하지만 폐하께서 정신이 흐려져서 황음무도한 일을 자행하시니 천명이 이미 다른 곳으로 돌아가버렸다. 그런데도 억지로 이 관문을 지키려 한다면 애먼 백성들만 도탄에 빠뜨릴 뿐이니 차라리 벼슬을 버리고 산림에 은거하는 것이 백성을 구하는 것이 아니겠느냐? 게다가 강상의 문하에는 기인들이 많아서 여화와 여원도 모두 불상사를 당해버렸는데 하물며 그들보다 못한 이들이야 말할 필요가 있겠느냐? 너희 형제가 충의를 지킨다면 나 역시 기쁘기 그지없겠지만 호랑이를 그리려다 개만 그리게 되면 결국 실질적인 도움도 되지 못한 채 헛된 죽음만 당할 뿐이다!"

"그것이 무슨 말씀이십니까! 나라의 봉록을 받았으면 마땅히 폐하의 근심을 나누어 져야 하는 법입니다. 모두들 자기 안위만 챙긴다면 나라에서 인재를 양성한들 무슨 소용이 있겠습니까? 못난 이 아들은 몸 바쳐 나라의 은혜에 보답하여 만 번 죽더라도 후회하지 않겠습니다. 아버님, 저희가 한 가지 물건을 보여드리겠습니다."

그 말을 들은 한영은 속으로 기뻐했다.

'우리 가문에서도 이렇게 충성스럽고 의로운 후손이 나왔구나!'

한승은 서재에 가서 한 가지 물건을 가져왔는데 그것은 바로 종이로 만든 풍차였다. 그 중앙에는 회전판이 하나 있고 한 손으로 중간의 자루를 잡으면 나는 듯이 주위가 돌아갔다. 그 위에는 네 개의 깃발이 달려 있고 거기에는 부적이 찍혀 있으며 또 '지地', '수水', '화火', '풍風'이라는 네 글자가 적혀 있었으니 이 풍차가 바로 만인거萬刃車라는 것이었다. 한영은 그것을 살펴보고 물었다.

"이런 애들 장난감을 어디에 쓴다는 말이냐?"

"그것은 이 물건의 묘용을 몰라서 하시는 말씀입니다. 믿기지 않으시면 잠시 훈련장으로 가시지요. 이 종이 풍차의 묘용을 보여드리겠습니다."

한영은 두 아들의 말이 아주 조리가 있는지라 곧 훈련장으로 함께 갔다. 잠시 후 한승과 한변은 각기 말에 올라 머리카락을 풀어 헤치고 칼을 뽑아 든 채 중얼중얼 주문을 외었다. 그러자 구름과 안개가 피어나면서 음산한 바람이 횡횡 몰아치고 불꽃이 하늘로 치솟더니 공중에 수백만 개의 칼날이 날아다녔다. 그 모습을 본 한영은 혼비백산 놀라서 한승이 풍차를 거둬들이자 물었다.

"이것은 누구에게서 전수받은 것이냐?"

"예전에 아버님께서 조정에 근무하실 때 저희가 심심해서 대문 앞에서 놀고 있는데 법계法戒라는 행각승이 동냥을 하러 왔습니다. 그래서 저희가 한 끼니를 대접했더니 자신을 사부로 모시라고 했고 그때 저희는 그분의 생김새가 예사롭지 않다고 생각해서 즉시 사부로 모시고 절을 올렸습니다. 그러니까 그분이 이렇게 말씀하시더군요. '훗날 강상이 틀림없이 전쟁을 일으킬 것이다. 내가 너희에게 이 법보法寶를 전수해줄 테니 이것이 있으면 주나라 군대를 물리치고 관문을 지킬 수 있을 것이다.' 그런데 오늘 사부님 말씀대로 일이 일어났으니 틀림없이 전투에 승리하고 강상도 사로잡을 수 있을 것입니다."

한영은 무척 기뻐하며 곧 한승에게 그 보물을 거둬들이라고 했다.

"쓸 만한 병력은 있느냐? 그리고 이 풍차는 대략 몇 개나 가지고 있느냐?"

"이 풍차는 삼천 대가 있으니 강상의 병력이 육십만 명이라고 해도 두려울 것이 없지요. 단 한 차례의 전투만 해도 그 가운데 하나도 살아남지 못할 것입니다!"

한영은 서둘러 정예병 삼천 명을 선발하여 두 아들로 하여금 그들에게 풍차를 쓰는 법을 가르치게 했으니 그야말로 이런 격이었다.

여원의 방해가 막 끝났는데
또 삼군이 도륙당하는 재앙이 닥쳤구나!

余元相阻方纔了　又是三軍屠戮災

그러니까 한승은 삼천 명의 병력에게 모두 검은 옷을 입히고 머리카락을 풀어 헤치고 맨발로 서서 왼손에 풍차를 들고 오른손에 칼을 든 채 마음껏 적을 죽일 수 있도록 훈련시켰다. 그렇게 열나흘 동안 훈련을 하고 나자 병사들도 그 방법을 숙지하게 되었다. 그리고 그날 한영과 두 아들은 정예병을 이끌고 관문 밖으로 나가 주나라 진영에 가서 싸움을 걸었다.

한편 강상은 여원을 격파하고 난 뒤 관문을 공략할 준비를 하고 있었다. 그런데 갑자기 관문 안에서 포성이 울리더니 잠시 후 정찰병이 중군 막사로 들어와서 보고했다.

"사수관의 사령관이 병력을 이끌고 와서 대원수께 나오라고 요구하고 있사옵니다."

강상은 황급히 제자와 장수들에게 군령을 내렸다.

"병력을 정비하여 출전한다!"

사실 강상은 한영과는 한 번밖에 만나보지 못했기 때문에 이번에 당하게 될 재난에 대해서 전혀 방비가 없었다. 그가 말했다.

"한 장군, 시세를 모르고 천명을 거스르면서 어찌 장수 노릇을 할 수 있겠소? 나중에 후회하지 말고 속히 무기를 버리시오!"

"하하, 강상! 네 병력이 강하다는 것만 믿고 죽음이 코앞에 이른 것은 모르고 있구나? 그러면서 감히 무력을 자랑하며 흑백을 따지는 것이냐!"

"뭣이! 누가 나가서 저 한영을 잡아 오겠는가?"

이에 옆에 있던 위분이 말을 몰아 달려들며 창을 휘두르자 한영의 뒤쪽에서 두 명의 젊은 장수가 나와서 창을 들고 맞섰으니 바로 한승과 한변이었다. 위분은 그들을 보고 소리쳤다.

"너희는 누구냐?"

"나는 사령관님의 큰아들 한승이고 이쪽은 작은아들 한변이다. 너희는 무력을 믿고 군주를 기만하여 그 죄가 하늘에 닿았으니 오늘 네놈들의 명줄이 끊어질 때가 되었다!"

위분은 분기탱천하여 창을 내질렀고 한승과 한변도 정면으로 맞섰다. 몇 판 맞붙고 나서 한승이 고삐를 돌려 뒤로 달아났는데 그것이 계책인 줄 모르는 위분은 즉시 쫓아갔다. 그때 한승이 쓰고 있던 모자를 벗고 창을 들어 허공에 흔들자 즉시 삼천 대의 만인거가 바람을 탄 불길처럼 거세게 들이닥쳤으니 위분이 그것을 어찌 감당할 수 있었겠는가? 바람과 불길을 몰고 밀어닥치는 만인거의 모습을 묘사한 부가 있다.

세상에는 구름이 자욱하고
안개가 천지를 뒤덮는다.
횡횡 음산한 바람에 모래와 바위 구르고
뭉실뭉실 연기와 불꽃 치솟아 이무기와 용도 도망친다.
바람은 불길의 기세를 타고
검은 연기는 모든 것을 삼킨다.
바람이 불길의 기세를 타니
수만 개의 창날이 사람의 넋을 위협하고
검은 연기가 모든 것을 삼키니
바로 앞뒤의 병사도 알아보기 어렵구나.
위분은 칼날에 맞아
안장에서 떨어질 뻔했고
무길도 칼에 찔려
하마터면 목숨을 잃을 뻔했지.
휘르륵 바람 소리에 무정한 바위가 휘몰아 날리고
캄캄한 연기 속에서 칼날이 장수와 병사를 해친다.

사람들끼리 부딪혀
애절한 비명 소리 들리고
말은 서로를 짓밟아
귀신도 놀라 통곡한다.
장수와 병사들은 정신없이 도망치고
제자들도 흙의 장막 이용해 빠져나간다.
선봉장과 대원수는 황망하여 어쩔 줄 몰라 하고
무왕의 영채도 어지러워졌다.
어디 청천백일이라 하겠는가?
흡사 황혼 지난 한밤중 같구나!
강상의 군대가 오늘 재앙을 만나
천지가 뒤집힐 듯하니 어찌 평안할 수 있으랴?

雲迷世界　霧罩乾坤

颯颯陰風沙石滾　騰騰煙焰蟒龍奔

風乘火勢　黑氣平吞

風乘火勢　戈矛萬道怯人魂

黑氣平吞　目下難觀前後士

魏賁中刀　幾乎墜下馬鞍鞽

武吉着刀　險些斬了三寸氣

滑喇喇風聲捲起無情石　黑暗暗刀痕剁壞將和兵

人撞人　哀聲慘戚

馬踩馬　鬼哭神驚

諸將士慌忙亂走　眾門人借遁而行

忙壞了先行元帥　攪亂了武王行營

那裏是青天白日　恍如是黑夜黃昏

子牙今日兵遭厄　地覆天翻怎太平

　만인거가 시체의 산과 피의 바다를 만들며 거세게 쳐들어오자 강상의 병력은 그 기세를 감당할 수 없었다. 그때 한영이 고개를 숙이고 잠시 생각하다가 한 가지 계책을 떠올리고는 황급히 군령을 내렸다.

"징을 울려 병력을 거둬들여라!"

　징 소리를 들은 한승과 한변은 곧 만인거 병력을 거둬들였다. 강상도 병력을 거둬들여 점검해보니 부상당한 병력이 칠팔천 명이나 되었다. 강상이 중군 막사에 들어가자 이미 모든 장수들이 모여서 한목소리로 말했다.

"이번 전투는 무시무시했사옵니다. 바람과 불이 한꺼번에 불어닥치니 그 기세를 도저히 감당할 수 없었사옵니다."

"대체 그 칼날을 날아다니게 하는 물건이 무엇인지 모르겠구려."

"날카로운 칼날이 공중과 땅을 가득 덮으며 날아오고 바람과 불길이 그 위세를 보조하니 도저히 감당할 수 없었사옵니다. 병사들이 힘으로 대적할 수 있는 것이 아니었사옵니다."

　이렇게 되자 강상은 무척 울적한 기분으로 고민에 잠겼다.

　한편 관문 안으로 돌아온 한승이 물었다.

"아버님, 오늘은 주나라 군대를 격파하고 강상을 사로잡기 딱 좋은 상황이었는데 왜 징을 울려 병력을 거둬들이게 하셨습니까?"

"오늘은 대낮이라 구름과 바람, 불이 있다 할지라도 모두들 도술을 부릴 줄 아는 강상의 문인들이 나름대로 자신을 보호할 준비를 하고 있었으니 전멸시킬 수 없지 않느냐? 나에게 절묘한 계책이 있으니 저들이 미처 정비하지 못한 사이에 오늘 밤 이 술법을 쓴다면 하나도 살아남지 못할 것이다."

그러자 두 아들이 허리를 숙여 예를 표하며 말했다.

"정말 귀신도 모를 묘책입니다!"

그야말로 이런 격이었다.

마음 놓고 주나라 영채를 습격하려 했건만
도중에 뛰어난 인물이 찾아올까 걱정스럽구나!

安心要劫周營寨　只恐高人中道來

한영은 기습할 준비를 하고 나서 밤이 되어 관문을 나가기만을 기다렸다.

그 무렵 강상은 중군 막사에 앉아서 고민에 빠져 있었다.

'저 칼날과 바람, 불을 일으키는 것이 과연 무엇이지? 산을 무너뜨릴 듯이 흉악한 기세로 덮쳐오니 도저히 막아낼 방도가 없구나. 이것은 절교에서 나온 흉악한 물건임에 틀림없어!'

그날은 이미 날이 저물었다. 강상은 이날 준비를 제대로 못해서 많은 장수들이 부상당하자 마음이 너무 울적했기 때문에 밤중의 기습에도 대비하지 못했으니 이 또한 운명이었다. 장수들 또한 아침 무렵에 엄청난 패전을 당했기 때문에 모두들 각자의 막사에 들어가 쉬고 있었다.

한편 초경 무렵이 되자 한영과 두 아들은 은밀히 관문을 나와서 만인거를 쓸 삼천 명의 정예병을 거느리고 주나라 진영의 원문으로 쇄도했다. 주나라 진영에서는 주변에 마른 나뭇가지를 깔아놓았는데 바람과 불의 도움을 받아 칼날을 소나기처럼 날리는 만인거의 위력을 막아내지는 못했다. 상나라의 정예병들이 포성과 함께 일제히 원문으로 쳐들어오니 그 기세를 누가 막을 수 있었겠는가? 그야말로 파죽지세였던 것이다!

사방에서 대포 소리 어지럽게 울리고
만인거의 칼날 베틀 북처럼 날아다닌다.
용맹한 병사들 막사를 마음껏 유린하고
말은 병사를 짓밟고 지나간다.
바람이 일어나 천지를 가리고
불길이 몰려와 연기 날리고 불꽃 타오른다.
병사들의 함성에
천지가 뒤집히고
장수가 술법 부리니
호랑이도 벼랑 아래로 내달린다.
칼에 맞은 병사는 연달아 비명 지르고
창에 다친 장수는 갑옷조차 입기 힘들다.
부상당한 이들은 머리가 타고 이마가 문드러졌으며

죽은 이들 시체는 모래 구덩이에 널브러졌다.

강상은 도술이 있어도 쓸 틈이 없었고

금타와 목타도 당연히 따라하기 힘들었다.

이정은 금탑 쓰기 어려웠고

뇌진자는 그저 무왕만 보호할 뿐.

남궁괄은 머리 싸매고 도망쳤고

무성왕도 무기조차 챙기지 못했지.

사현팔준도 모두 쓸모없어서

죽은 말과 병사의 시체가 온 땅에 끌려 다닌다.

그야말로 온 대지의 풀 끝에는 푸른 피 맺혀 있고

논밭도 폭삭 꺼져 시체가 줄줄이 쌓였구나!

四下裏火砲亂響　萬刃車刀劍如梭

三軍踴躍縱征鼉　馬踏人身徑過

風起處遮天迷地　火來時煙飛焰裏

軍吶喊　天翻地覆

將用法　虎下崖坡

着刀軍連聲叫苦　傷槍將鎧甲難馱

打着的焦頭爛額　絕了命身臥沙窩

姜子牙有法難使　金木二吒也自難搴

李靖難使金塔　雷震子止保皇哥

南宮适抱頭而走　武成王不顧兵戈

四賢八俊俱無用　馬死人亡遍地拖

正是　遍地草梢含碧血　滿田低陷疊行屍

한승과 한변 형제는 야간에 강상의 영채를 기습하여 하늘을 찌를 듯이 함성을 지르며 원문으로 돌진했다. 중군 막사에 앉아 있다가 그 소리를 들은 강상은 황급히 사불상에 올랐고 주변의 제자들도 모두 중군으로 모여들어 호위했다. 잠시 후 검은 연기가 자욱이 퍼지면서 바람과 불이 번갈아 밀려오고 칼날이 일제히 쏟아지니 산을 무너뜨리고 땅을 찢어놓을 듯한 그 기세에 등불조차 버티지 못하고 꺼져버렸다. 또한 삼천 명의 정예병이 밀물처럼 원문으로 몰아쳐 오니 어찌 막을 수 있었겠는가? 캄캄한 밤중이라 서로 돌봐주지도 못해서 피가 도랑을 이루고 온 들에 시체가 널려 누가 자기편인지도 알아볼 수 없을 지경이었다. 무왕이 소요마에 오르자 모공수와 주공 단이 앞장서서 호위했고 한영이 그 뒤에서 북을 울리며 전군의 진격을 재촉하니 주나라 병사들은 사분오열되어 군주는 신하를 보살피지 못하고 아비는 자식을 보살피지 못하는 상황이 되었다. 한승과 한변은 그 기세를 몰아 강상을 추격했는데 다행히 강상이 행황무기기를 들고 앞쪽을 가려주어 병사와 장수들이 일제히 도주할 수 있었다. 그 와중에 한승과 한변이 만인거 병력을 재촉하여 바짝 추격하자 강상은 결국 더 이상 도망칠 길이 없는 궁지에 몰렸다. 그렇게 날이 밝아올 때까지 공격을 퍼붓다가 한승과 한변은 고함을 질렀다.

"오늘 강상을 사로잡기 전에는 절대 돌아가지 않겠다!"

그들은 계속 추격하면서 삼천 명의 병사들에게 분부했다.

"호랑이 굴에 들어가지 않으면 어찌 호랑이 새끼를 잡을 수 있겠느냐!"

한참 동안 도주하던 강상은 금계령에 이르러 앞쪽에 두 개의 붉은 깃발이 세워진 것을 발견하고 독량관 정륜이 와 있다는 사실을 알게 되어 그나마 마음이 조금 놓였다. 그때 정륜은 말을 타고 산 어귀로 나와서 강상을 맞이하며 다급히 물었다.

"대원수, 어쩌다 이렇게 되셨사옵니까?"

"뒤에 추격병이 쫓아오는데 엄청난 전차가 몰려오고 있고 또 바람과 불이 위세를 도와주니 도저히 막아낼 수 없네. 좌도방문의 술법이 분명하니 조심히 그 예봉을 피하게."

정륜은 즉시 화안금정수를 몰고 앞으로 달려 나갔다. 잠시 후 한승 형제가 삼천 명의 병력을 이끌고 벌써 화살 하나가 날아갈 거리의 반밖에 되지 않는 곳까지 와 있자 그들을 막아서며 호통쳤다.

"비천한 놈들이 어찌 감히 우리 대원수를 추격하느냐!"

한승이 말했다.

"네놈이 그자를 대신할 수는 없다!"

그러면서 그가 창을 내지르자 정륜도 항마저를 휘두르며 맞섰다. 만인거의 위력을 이미 알고 있는 정륜은 뒤쪽에서 바람과 불길, 칼날이 닥쳐오자 단 한 번만 맞붙고 나서 재빨리 콧구멍에서 두 줄기 하얀 빛을 내뿜었다. '핑!' 하는 소리와 함께 한승과 한변은 그대로 낙마해버렸고 재빨리 달려든 오아병들이 둘을 오랏줄로 꽁꽁 묶었다. 그들 형제가 눈을 떴을 때는 이미 포로가 된 신세인지라 그들은 동시에 탄식을 터뜨렸다.

"아, 하늘이 우리를 버리는구나!"

두 장수가 사로잡히자 뒤쪽에서 풍차를 들고 전진하던 삼천 명의 상나라 병사들은 바람과 불길, 칼날의 술법이 모두 사라져버리니 다급히 돌아서서 뿔뿔이 도망쳤다. 한편 주나라 진영을 마음대로 휘젓고 다니던 한영은 삼천 명의 병사들이 바람과 불, 칼날도 없이 도망쳐오고 두 아들도 보이지 않는지라 다급히 그들에게 물었다.

"두 장군은 어디에 있느냐?"

"두 분 장군님은 산 근처까지 강상을 추격해 갔다가 어떤 장수와 교전을 벌였는데 한 판도 맞붙기 전에 어찌 된 일인지 낙마하여 모두 포로가 되고 말았사옵니다. 저희들은 뒤쪽에 있다가 갑자기 바람과 불길, 칼날이 모두 사라지고 이 풍차만 남게 되자 어쩔 수 없이 도망쳐야 했사옵니다. 다행히 이렇게 장군님을 만나게 되었으니 어찌할지 분부를 내려주시옵소서!"

그 말을 들은 한영은 두 아들에 대한 걱정에 전의를 상실하고 이내 병력을 거둬들여 관문으로 들어가버렸다.

한편 정륜은 한승과 한변을 양곡을 실은 수레에 가두고 강상과 함께 회군했다. 도중에 무왕과 모공 수 등을 만났고 여러 제자와 장수들도 모두 모였다. 한밤중의 전투였는지라 도술을 아는 이들마저 자기 몸을 돌보기에 바빠서 이처럼 큰 패배를 당하고 말았던 것이다. 무왕은 강상이 문안 인사를 올리자 탄성을 질렀다.

"놀라서 죽는 줄 알았습니다! 다행히 모공 수가 지켜주어서 간신히 위기를 벗어날 수 있었습니다."

"이 모두가 제 잘못이옵니다."

그들은 서로를 위로하며 술상을 차리게 하여 놀란 가슴을 진정시켰다. 그날 밤은 별일 없이 지나갔다.

이튿날 강상은 병력을 정비하여 사수관 아래로 가서 영채를 차리게 했고 병사들은 포를 쏘고 천지가 흔들릴 정도로 함성을 내질렀다. 그 소리를 들은 한영이 정찰병을 시켜 탐문하게 하자 잠시 후 보고가 올라왔다.

"사령관님, 주나라 군대가 다시 관문 아래에 영채를 차렸사옵니다."

"뭐라고? 그렇다면 내 아들들은 끝장이 났다는 말이로구나!"

그는 몸소 성 위로 올라가서 다시 정찰병을 파견했다.

한편 중군 막사에서 장수들의 인사를 받고 난 강상은 즉시 군령을 내렸다.

"다섯 방위로 부대를 배치하라, 내가 직접 관문의 공격에 나서겠다!"

장수들은 한승과 한변에게 이를 갈았다. 이윽고 강상이 관문 아래로 가서 소리쳤다.

"한영에게 나오라고 전해라!"

그러자 한영이 성 위에 모습을 드러내고 소리쳤다.

"강상, 패장이 어찌 감히 여기에 또 왔느냐?"

이에 강상은 껄껄 웃음을 터뜨렸다.

"내 비록 너의 간악한 계책에 걸려들었지만 이 관문은 결국 내게 넘어올 것이다. 너도 알다시피 저번에 승리를 거둔 그 장수들은 이미 내 포로가 되었다. 여봐라, 한승과 한변을 끌고 와라!"

병사들이 곧 한승과 한변을 진세 앞으로 끌고 오자 한영은 봉두

난발에 맨발로 오랏줄에 묶여 끌려 나온 두 아들을 보고 자기도 모르게 가슴이 저려와서 다급히 소리쳤다.

"대원수, 내 자식들이 무모하게 위엄에 도발한 것은 용서받지 못할 죄이지만 부디 측은지심을 발휘하여 그 아이들을 사면해주시오. 그러면 나도 이 사수관을 바쳐 보답하겠소이다."

그러자 한승이 버럭 소리쳤다.

"안 됩니다, 아버님! 주왕의 측근으로서 후한 봉록을 받으시는 분이 어찌 자식의 목숨 때문에 신하의 도리를 저버리려 하십니까? 그저 단단히 방어하고 계시다가 폐하께서 구원병을 보내시면 함께 협력하여 저 비천한 강상을 사로잡으십시오. 그리고 저놈의 시신을 천참만륙하여 아들의 복수를 해주셔도 늦지 않습니다. 그러면 저희 둘은 만 번을 죽더라도 여한이 없습니다!"

그 말을 들은 강상은 진노하여 수하에게 분부했다.

"목을 쳐라!"

이에 남궁괄이 나서서 칼을 들어 그 둘의 목을 치자 그 모습을 본 한영은 칼로 심장을 도려내는 듯하여 버럭 비명을 지르며 그대로 성 아래로 몸을 던져버렸다. 가련하게도 세 부자는 목숨을 바쳐 충절을 다했으니 진정 천고에 드문 일이었다. 후세에 그들을 칭송한 시가 있다.

사수는 밤낮을 가리지 않고 도도히 흐르는데
한영의 의지는 나라와 함께 끝났구나.
아비가 신하의 절개 지키니 외로운 원숭이도 눈물짓고

정륜, 장수를 사로잡아 사수관을 함락하다.

자식이 충정을 다하니 늙은 학도 슬퍼했지.
한꺼번에 죽어도 사직에 대한 보답은 미미했지만
세 영혼은 아득히 떠돌며 왕후 앞에서도 당당했지.
지금 손가락 꼽아 헤아려도 부끄러움 없나니
우습도다, 그 시절의 아녀자 같은 무리여!

氾水滔滔日夜流　韓榮志與國同休

父存臣節孤猿泣　子盡忠貞老鶴愁

一死依稀酬社稷　三魂縹緲傲王侯

如今屈指應無愧　笑殺當年兒女儔

어쨌든 한영이 성에서 뛰어내려 죽자 성 안의 백성들은 관문을 열고 강상의 군대를 맞이했다. 강상 일행이 사수관 안으로 들어가자 원로들이 나와서 향을 사르고 무왕을 영접하여 사령부로 안내했다. 장수들은 무척 기뻐하며 창고의 재물을 점검한 뒤 방을 내붙여 백성들을 안심시켰다. 무왕은 한영 부자를 위해 후한 장례를 치러주라고 분부했고 강상은 그 분부를 전한 뒤 술상을 차리게 해서 공을 세운 이들을 격려하며 사나흘 동안 그곳에 머물렀다.

한편 건원산 금광동의 태을진인은 벽유상에 고요히 앉아 있었다. 그때 금하동자가 와서 보고했다.

"백학동자가 찾아왔사옵니다."

태을진인이 밖으로 나가보니 백학동자가 옥허궁의 문서를 들고 있었다.

"사숙, 하산하셔서 함께 주선진을 격파하십시오."

이에 태을진인은 곤륜산을 향해 절을 올렸다. 그러고 나서 백학동자가 옥허궁으로 돌아가자 금하동자에게 분부했다.

"나타를 데려오너라."

잠시 후 나타가 황급히 달려와서 절을 올리자 태을진인이 말했다.

"이제 네 상처도 다 나았으니 먼저 하산해라. 나도 곧 따라가서 함께 주선진을 격파하도록 하마."

"예!"

나타가 막 하산하려고 하는데 태을진인이 말했다.

"잠깐 기다려라, 예전에 옥허궁의 교주께서 강상에게 석 잔의 술을 하사하셨는데 이제 네가 하산하니 나도 네게 술 석 잔을 주고 싶구나. 어떠냐?"

"감사합니다."

태을진인은 금하동자에게 술상을 준비하게 해서 나타에게 첫 잔을 따라주었다. 나타가 감사하며 단숨에 마시자 그는 소매에서 대추를 한 알 꺼내 안주로 주었다. 그렇게 나타는 석 잔의 술을 마시고 세 알의 대추를 먹었다. 그런 다음 태을진인은 동부 밖까지 전송하며 나타가 풍화륜을 타는 모습을 지켜보고 나서 다시 동부 안으로 들어왔다. 나타는 화첨창을 들고 막 흙의 장막을 이용해 떠나려는데 갑자기 왼쪽에서 무슨 소리가 나더니 그의 몸에서 팔이 하나 생겨나는 것이었다.

"아니, 이게 어찌 된 일이지?"

그 말이 채 끝나기도 전에 이번에는 오른쪽에서 무슨 소리가 나

더니 또 하나의 팔이 생겨났다. 나타는 너무나 놀라서 눈이 휘둥그
레져 입을 딱 벌렸다. 그때 좌우에서 일제히 소리가 나면서 여섯 개
의 팔이 생겨나 그의 팔이 모두 여덟 개가 되었고 또 두 개의 머리가
생겨나 머리는 모두 세 개가 되었다. 나타는 너무나 당황스러웠다.

'일단 돌아가서 사부님께 여쭤보자.'

그가 풍화륜을 타고 동부 입구로 돌아오자 태을진인이 나와서 손
뼉을 치며 껄껄 웃었다.

"허허, 신기한 일이로다! 정말 신기한 일이야!"

신선 세계의 술 석 잔 삼관三關°에 스며드니

화조가 사내대장부의 얼굴 더해주었구나.

여덟 개의 팔이 만들어져 신묘한 술법 이루었고

세 개의 머리 가벼이 여기지 말라.

순식간에 변화하여 인간의 경지 뛰어넘어

어느새 바람과 우레 부리며 마음대로 오갈 수 있게 되었지.

이는 주나라에 기인이 많아서가 아니라

오직 하늘이 간악한 자들을 미워했기 때문이지.

瓊漿三盞透三關　火棗頻添壯士顏

八臂已成神妙術　三頭莫作等閑看

須臾變化超凡聖　傾刻風雷任往還

不是西岐多異士　只因天意惡奸讒

나타가 다시 돌아와서 태을진인을 보고 물었다.

"이렇게 팔이 생겨나서 삐죽삐죽 얽혀 있으니 무기를 쓰기에 곤란하지 않겠사옵니까?"

"강상의 영채에는 기인이사奇人異士가 많아서 두 날개를 가진 이도 있고 변신술에 능한 이, 지행술을 익힌 이, 기이하고 진귀한 보물을 지닌 이도 있다. 이제 네게 세 개의 머리와 여덟 개의 팔이 있으니 우리 금광동에서 전수한 보람이 있구나. 이번에 다섯 관문을 들어가면 주나라에 기이한 인물이 많고 모두들 영웅의 기상을 지니고 있음을 보여주게 될 것이다. 이 술법은 은밀히 숨겼다가 드러낼 수 있는데 그것은 모두 네 마음먹기에 달렸느니라."

"감사합니다."

이에 태을진인은 나타에게 세 개의 머리와 여덟 개의 팔을 숨기고 드러내는 술법을 전수해주었고 나타는 무척 기뻐했다. 한 손에는 건곤권을, 한 손에는 혼천릉을, 한 손에는 황금 벽돌을 쥐고 두 손에 두 자루의 화첨창을 쥐었지만 아직도 세 개의 손이 비어 있었다. 태을진인은 구룡신화조와 음양검陰陽劍 한 쌍을 주어서 모두 여덟 가지 무기를 쓸 수 있게 해주었다. 나타는 곧 사부와 작별하고 곧 장사수관으로 향했으니 바로 이런 격이었다.

여화의 칼에 다쳐 동부로 돌아왔는데
오늘 아침 변신술이 더욱 신통해졌구나!

余化刀傷歸洞府　今朝變化更神通

한편 강상은 병사와 장수들을 점검하여 계패관을 공략할 준비를 하고 있었다. 그때 갑자기 태상노군이 읊어준 게송이 떠올랐다.

'계패관 아래에서 주선진을 만날 것이라고 하셨는데 그 일의 길흉을 모르니 함부로 움직이면 안 되겠구나. 하지만 진군을 하지 않으면 회합 날짜에 맞춰 도착하지 못할 수도 있으니 문제로다.'

그렇게 그가 대전 안에서 걱정하고 있는데 갑자기 보고가 올라왔다.

"황룡진인께서 오셨사옵니다."

강상은 그를 맞이하여 대청으로 안내한 후 인사를 나누고 자리에 앉았다. 황룡진인이 말했다.

"앞쪽에 주선진이 펼쳐져 있으니 경솔하게 진군하시면 안 되오. 문인들에게 분부하여 움막을 하나 지어 각지에서 오는 도인과 기인들을 맞이한 후 교주님의 분부를 받고 나서 진군하셔야 할 것이외다."

강상은 즉시 남궁괄과 무길을 불러 움막을 지으라고 분부했다.

한편 나타는 세 개의 머리와 여덟 개의 팔을 드러낸 채 풍화륜에 올랐다. 그는 푸르뎅뎅한 얼굴에 주사를 바른 듯한 머리카락을 하고 삐죽삐죽 뒤얽힌 여덟 개의 손을 흔들며 사수관으로 왔으니 수문장은 그것이 나타인 줄 알아보지 못하고 황급히 강상에게 보고했다.

"대원수, 바깥에 세 개의 머리와 여덟 개의 팔이 달린 장수가 관문 안으로 들어오려 하고 있사옵니다. 어떻게 할까요?"

이에 강상은 이정에게 나가서 알아보라고 했다. 이정이 나가보니 과연 세 개의 머리와 여덟 개의 팔이 달린 아주 흉악하게 생긴 이가 있었다.

"그대는 누구인가?"

나타는 이정을 보고 다급히 소리쳤다.

"아버님, 저는 셋째 아들 나타입니다!"

"아니, 어찌 이렇게 엄청난 술법을 익혔느냐?"

이에 나타는 화조에 관한 이야기를 죽 들려주었다. 그러자 이정이 대전으로 돌아가서 강상에게 자세히 보고했고 강상은 무척 기뻐하며 수하에게 분부했다.

"데리고 들어오너라!"

잠시 후 나타가 대전에 들어와서 강상에게 절을 올리자 지켜보는 모든 이들이 기뻐하며 축하해주었다.

이튿날 남궁괄이 강상을 찾아와서 보고했다.

"대원수, 움막을 다 지었사옵니다."

그러자 황룡진인이 말했다.

"지금부터는 동부의 제자들만 그곳에 갈 수 있고 나머지 장수들은 일체 출입을 불허해야 하외다."

이에 강상은 군령을 내렸다.

"모든 장수들은 잠시 이 사수관에 대기하되 함부로 이탈하는 자가 없어야 할 것이다. 나는 황룡진인과 함께 제자들을 이끌고 움막에 가서 교주님과 여러 신선들을 기다려 주선진을 격파할 것이다. 경솔한 행위를 하는 자는 군법으로 다스릴 것이다!"

"예!"

강상은 다시 뒤쪽 대전으로 가서 무왕을 알현했다.

"저는 먼저 가서 계패관을 점령할 것이오니 대왕께서는 장수들과 함께 잠시 이곳에 계시옵소서. 일이 마무리되면 관리를 파견해서 영접하겠사옵니다."

"알겠습니다. 상보, 보중하십시오."

강상은 다시 대전으로 돌아와서 황룡진인과 함께 제자들을 거느리고 사수관을 나와 사십 리 떨어진 곳에 지어진 움막에 이르렀다. 오색 비단을 걸고 꽃을 꽂아 장식한 움막에는 비단과 융단도 마련되어 있었다. 황룡진인은 강상과 함께 움막으로 들어가서 자리에 앉았다. 그러자 잠시 후 광성자와 적정자가 도착했다. 이튿날은 구류손과 문수광법천존, 보현진인, 자항도인, 옥정진인이 도착했고 이어서 운중자와 태을진인, 청허도덕진군, 도행천존, 영보대법사가 도착했다. 강상은 그들을 일일이 맞이하여 함께 움막 안에 앉았다. 그러자 육압도인이 말했다.

"이제 주선진을 격파하고 나면 만선진萬仙陣 하나만 남겠구려. 그러면 우리도 재앙의 운수를 다 채우게 되니 각자의 거처로 돌아가 다시 정진하여 정과를 이룰 수 있을 거외다."

여러 도인들이 이구동성으로 말했다.

"지당하신 말씀이십니다."

그런 다음 도인들은 모두 말없이 앉아서 태상노군이 오기를 기다렸다. 잠시 후 공중에서 패옥이 짤랑거리는 소리가 들리자 도인들은 연등도인이 도착했음을 알고 모두 자리에서 일어나 움막 밖으로 나가서 맞이했다. 그들이 함께 안으로 들어와서 서로 인사를 나누고 자리에 앉자 연등도인이 말했다.

"주선진은 바로 앞쪽에 있는데 여러분은 그것이 어떤 것인지 보셨소이까?"

"앞쪽에 뭐 특별한 것은 보이지 않았습니다."

"저기 붉은 기운에 덮인 곳이 바로 그것이외다."

이에 여러 도인들이 모두 자리에서 일어나 앞쪽을 살펴보았다.

한편 다보도인은 천교의 제자들이 도착했다는 것을 이미 알고는 손바닥을 뻗어 우렛소리를 울렸다. 그러자 붉은 기운이 갈라지면서 주선진이 모습을 드러냈는데 움막에 있는 도인들의 눈에 비친 그 진은 대단히 무시무시했다. 살기가 무럭무럭 피어나고 음산한 구름이 짙게 덮인 가운데 괴이한 안개가 진을 둘러싸고 있었으며 싸늘한 바람이 횡횡 불어대면서 진의 모습이 사라졌다 나타나고 공중으로 올라갔다 내려오고 위아래가 뒤집히는 등 예측할 수 없는 변화를 일으켰다. 그 모습을 보고 황룡진인이 말했다.

"우리는 지금 살계를 범해서 속세의 수난을 겪을 수밖에 없는 상황이오. 기왕 이 진을 만났으니 일단 겪어보고 깨는 수밖에 없겠지요."

그러자 연등도인이 말했다.

"예로부터 성인이 말씀하시기를 '선한 곳은 수만 번이라도 보겠지만 인간 세계의 살벌한 싸움터에는 가지 말라[只觀善地千千次 莫看人間殺伐臨]'라고 하셨소이다."

하지만 열두 명의 제자들 가운데 여덟아홉 명이 주선진을 깨보겠다고 나서자 연등도인도 막지 못했다. 그들이 움막 밖으로 나가자 다른 제자들도 모두 따라 나와서 구경했는데 도인들이 진 앞에 도착하니 과연 가슴이 떨릴 만큼 놀라운 모습이어서 괴이한 기운이 엄습했다. 이에 돌아갈 생각을 하지 못하고 열심히 그 모습을 구경했으니 이후에 어찌 되는지는 다음 회를 보시라.

노자, 선천의 일기를 써서 삼청으로 변신하다
老子一炁化三清

선천의 일기가 삼청으로 변하니° 그 기세 더욱 기이하고
병 속의 오묘한 법은 수미산을 관통했지.
나무 한 그루 옮겨 와서 다시 나를 태어나게 했나니
시운이 지나 몸이 나뉘었음을 함부로 의심하지 말라.
도행의 뿌리 얕은 저급한 신선 죽여
정과를 완전히 하니 도에 사사로움이 없어졌지.
순리와 역행은 모두 하늘에서 정해진 것임을 알아야 하나니
절교의 제자들 부질없이 스스로 어리석은 생각에 빠졌구나.

一炁三清勢更奇　壺中妙法貫須彌
移來一木還生我　運去分身莫浪疑
誅戮散仙根行淺　完全正果道無私
須知順逆皆天定　截教門人枉自癡

그러니까 여러 도인들이 와서 주선진을 살펴보는데 동쪽에는 주선검이, 남쪽에는 육선검이, 서쪽에는 함선검이, 북쪽에는 절선검이 각기 한 자루씩 걸려 있었다. 진의 앞뒤에는 문과 창이 나 있는데 그 안쪽은 살기가 자욱하고 음산한 바람이 쌩쌩 불었다. 이렇게 그들이 열심히 구경하고 있을 때 갑자기 안쪽에서 노랫소리가 들려왔다.

군대가 맞붙고 창칼이 맞붙으니
신선 처형의 재앙 어찌 벗어나랴?
감정과 마음의 마장魔障들
오히려 무명화無明火를 일으키지.
오늘은 지나가기 어려우리니
생사가 내게 달려 있기 때문이지.
옥허궁에서 재앙 초래하여
보배로운 천심쇄 나왔으니
돌아보면 알리라, 지난날의 잘못을!
지척에 풍파 일어나니
이번에는 어찌 피할 수 있으랴?
자기 재능 믿다가
조만간 좌절을 겪겠지!

兵戈劍戈　怎脫誅仙禍
情魔意魔　反起無明火
今日難過　死生在我

98

玉虛宮招災惹禍　穿心寶鎖

回頭纔知往事訛

咫尺起風波　這番怎逃躲

自倚才能　早晚遭折挫

　다보도인이 이렇게 진 안에서 노래를 부르자 연등도인이 말했다.

　"여러분, 저 노래를 좀 들어보시구려. 이 어찌 저들이 선량한 무리라고 할 수 있겠소이까! 우리는 일단 움막으로 돌아가십시다. 교주께서 오시면 자연히 처리할 방법이 생길 테니 말이오."

　막 그 말을 마치고 돌아서려 하는데 갑자기 진 안에서 다보도인이 칼을 들고 뛰쳐나와서 소리쳤다.

　"광성자, 꼼짝 마라! 내가 간다!"

　광성자는 그를 보고 진노하여 맞받았다.

　"다보도인, 지금은 벽유궁에서 사람 수가 많다는 것을 믿고 두어 차례나 나를 핍박하던 때와는 상황이 다르다. 게다가 너희 교주의 분부도 전혀 따르지 않고 또 이런 주선진을 펼쳐놓다니! 우리는 기왕 살계를 범했으나 결국 너희도 모두 재앙의 운수 안에 포함되어 있으니 이런 죄를 저지른 것이겠지. 이야말로 '염라대왕이 삼경에 죽으라고 정해놓으면 어느 누가 오경까지 살아남겠는가?'라는 격이 아니더냐!"

　그러면서 그가 칼을 휘둘러 공격하자 다보도인도 들고 있던 칼로 맞섰다.

신선의 바람 불어와 먼지와 모래 구르니
네 개의 칼 바삐 맞아 그림자 어지러이 기울어진다.
하나는 옥허궁의 참다운 신선 가운데 하나요
하나는 절교 제자 가운데 수행을 그르친 이.
광성자는 불로장생의 신선을 이룬 몸이요
다보도인은 서방에서 석가모니를 배알할 몸.
두 교파가 단지 살생의 운세 속에 만났기에
주선진 위에 쓰러진 삼대처럼 어지러이 얽혔지!

仙風陣陣滾塵沙　四劍忙迎影亂斜

一個是玉虛宮內眞人筆　一個是截教門中根行差

一個是廣成不老神仙體　一個是多寶西方拜釋迦

二敎只因逢殺運　誅仙陣上亂如麻

그때 광성자가 번천인을 던지자 다보도인은 미처 피하지 못하고 정확히 등짝 한가운데를 얻어맞아 비틀거리더니 재빨리 진 안으로 도망쳤다. 그러자 연등도인이 말했다.

"일단 돌아가서 다시 의논합시다."

이에 도인들은 모두 움막으로 돌아가서 자리에 앉았다. 잠시 후 허공에서 신선의 음악이 일제히 울리더니 기이한 향기가 공중에서 내려왔다. 도인들이 교주를 영접하기 위해 움막 밖으로 나가자 원시천존이 구룡침향련을 타고 누리에 가득 퍼지는 자욱한 향 연기 속에서 내려왔다.

쌍쌍이 향로 들어 안개처럼 연기 피어나고

깃털 부채 갈라지자 백학이 머리 조아리는구나.

提爐對對煙生霧　羽扇分開白鶴朝

연등도인은 향을 사르며 길을 인도하여 원시천존을 움막 안으로 모셨다. 제자들이 절을 올리고 나자 원시천존이 말했다.

"오늘 주선진에서 비로소 피아가 구별될 것이다."

원시천존은 반듯이 앉았고 제자들은 양쪽으로 시립했다. 정확히 자시子時가 되자 원시천존의 머리 위로 상서로운 구름이 나타나더니 구슬을 꿴 영락이 드리워지면서 만 송이의 황금 꽃이 끊임없이 피어나 멀고 가까운 곳을 두루 비추었다. 주선진 안에 있던 다보도인은 상서로운 구름이 피어나는 모습을 보고 원시천존이 강림했음을 알아챘다.

'아무래도 우리 교주께서 친히 강림하셔야겠구나. 그렇지 않으면 어찌 저 양반을 막을 수 있겠어!'

이튿날 과연 벽유궁의 통천교주가 강림했다. 허공중에 신선의 음악이 울리면서 기이한 향기가 자욱이 풍기더니 절교의 교주가 여러 신선들을 거느리고 내려오는 것이었다.

홍균이 태어나게 해주어 천지개벽 보았나니

축회에 땅이 만들어지고 인회에 사람이 나올 때 법대에 올랐노라.

금신의 몸을 단련하여 한없는 세월 살아오면서

벽유궁 안에서 수많은 인재 길러냈지.

鴻鈞生化見天開　　地丑人寅上法臺
煉就金身無量劫　　碧游宮內育多才

　　다보도인은 교주가 왔음을 알고 황급히 진 밖으로 나가서 절을
올린 다음 그를 진 안으로 인도하여 팔괘대 위에 마련된 자리로 모
셨다. 이에 여러 제자들이 팔괘대 아래에 시립했는데 대 위에는 다
보도인과 금령성모, 무당성모, 귀령성모까지 사대제자四代弟子와
금광선, 오운선, 비로선毗蘆仙, 영아선靈牙仙, 규수선, 금고선金箍仙,
장이정광선長耳定光仙이 시립했다. 통천교주는 절교의 비조로 오기
조원五氣朝元과 삼화취정三花聚頂을 수련하여 영원히 죽지 않는 만
겁불괴신萬劫不壞身의 경지에 이르렀기에 역시 자시가 되자 그의 머
리 위에서 오행의 기운이 하늘로 치솟았다. 이에 연등도인도 통천
교주가 강림한 사실을 알아챘다.

　　이튿날 날이 밝자 연등도인이 원시천존에게 아뢰었다.

　　"사부님, 오늘 주선진을 깰 수 있겠사옵니까?"

　　"내가 어찌 여기에 오래 머물 수 있겠느냐?"

　　그러면서 그는 제자들에게 대열을 갖추라고 분부했다. 이에 적정
자와 광성자, 태을진인과 영보대법사, 청허도덕진군과 구류손, 문
수광법천존과 보현진인, 운중자와 자항도인, 옥정진인과 도행천
존, 황룡진인과 육압도인이 짝을 이루었고 연등도인과 강상은 뒤쪽
에 서 있었다. 그리고 금타와 목타가 향로를 들고 위호와 뇌진자가
나란히 섰으며 이정은 뒤에 서고 나타가 앞에 섰다. 잠시 후 주선진
안에서 황금 종소리가 울리면서 한 쌍의 깃발이 펼쳐지더니 통천교

주가 규우奎牛°를 타고 좌우에 제자들을 거느리고 나왔다.

통천교주는 원시천존을 보고 고개를 조아리고 절하며 말했다.

"도형, 오셨습니까?"

"아우, 어째서 이런 고약한 진을 설치했는가? 이유가 무엇인가? 그때 자네의 벽유궁에서 봉신방에 대해 함께 상의하고 그 자리에서 봉투를 봉하면서 세 등급으로 신을 봉하기로 하지 않았는가? 수행이 성실하여 도가 깊은 이는 신선이 되게 하고 그보다 조금 모자란 이는 신이 되게 하고 수행이 얕은 이는 사람으로서 계속해서 윤회의 고난을 겪게 하자고 했지. 이것은 바로 천지가 생성하여 변화하기 때문일세. 성탕의 상나라가 무도하니 기운과 운세가 마땅히 끝나야 하고 주나라는 어질고 현명하니 흐름에 응해 흥성해야 하네. 설마 이것을 모른다는 말인가? 그런데 오히려 강상을 가로막아 하늘이 드리운 징조를 거스르려 하는구먼. 그리고 그때 봉신방 안에 삼백육십오 도度의 방위에 따라 팔부八部와 별자리에 따라 나누었는데 그 안에는 이곳 삼산오악에 있는 이들도 포함되어 있었네. 그런데 아우는 왜 이제야 반대하고 나서서 스스로 신뢰를 잃게 하는가? 그리고 이 진은 이름 자체가 고약하기 그지없네. '신선을 주살하는[誅仙]' 일 같은 것을 우리 도가에서 해도 되는 것인가? 이 칼들에는 '주살한다[誅]'느니 '도륙한다[戮]'느니 '해친다[陷]'느니 '끊는다[絶]'느니 하는 이름이 붙었으니 역시 우리 도가에서 쓸 수 있는 물건이 아니지 않은가? 대체 무슨 이유로 이렇게 잘못된 일을 벌이신 겐가?"

"저에게 물을 필요 없이 광성자에게 물어보시면 제 마음을 아실

수 있을 겁니다."

원시천존이 광성자에게 물었다.

"이것이 어찌 된 일이더냐?"

그러자 광성자는 벽유궁을 세 번 찾아간 사연에 대해 자세히 설명했다. 그 말을 들은 통천교주가 말했다.

"광성자, 너는 내 제자들이 시비와 선악을 따지지 않고 깃털과 털이 난 새와 짐승들까지 가르치면서 한데 뒤섞여 지낸다고 매도하지 않았느냐? 내 스승님께서 하나의 가르침을 세 벗에게 전수해주셨을 때 나는 깃털이나 털이 달린 무리와 어울렸다. 도형, 설마 우리가 전수받은 도가 하나의 근본에서 나온 것이 아니라는 것은 아니겠지요?"

이에 원시천존이 말했다.

"아우도 광성자를 나무랄 필요 없네. 사실 자네 제자들이 함부로 행동하며 순리를 따르는 것과 거스르는 것을 구별하지 못하고 그저 힘만 내세우면서 사람의 말을 하되 짐승처럼 행동하고는 했네. 자네도 수행의 종류를 가리지 않고 모두 받아들이니 서로 간에 시비를 다투면서 백성을 도탄에 빠뜨렸지. 차마 어찌 그럴 수 있는가?"

"도형 말씀대로라면 오직 그쪽 제자들만 이치에 맞게 행동하니 심지어 나까지 매도해도 괜찮다는 것입니까? 동문 형제까지 생각하지 않으신다니 관둡시다! 내 이미 이 진을 설치했으니 도형께서 깨뜨려보시구려. 그러면 누가 더 고명한지 판가름이 날 테지요!"

"이 진을 격파하는 것은 어렵지 않네. 내가 직접 진을 시험해보겠네!"

그러자 통천교주는 규우를 몰고 육선문戮仙門 안으로 들어갔고 그의 제자들도 곧 따라갔다. 원시천존 또한 주선진을 격파하러 안으로 들어갔다.

절교와 천교의 도덕은 모두 정과이니
비로소 알겠구나, 두 교단의 명성 헛되이 전해지지 않았음을!

截闡道德皆正果　　方知兩教不虛傳

원시천존은 구룡침향련을 타고 비래의에 앉아 천천히 동쪽 진震의 방위로 갔으니 그곳은 바로 주선문誅仙門으로 문 위에 주선검이 걸려 있었다. 원시천존이 구룡침향련을 툭 치며 네 명의 게체신에게 수레를 들라고 분부하자 수레의 네 귀퉁이 아래에 네 개의 황금 연꽃이 생겨나더니 꽃잎 위에 빛이 피어나면서 또 그 빛 위에 꽃이 생겨나 순식간에 수만 송이 연꽃이 공중에 환히 빛났다. 원시천존은 그 한가운데 앉아 곧장 주선진 안으로 들어갔다. 그때 통천교주가 손바닥에서 우렛소리를 내뿜으며 무시무시하게 주선검을 흔드니 원시천존이라 할지라도 머리 위의 연꽃 가운데 하나가 하늘하늘 떨어져 내릴 수밖에 없었다. 주선문 안으로 들어가면 안쪽에 또 한 겹의 관문이 있는데 그 이름이 주선궐誅仙闕°이었다. 원시천존은 정남쪽에서 안으로 들어가 서쪽에 이르렀다가 다시 북쪽 감坎의 지역으로 가서 전체를 둘러보더니 곧 노래를 불러 주선진을 비웃었다.

우습구나, 얼굴도 두꺼운 통천교주여

부질없이 네 개의 칼을 중간에 걸어놓았구나.

헛되게 마음 써서 술법 부렸지만

오직 나만은 마음대로 오갈 수 있노라!

好笑通天有厚顔　空將四劍掛中間

枉勞用盡心機術　獨我縱橫任往還

원시천존이 다시 동쪽 문으로 나오자 제자들이 그를 영접하여 움막으로 갔다. 잠시 후 연등도인이 여쭈었다.

"사부님, 진 안의 풍경이 어떠하던가요?"

"보이지 않더구나."

이번에는 남극선옹이 여쭈었다.

"기왕 진 안에 들어가셨는데 어째서 오늘 그것을 깨버리지 않으셨사옵니까? 그러면 강 사제도 동쪽으로 가기 편했을 텐데요."

"옛말에 '학생에게는 스승이 먼저요 이후에 아비나 그 항렬의 어른을 공경하는 법[先師次長]'이라고 했지. 비록 내가 이 교단을 책임지고 있지만 그 이전에 사형이 계시거늘 어찌 나 혼자서 마음대로 처리할 수 있겠느냐? 사형이 오시면 당연히 방법이 생길 것이다."

그 말이 끝나기도 전에 공중에서 신선의 음악이 울리더니 기이한 향기가 아득히 떠도는 가운데 판각청우를 탄 신선이 나타났다. 현도대법사가 그 소의 고삐를 끌고 표연히 아래로 내려오자 원시천존이 제자들을 이끌고 나가 맞이했으니 이를 묘사한 시가 있다.

불이문에서도 도법이 더욱 현묘하고

수은과 납°이 만나 결합하여 신선의 태를 이루었지.

어머니 배 속을 떠나기 전에 머리카락 먼저 하얗게 되었고

신령한 하늘에 이르러 기운 이미 온전해졌지.

방 안에서 단약 단련하여 토土를 도왔고

화로에 든 단약은 선천의 기운 담았지.

팔경궁의 나그네로도 태어나보았고

인간 세상에서 몇 만 년 지났는지 모르겠구나!

不二門中法更玄　汞鉛相見結胎仙

未離母腹頭先白　纔到神霄氣已全

室內煉丹攙戊己　爐中有藥奪先天

生成八景宮中客　不記人間幾萬年

이렇게 태상노군이 강림하자 원시천존이 제자들과 함께 그를 맞이하여 나란히 움막으로 들어가서 자리에 앉았다. 제자들이 모두 절을 올리고 나서 양쪽으로 시립하자 노자가 말했다.

"통천 아우가 이 주선진을 설치하여 주나라 군대의 전진을 막아 강상이 동쪽으로 가지 못하게 하고 있는데 이것은 무슨 뜻인가? 내가 이 때문에 그 아우를 만나 무슨 말을 하는지 보려고 왔네."

그러자 원시천존이 말했다.

"오늘 제가 먼저 그 사람이 설치한 진 안을 한 바퀴 돌아보고 왔는데 그 사람과 힘을 겨루지는 않았습니다."

"그럼 자네가 그냥 그 진을 깨버리시게. 그 사람이 수긍하면 그만

이지만 불복한다면 잡아서 사부님이 계신 자소궁으로 데려가 그 사람이 뭐라고 핑계를 대는지 보세."

이렇게 두 교주가 움막에 앉아 있는데 둘 모두의 몸에서 나온 상서로운 구름과 오색 기운이 하늘로 통하여 계패관까지 온통 빨갛게 비추었다.

이튿날 날이 밝자 통천교주는 제자들에게 분부하여 대열을 갖추게 하고 주선진 밖으로 나왔다.

"큰 사형도 오셨으니 오늘 뭐라고 말씀하시는지 보자!"

다보도인과 제자들은 금종과 옥경을 울리며 곧장 주선진 밖으로 나가서 노자에게 나오라고 요구했다. 이에 나타가 움막 안으로 들어가 그 사실을 보고하자 잠시 후 움막 안에서 자욱한 향 연기가 피어나면서 상서로운 오색 기운이 두루 퍼지는 가운데 노자가 푸른 소를 타고 나왔으니 이를 묘사한 시가 있다.

소 타고 멀리 앞쪽 마을 지나는데
짧은 피리의 선악仙樂 밭두렁 너머로 들리는구나.°
천지를 개벽하여 교주가 되었고
화로에서 아름다운 천지를 단련해냈지.

騎牛遠遠過前村　短笛仙音隔隴閭
闢地開天爲敎主　爐中煉出錦乾坤

노자가 진 앞으로 가자 통천교주가 고개를 숙여 절했다.
"도형, 오셨습니까?"

"아우, 우리 셋이 함께 봉신방을 작성한 것은 하늘의 운수에 따른 재난을 구현하기 위해서일세. 그런데 자네는 왜 주나라 병사를 가로막아 강상이 천명을 수행하지 못하게 하는가?"

"도형, 너무 편파적이시군요! 광성자는 세 번이나 벽유궁에 들어와 대놓고 우리 교단을 모욕하면서 고약한 욕을 퍼부으며 규범도 지키지 않고 윗사람에게 무례를 범했지요. 어제는 둘째 도형께서 자기 제자들만 편들면서 오히려 한 몸이나 다름없는 우리 사형제를 없애려 했으니 이것은 무슨 도리랍니까? 지금 도형의 입장에서 자기 제자들은 나무라지 않고 오히려 제 잘못만 따지는데 이것은 무슨 뜻입니까? 제 원망을 풀어주려면 광성자를 벽유궁으로 보내고 제 처분을 기다리게 해야 할 것입니다. 조금이라도 거절할 낌새가 보이면 아무리 윗사람의 위세를 내세운다 하더라도 각 교단의 재능을 가지고 자웅을 판가름하고 말겠습니다!"

"그렇게 말하는 자네는 편파적이지 않다는 것인가? 자네는 제자들이 뒷전에서 하는 말만 듣고 화를 내서 이 고약한 진을 설치해 목숨을 해치려 하고 있네. 광성자가 정말 그런 말을 했는지는 모르겠지만 설사 그렇다 해도 이렇게까지 처벌해야 할 큰 죄는 아닐세. 자네가 그런 생각을 하면 초심을 버리고 하늘의 도리를 거스르며 청정한 규범을 어기고 함부로 어리석은 분노를 드러내는 실수를 하는 것일세. 그러니 내 말대로 어서 이 진을 해체하고 벽유궁으로 돌아가서 지난 과오를 바로잡게. 그러면 그대로 계속해서 절교를 관장할 수 있을 것이지만 그렇지 않으면 자네를 자소궁에 계신 사부님께 끌고 가서 윤회의 굴레에 빠뜨려 영원히 다시 벽유궁에 가지 못하게 할 테니 그때는 후회해도 늦을 걸세!"

그 말을 들은 통천교주는 얼굴이 시뻘겋게 변하고 수행한 두 눈에서 연기가 날 정도로 진노하여 버럭 고함을 질렀다.

"이담李聃, 너와 나는 한 몸으로 두 교단을 각기 관장하고 있거늘 네가 어찌 이렇게 나를 무시하고 편파적으로 굴면서 저쪽의 잘못은 덮어두고 면전에서 나를 꾸짖을 수 있느냐? 설마 내가 너보다 못하다고 생각하는 것이냐? 내 이미 이 진을 설치했으니 절대 이대로 그만두지 않겠다! 네가 감히 내 진을 깨뜨릴 자신이 있느냐?"

"허허, 그것이 뭐 어려운 일이라고! 나중에 후회나 하지 말게!"

그야말로 이런 격이었다.

원시천존의 위대한 도가 이제 펼쳐지니
비로소 현도 불이문의 진가를 드러내는구나!

元始大道今舒展　方顯玄都不二門

노자가 다시 말했다.

"기왕 나더러 이 진을 깨보라고 했으니 자네가 먼저 들어가서 적당히 준비를 마친 뒤에 내가 들어가겠네. 그래야 자네도 당황해서 손발이 어지러워지지 않을 테니 말일세."

"뭣이! 네가 내 진에 들어오면 당연히 너를 사로잡을 방도가 있다!"

통천교주는 그렇게 말하고 규우를 몰고 함선문陷仙門으로 들어가 함선궐陷仙闕 아래에서 노자가 들어오기를 기다렸다.

잠시 후 노자가 푸른 소를 툭 쳐서 서쪽의 태兌 땅으로 가서 함선문 아래에 이르니 소의 네 발에서 상서로운 빛이 일고 하얀 안개와 자줏빛 기운, 붉은 구름이 뭉게뭉게 피어났다. 또한 태극도를 펼치자 그것은 황금 다리로 변해서 그는 당당히 함선문으로 들어가며 노래를 불렀다.

현황玄黃° 세상에서 현명한 스승 만났고
혼돈의 시대에 마음 내키는 대로 행했지.
오행은 내가 장악했고
위대한 도리로 수많은 현자를 제도했지.
청정하게 황금탑 수련하고
한가로이 서쪽 관문을 나간 적도 있지.
두 손으로 천지의 바깥을 두루 쓸어 담고
배 속에 오악을 두어 수미산과 함께했지.

玄黃世兮拜明師　混沌時兮任我爲

五行兮在我掌握　大道兮度進群賢

清淨兮修成金塔　閑游兮曾出關西

兩手包羅天地外　腹安五嶽共須彌

통천교주는 노자가 당당히 진 안으로 들어오는 것을 보고 손바닥에서 우렛소리를 발출하여 함선문 위의 보검을 흔들었다. 이 보검은 일단 움직이면 사람이든 신선이든 모두 목이 떨어지게 하는 것이었다. 하지만 노자는 그것을 보고 껄껄 웃었다.

"아우, 너무 무례하구먼. 내 지팡이를 조심하게!"

그러면서 그는 지팡이를 들어 통천교주의 정면을 향해 후려쳤다. 통천교주는 노자가 진 안을 무인지경으로 들어오자 자기도 모르게 얼굴이 시뻘겋게 달아올라 온몸에 불길이 치솟는 듯했다. 이에 그가 들고 있던 칼을 휘두르면서 달려들어 한참 격전을 벌이자 노자가 웃으며 말했다.

"자네는 성인의 도리를 모르는데 어찌 교단을 관장할 수 있겠는가?"

그러면서 노자가 다시 지팡이를 후려치자 통천교주가 분기탱천하여 말했다.

"당신이 무슨 도술을 가지고 있다고 감히 내 제자들을 처벌한다고 나서는 게야? 이 원한을 기필코 풀고야 말겠어!"

그렇게 두 신선이 칼과 지팡이를 맞부딪치며 진 안에서 격전을 벌였지만 승부가 나지 않았다.

사악한 이와 정의로운 이가 가슴속의 오묘한 비결 드러내니
물이 맑아야 비로소 물고기와 용이 모습을 보이는 법이지!

邪正逞胸中妙訣　水淸處方顯魚龍

어쨌든 둘은 함선문 안에서 각자 위세를 펼쳤는데 그 싸움이 한 시간쯤 이어지자 함선문 팔패대 아래에 있던 수많은 절교의 제자들이 모두 눈을 휘둥그레 뜨고 구경했다. 진 안에서는 사방팔방으로 우레와 바람이 울어대고 번갯불이 번쩍이면서 자줏빛 기운이 자욱

하게 퍼졌으니 이를 묘사한 부가 있다.°

　　바람과 공기 울부짖고

　　천지가 일렁인다.

　　우렛소리 격렬히

　　산천을 진동하고

　　붉은 비단 같은 번갯불

　　구름 뚫고 불꽃 날린다.

　　안개는 해와 달을 흐릿하게 하면서

　　천지를 덮는다.

　　바람에 쓸린 모래먼지 얼굴 가리고

　　우렛소리에 놀란 호랑이와 표범 모습 감추며

　　번쩍이는 번개에 새가 어지럽게 날고

　　자욱한 안개에 숲과 나무의 모습도 보이지 않는다.

　　그 바람은 통천하通天河°를 뒤흔들어 파도 일으킬 정도고

　　그 우레는 계패관의 땅이 갈라지고 산이 무너질 정도며

　　그 번개는 주선진 안 신선들의 눈을 멀게 할 정도고

　　그 안개는 움막 아래 제자들이 서로 알아보지 못할 정도다.

　　이 바람은 산을 무너뜨려 바위 굴리고 송죽을 쓰러지게 하고

　　이 우레는 거세고 차가워서 사람이 놀라 떨게 하며

　　이 번개는 하늘과 들판을 비춰 황금 뱀을 도망치게 하고

　　이 안개는 너무나 자욱하여 하늘을 가렸지.

　　　　　　　　　　　　　　風氣呼嘯　乾坤蕩漾

雷聲激烈　震動山川

電掣紅綃　鑽雲飛火

霧迷日月　天地遮漫

風刮得沙塵掩面　雷驚得虎豹藏形

電閃得飛禽亂舞　霧迷得樹木無蹤

那風只攪得通天河波翻浪滾　那雷只震得界牌關地裂山崩

那電只閃得誅仙陣眾仙迷眼　那霧只迷得蘆篷下失了門人

這風眞是推山轉石松篁倒　這雷眞是威風凜冽震人驚

這電眞是流天照野金蛇走　這霧眞是彌彌漫漫蔽九重

이때 함선문에서 격전을 벌이던 노자의 머리 위로 영롱한 보탑이 나타났는데 그것은 거센 우레와 바람에도 전혀 끄떡하지 않았다.

'이 사람이 도술만 믿고 분수를 지키며 수련하지 않으니 나도 현도 자부紫府의 수단을 드러내서 저 제자들에게 보여줘야겠구나!'

이에 노자는 푸른 소의 고삐를 당겨 사정권 밖으로 뛰쳐나와서 어미관을 벗었다. 그러자 그의 머리 위로 세 줄기 기운이 피어나더니 삼청三淸으로 변했는데 노자가 다시 통천교주에게 달려들자 갑자기 동쪽에서 종소리가 울리면서 구운관九雲冠을 쓰고 백학 무늬가 수놓인 붉은 비단옷을 입은 도인이 보검을 들고 백택白澤°을 몰아 달려오며 소리쳤다.

"도형, 내가 도와주러 왔소이다!"

통천교주는 그가 누구인지 몰라서 물었다.

"그대는 누구인가?"

"그것은 이 시로 대신 대답해주지!"

혼돈이 처음 나뉘었을 때 먼저 도가 있었고
항상 있음과 항상 없음으로 자연의 경지를 체득했지.
자줏빛 기운 동쪽으로 삼만 리를 왔고
처음으로 함곡관 건넌 지 오천 년이 되었지!

混元初判道爲先　常有常無得自然

紫氣東來三萬里　函關初度五千年

그 도인은 그렇게 읊고 나서 말했다.
"내가 바로 상청도인上淸道人일세."
그러면서 들고 있던 칼을 휘둘러 공격하자 대체 그가 어디서 나
타났는지 모르는 통천교주는 다급히 칼을 들어 막았다. 그때 남쪽
에서 또 종소리가 울리더니 여의관如意冠을 쓰고 팔괘 문양이 수놓
인 담황색 도포를 입은 도인이 영지여의靈芝如意를 들고 천마天馬를
타고 달려오며 소리쳤다.
"도형, 내가 왔소이다. 통천교주를 굴복시키는 것을 도와주겠소!"
그러면서 그가 천마를 몰고 달려들며 영지여의를 휘두르자 통천
교주가 다급히 물었다.
"그대는 누구인가?"
"나도 알아보지 못하면서 절교의 교주 노릇을 하겠다는 것인가?
내 도를 시로 읊어줌세!"

처음 함곡관을 나가 곤륜산에 이르러

중원과 오랑캐 통일하여 도가에 귀속시켰지.

내 몸은 본디 천지와 수명이 같아서

수미산이 무너져도 내 성性은 남아 있지!

函關初出至崑崙　　一統華夷屬道門

我體本同天地老　　須彌山倒性還存

그 도인은 그렇게 읊고 나서 말했다.

"내가 바로 옥청도인玉淸道人일세."

통천교주는 도무지 영문을 알 수 없었다.

'예로부터 지금까지 홍균鴻鈞의 한 가지 도가 세 도우에게 전해졌거늘 상청이니 옥청이니 하는 이들은 어느 교파에서 나타난 거지?'

그는 다급히 칼을 휘둘러 공격을 막으면서도 속으로는 의아한 생각이 들었다. 그런데 그가 미처 생각을 정리하기도 전에 북쪽에서 또 옥경 소리가 들리더니 구소관九霄冠을 쓰고 팔보만수자하의八寶萬壽紫霞衣를 입은 도인이 양손에 각기 용수선龍鬚扇과 삼보옥여의를 들고 지후地吼를 타고 달려오며 소리쳤다.

"도형, 내가 왔소이다. 주선진을 깨도록 도와주겠소!"

통천교주는 또 이 늙수그레한 얼굴에 새하얀 수염을 기른 도인이 오는 것을 보고 마음이 불안해져서 다급히 물었다.

"그대는 누구인가?"

"내 도에 대해서 시로 읊어주겠네."

노자, 선천의 일기를 써서 삼청으로 변신하다.

혼돈 이래로 얼마나 많은 세월이 흘렀던가?

홍몽鴻濛이 갈라지기도 전에 나는 먼저 존재했지.

현묘하고 유구한 천지의 이치에 들어맞으니

그대 같은 방문의 존재들은 간절히 바라는 경지이지!

混沌從來不計年　鴻濛剖處我居先

參同天地玄黃理　任你旁門望眼穿

그 도인은 그렇게 읊고 나서 말했다.

"나는 바로 태청도인太淸道人일세."

이렇게 네 명의 천존이 통천교주를 에워싸고 위아래와 좌우에서 공격을 퍼부으니 통천교주는 그것을 막아내는 데에도 버거웠다. 절교의 제자들은 새로 나타난 세 도인의 몸에서 피어나는 수만 갈래 노을빛과 상서로운 광채가 너무나 휘황찬란하여 눈이 부실 지경이었다. 장이정광선은 그 모습을 보고 속으로 생각했다.

'천교는 정말 대단하구나! 찾아온 이들이 모두 올바른 기운을 뿜어내다니!'

이렇게 해서 그는 천교의 가르침을 마음속 깊이 선망하게 되었으니 그 뒤에 어찌 되는지는 다음 회를 보시라.

세 교단이 모여 주선진을 격파하다
三教會破誅仙陣

고약한 주선진에 네 개의 문이 있어

노란 안개에 거센 바람과 우레, 불이 어울렸지.

재난 만난 도사는 재앙 당할 운수요

속세에 떨어진 도사들 모두 묻혀버렸지.

검광은 부질없이 신의 뼈만 삼켰고

부적은 공연히 검은 흙비 토했지.

통천교주가 무상의 술법 지녔다 할지라도

성스러운 군주 나올 때가 되니 저절로 어그러질 수밖에!

誅仙惡陣四門排　黃霧狂風雷火偕

遇劫黃冠遭劫運　墮塵羽士盡沈埋

劍光徒有吞神骨　符印空勞吐黑霾

縱有通天無上法　時逢聖主自多乖

그러니까 노자가 선천의 일기로 만들어낸 삼청은 원기에 지나지 않았다. 그러니 비록 형상과 행색을 갖추고 통천교주를 포위하고 있었지만 그를 해칠 수는 없었던 것이다. 이것은 노자가 기운을 이용해 분신을 만들어낸 오묘한 술법으로 거기에 미혹당한 통천교주는 실체를 알아보지 못했던 것이다. 노자는 선천의 일기가 스러지려 하자 푸른 소 위에서 시를 한 수 읊었다.

하늘보다 먼저 늙고 하늘보다 뒤에 태어나
오얏을 빌려 모습 이루고 성과 이름 얻었지.
홍균을 스승으로 모시고 도덕을 수양하여
비로소 선천의 일기로 삼청을 만들어낼 수 있었지.

先天而老後天生　借李成形得姓名
曾拜鴻鈞修道德　方能一炁化三淸

노자가 이렇게 시를 읊고 나자 종소리가 울리면서 즉시 세 도인의 모습이 사라져버렸다. 이렇게 되자 통천교주의 마음은 더욱 의아해져서 자기도 모르게 잠시 딴생각을 하는 바람에 노자의 지팡이에 두세 대 맞고 말았다. 그때 자신의 사부가 낭패를 당하는 모습을 본 다보도인이 팔괘대 위에서 노래를 부르며 나섰다.

벽유궁에서 현묘한 담론 나누었거늘
내 사부가 지팡이에 다치는 모습 어찌 보고만 있으랴?
이제 가슴속에 품은 술법 펼쳐

사백과 한바탕 격전 벌여보리라!

$$碧游宮內談玄妙　豈忍吾師扁拐傷$$
$$只今舒展胸中術　且與師伯做一場$$

다보도인은 그렇게 노래를 마치고 나서 "사백, 제가 갑니다!"하고 소리치며 칼을 들고 노자를 공격했다. 그 모습을 본 노자가 껄껄 웃었다.

"좁쌀만 한 구슬도 빛을 내는구나!"

노자는 지팡이로 칼을 막으며 풍화포단을 공중으로 던지면서 황건역사에게 명령했다.

"그 도사를 잡아다가 복숭아밭에 둬라. 나중에 내가 처리하겠다!"

그러자 황건역사가 풍화포단으로 다보도인을 말아 떠나버렸으니 바로 이런 격이었다.

이제부터 사악한 길 버리고 올바른 길로 귀의하니
그는 그래도 서방과 인연이 있었구나!

$$從今棄邪歸正道　他與西方却有緣$$

노자는 풍화포단으로 다보도인을 사로잡아 현도로 보내버리고 더 이상 싸울 마음이 없어져서 곧 함선문을 나와 움막으로 돌아갔다. 이에 여러 제자들이 그를 맞이하여 자리에 앉자 원시천존이 물었다.

"오늘 진에 들어가보니 안쪽 모습이 어떠하더이까?"

"그자가 이 못된 진을 설치해서 당장은 깨지 못했지만 내 지팡이에 두세 대 얻어맞았네. 다보도인은 풍화포단으로 잡아서 현도로 데려다 놓았지."

"이 진에는 네 개의 문이 있으니 역량 있는 네 명이 있어야 깰 수 있겠습니다."

"우리 둘은 두 군데만 신경 쓰면 되네만 나머지 두 문은 제자들이 감히 깰 수 있는 것이 아닐세. 우리야 그 칼이 무섭지 않지만 다른 이들이 어찌 그것을 견뎌내겠는가?"

그들이 그렇게 논의하는 중에 광성자가 와서 아뢰었다.

"두 분 사부님, 밖에 서방 교단의 준제도인께서 와 계시옵니다."

노자와 원시천존은 황급히 나가서 준제도인을 영접하여 움막 안으로 안내하고 서로 인사를 나눈 후 자리에 앉았다. 그런 다음 노자가 웃으며 말했다.

"도형, 주선진을 깨고 서방과 인연이 있는 이를 거두어 가려고 오신 모양이구려? 그렇지 않아도 제가 힘을 빌릴까 했는데 뜻밖에 도형께서 먼저 오셔서 하늘의 운수에 딱 들어맞게 되었으니 정말 말로 표현할 수 없이 오묘하구려!"

"솔직히 말씀드리자면 서방에 꽃이 피었을 때 사람을 보게 되면 그 사람도 저를 볼 수 있게 되오이다. 그래서 동쪽과 남쪽으로 왔는데 아직 인연이 있는 이를 만나지 못했지요. 그런데 이 두 곳에서 수백 줄기 붉은 기운이 하늘로 치솟는 것이 보이기에 여기에 인연 있는 이가 있음을 알고 그 평계로 왔소이다. 인연 있는 이를 제도하여 서방의 불법을 일으킬 수 있다면 좋지 않겠소이까? 그 때문에 어려운 걸음을 마다하지 않고 와서 절교 문하의 도우들과도 한번 만나 보려 한 것이지요."

"오늘 도형께서 오신 것은 바로 하늘이 드리운 징조에 부합하는 일입니다."

"그 진 안에 있는 네 개의 칼은 모두 천지가 만들어지기 이전의 보물인데 어떻게 절교 문하로 들어가게 되었소이까?"

"당시 보배로운 바위가 하나 있었는데 우리 사부님께서 보물을 나누어 각 지방을 다스리셨소이다. 나중에 네 자루 검을 사제인 통천이 가져갔는데 그때 벌써 그 사람이 그것을 가지고 이런 재난을 일으킬 줄 알았지요. 비록 여러 신선들이 액운을 당하겠지만 그야 본래 하늘이 정해놓은 운수이지요. 이제 마침 도형께서 오셨으니 한 분만 더 오시면 진을 깰 수 있겠구려."

"기왕 이렇게 되었다면 어쨌든 인연 있는 이를 제도하기 위해서라도 제가 가서 우리 교주님을 모셔 오겠소이다. 그런다면 바로 세 교단이 모여서 '신선을 징벌'하고 옥석을 가려야 하는 운명에 부합하지 않겠소이까?"

이에 노자는 무척 기뻐했고 준제도인은 곧 서방 교단의 교주인 접인도인을 모시러 갔다.

주나라 왕의 세상에 부처의 빛이 나타나니
불가의 가르침 열리게 됨을 표명하게 되었지!

佛光出在周王世　　興在明章釋教開

어쨌든 준제도인은 서방에 도착하여 접인도인을 찾아가 절하고 자리에 앉았다. 그러자 접인도인이 물었다.

"동쪽으로 가시더니 어째서 이리 일찍 돌아오셨소?"

"제가 보아하니 천교와 절교에서 모두 붉은 빛이 수백 줄기 피어났소이다. 지금 통천교주가 네 개의 문이 있는 주선진을 설치해놓아서 네 명이 아니면 깨기 어려운데 이제 세 명만 있어서 한 명이 부족하니 제가 도형을 모시고 잠깐 다녀와서 좋은 결과를 이루고 싶어 이렇게 왔소이다."

"하지만 나는 이 청정한 땅을 떠나본 적이 없어서 속세의 일을 잘 모르니 혹시 맡은 일을 그르쳐 오히려 불미스러운 결과를 만들지 않을까 염려스럽구려."

"도형, 우리 둘은 모두 무위자재無爲自在하는 존재인데 그런 형상을 갖춘 진 하나 깨지 못하겠소이까! 너무 그렇게 사양하지 마시고 함께 다녀오도록 하십시다."

이에 접인도인은 준제도인을 따라 동녘 땅으로 떠났고 그들은 상서로운 구름을 타고 삽시간에 움막에 도착했다. 그러자 광성자가 노자와 원시천존에게 보고했고 노자와 원시천존은 제자들을 거느리고 움막에서 나와 그들을 영접했다. 신장이 한 길 여섯 자나 되는 접인도인의 모습은 이러했다.°

맨발의 위대한 신선 화조와 조리의 향기 풍기는데
상서로운 구름 타니 그 모습 더욱 특이하구나.
열두 개의 연화대에서 법보를 설명하고

팔덕지 옆에서 하얀 빛 드러냈지.

천지와 수명을 함께한다는 말이 거짓이 아니니

복이 거대한 파도 같다는 말이 어찌 허튼소리이랴?

사리舍利를 수련하여 태식胎息°이라 부르나니

청정하고 느긋한 극락이 바로 서방일세!

大仙赤脚棗梨香　足踏祥雲更異常

十二蓮臺演法寶　八德池邊現白光

壽同天地言非謬　福比洪波語豈狂

修成舍利名胎息　清閑極樂是西方

그러니까 노자와 원시천존은 접인도인과 준제도인을 영접하여
움막으로 안내하고 정식으로 인사를 나눈 다음 자리에 앉았다. 노
자가 말했다.

"오늘 이렇게 폐를 끼쳐 모신 것은 바로 세 교단이 함께 모여 재난
의 운수를 완성하기 위함이지 우리가 일부러 죄업을 지으려는 것은
아니외다."

접인도인이 말했다.

"제가 여기에 온 것은 인연이 있는 분을 만나고 하늘이 정한 운명
을 마무리 짓고 싶었기 때문이외다."

원시천존이 말했다.

"오늘 네 사람이 모두 모였으니 어서 이 진을 깨야지 속세에 뒤섞
여 있을 이유가 없지 않소이까!"

그러자 노자가 말했다.

"일단 제자들에게 분부해두시게, 내일 진을 깨뜨리겠다고 말일세."

이에 원시천존이 옥정진인과 도행천존, 광성자, 적정자에게 분부했다.

"너희 네 명은 손을 내밀어라."

그들이 손을 내밀자 원시천존이 각자의 손바닥에 부적을 하나씩 찍어주면서 말했다.

"내일 너희는 진 안에서 우레가 울리고 불길이 치솟거든 일제히 그 진에 걸린 네 자루의 칼을 떼어내라. 내 나름대로 처리할 방도가 있다."

"예!"

그들이 자기 자리로 돌아가자 원시천존은 다시 연등도인에게 분부했다.

"너는 공중에 있다가 통천교주가 위로 도망치거든 정해주를 가지고 아래로 내리쳐라. 그러면 그가 자연히 부상을 입게 될 것이고 그도 우리 천교의 도법이 무한하다는 것을 알게 될 것이다."

분부가 끝나고 나서 그들은 각자 자리에서 쉬었다.

이튿날 날이 밝자 제자들이 대열을 갖추어 금종과 옥경을 치기 시작했다. 네 도인은 주선진 앞으로 가서 절교의 제자들에게 분부를 전하게 했다.

"통천교주에게 우리가 진을 깨러 왔다고 전해라!"

절교의 제자들은 나는 듯이 안으로 들어가서 보고했고 잠시 후 통천교주가 제자들을 이끌고 일제히 육선문 밖으로 나와서 그들을 맞이했다. 통천교주는 접인도인과 준제도인에게 말했다.

"거기 두 분은 서방 교단의 청정한 곳에 계신 분이 아니오? 그런데 여기는 무슨 일로 오신 거요?"

이에 준제도인이 대답했다.

"우리 형제는 서방 교단을 관장하고 있지만 인연이 있는 분을 만나기 위해 여기로 온 것이외다. 도우, 나의 도에 대해 들어보시구려."

그러면서 그가 시를 읊었다.

청정한 연화대에서 태어나

삼승의 오묘한 법문을 열었도다.

영롱한 사리는 세속을 초월했고

진주 꿴 영락은 속세의 때를 없앴도다.

팔덕지에서 자줏빛 불꽃 피워내고

일곱 그루 오묘한 나무에서 황금 이끼 자라게 했도다.

다만 동녘 땅에 영웅이 많아

전생의 인연 가진 이를 만나 성인의 태를 이루고자 하노라.

身出蓮花淸淨臺　三乘妙典法門開

玲瓏舍利超凡俗　瓔珞明珠絶世埃

八德池中生紫焰　七珍妙樹長金苔

只因東土多英俊　來遇前緣結聖胎

그 말을 들은 통천교주가 말했다.

"당신네 서방이나 우리 동녘 땅은 물과 불처럼 함께할 수 없는 사

이인데 어째서 여기 와서 이런 귀찮은 문제를 일으키는 것이오? 그
대는 연꽃의 화신으로 청정무위한 몸이라고 했는데 그것은 마치 오
행의 변화처럼 즉시 효과가 나타나는 것이겠구려. 그렇다면 내 도
에 대해 들어보시오."

혼원混元의 올바른 몸으로 천지 이전의 도와 합치되어
만겁의 세월 천 번이 지나도 언제나 그대로지.
아득한 무위의 수행으로 위대한 도법 전수받고
언제나 존재하며 흔들리지 않으니 초현初玄이라 불렸지.
화로에서 오랫동안 단련한 것이 모두 수은만은 아니며
사물 밖에서 불로장생하며 모두 하늘에 속했지.
무궁한 변화 속에 또 변화하나니
서방의 불법은 세상 피해 참선하는 것일 뿐!

混元正體合先天　萬劫千番只自然

渺渺無爲傳大法　如如不動號初玄

爐中久煉全非汞　物外長生盡屬乾

變化無窮還變化　西方佛事屬逃禪

그러자 준제도인이 말했다.
"도우, 너무 허풍을 치시는구려. 도는 깊은 못이나 바다와 같거늘
어찌 말에 달려 있겠소이까? 지금 우리 넷이 여기에 온 것은 그대로
하여금 어서 이 진을 거둬들이라고 권고하기 위함인데 어떻게 생각
하시오?"

"기왕 이렇게 오셨으니 어쨌든 고하를 따져봐야겠소이다."

통천교주는 그렇게 말하고 곧 진 안으로 들어가버렸다. 그러자 원시천존이 서방의 두 도인에게 말했다.

"도형, 이제 우리 넷이 각자 하나의 문으로 들어가서 일제히 공격합시다."

접인도인이 말했다.

"저는 이궁離宮으로 들어가겠소이다."

노자가 말했다.

"그럼 저는 태궁兌宮으로 들어가겠소이다."

이어서 준제도인은 감지坎地를, 원시천존은 진방震方을 택해 진 안으로 들어갔다.

원시천존은 사불상을 타고 곧장 주선문으로 들어갔는데 그때 팔괘대 위에 있던 통천교주가 손바닥으로 우렛소리를 발출하여 주선검을 움직였다. 그러자 원시천존의 머리 위에 상서로운 구름이 나타나더니 천 송이 황금 꽃과 구슬을 꿴 영락이 줄줄이 드리워져 그 칼은 아래로 내려오지 못했다. 이에 원시천존은 주선문으로 들어가 주선궐 앞에 섰다. 그때 접인도인이 이궁 즉 육선문으로 들어가자 통천교주는 다시 우렛소리를 발출하여 보검을 움직였으나 접인도인의 머리 위에 세 알의 사리가 나타나 육선검을 가로막으니 그 칼은 못에 박힌 듯 꼼짝도 하지 못했다. 이에 접인도인은 육선문 안으로 들어가 육선궐 앞에 섰다. 노자가 서방의 함선문으로 들어가자 통천교주가 또 우렛소리를 발출하여 함선검을 움직였지만 노자의 머리 위에 영롱한 보탑이 나타나 수만 갈래 금빛을 뿌려 칼을 막아버렸다. 노자는 함선문으로 들어가 함선궐 앞에 섰다. 준제도인이 절선문으로 들어서자 통천교주가 우렛소리를 발출하여 절선검을 움직였지만 준제도인이 들고 있는 칠보묘수 위로 천 송이 푸른 연꽃이 나타나 그 칼을 막아버렸다. 이에 준제도인도 절선문 안으로 들어가 절선궐 앞에 섰다. 네 도인이 일제히 궁궐 앞에 당도하자 노자가 말했다.

"통천교주, 우리가 모두 그대의 주선진 안에 들어왔는데 이제 어쩔 셈인가?"

그러면서 그가 손을 흔드니 그때마다 우레가 일어 온 들을 진동했고 주선진 안에 노란 안개가 가득 끼어 눈앞이 잘 보이지 않게 되었다.°

뭉게뭉게 노란 안개
아름다운 금광
뭉게뭉게 노란 안개 피어나
주선진 안에 구름을 내뿜은 듯하고
아름다운 금광 피어나니
팔괘대 앞은 기운에 덮인 듯했지.
칼과 창
마치 철통같고
사방은
흡사 구리 담을 두른 듯하니
이는 바로 절교의 신선이 술법을 펼쳤기 때문이지.

통천교주가 신통력 드러내니

눈이 황홀하여 하늘도 가려지도 해와 달도 빛이 막혔으며

바람 흔들리고 불 뿜어 강산도 뒤흔들렸지.

네 성인이 한꺼번에 여기에 모이니

재난의 운수 만나기가 어찌 쉬우랴?

騰騰黃霧　艷艷金光

騰騰黃霧　誅仙陣內似噴雲

艷艷金光　八卦臺前如氣罩

劍戟戈矛　渾如鐵桶

東西南北　恰似銅牆

此正是截敎神仙施法力　通天敎主顯神通

晃眼迷天遮日月　搖風噴火撼江山

四位聖人齊會此　劫數相遭豈易逢

　이렇게 네 도인이 네 궁궐 안으로 들어가자 통천교주가 칼을 들고 달려들어 접인도인을 공격했다. 접인도인은 무기도 없이 그저 먼지떨이 하나만 들고 막았는데 먼지떨이 위의 오색 연꽃이 통천교주의 칼을 이리저리 잘 막아냈다. 노자는 지팡이를, 원시천존은 삼보옥여의를 들고 어지럽게 통천교주를 공격했고 준제도인은 몸을 흔들며 크게 소리쳤다.

　"도우, 어서요!"

　그러자 허공에서 공작명왕孔雀明王이 내려왔다. 준제도인은 스물네 개의 머리에 열여덟 개의 손이 달린 법신을 드러내더니 각각의

손에 영락과 산개傘盖, 화관, 어장검, 황금 활, 은극銀戟, 가지신저, 보좌, 금병 등을 들고 통천교주를 에워쌌다. 그때 노자가 후려친 지팡이에 옆구리 뒤쪽을 얻어맞은 통천교주가 삼매진화를 내뿜자 원시천존이 삼보옥여의를 던져 공격했고 통천교주가 원시천존의 공격을 막는 순간 준제도인이 가지신저로 공격해 그를 규우에서 떨어뜨려버렸다. 이에 통천교주는 재빨리 흙의 장막을 이용해 도망쳤지만 뜻밖에도 공중에서 미리 기다리고 있던 연등도인이 그가 올라오자마자 정해주를 휘둘러 내리쳤다. 한편 네 제자는 손바닥에 부적을 찍고 밖에서 대기하고 있다가 진 안에서 우렛소리가 요란해지자 안으로 달려들어 광성자는 주선검을, 적정자는 육선검을, 옥정진인은 함선검을, 도행천존은 절선검을 각각 떼어냈다. 그렇게 네 개의 칼을 떼어내자 주선진이 깨져버렸다. 이에 통천교주는 홀로 도망쳤고 나머지 제자들은 뿔뿔이 흩어졌다.

원시천존은 주선진이 깨지자 시를 지어 이를 비웃었다.

우습도다, 어리석은 통천교주여
천 년 동안 절교 관장하며 중생을 해쳤구나.
저 못된 무리를 믿고 신선의 가르침 더럽히고
사악한 무리 모아 멋대로 굴었구나.
부질없이 보검 걸어본들 무슨 소용이랴?
헛되이 원신만 소모하고 결국 아무 명성도 남기지 못했구나.
순리와 거스름의 이치 몰라 먼저 모욕당했는데도
오히려 홍균 사부께 허튼소리 지껄여대려 했지!

堪笑通天教不明　千年掌教陷群生
仗伊黨惡污仙教　翻聚邪宗枉橫行
寶劍空懸成底事　元神虛耗竟無名
不知順逆先遭辱　猶欲鴻鈞說反盈

잠시 후 네 도인은 움막으로 들어가 자리에 앉았다. 그러자 원시
천존이 서방에서 온 두 도인에게 감사했다.

"우리 제자들이 살계를 범하는 바람에 도형들께서 수고롭게 도
와주셔야 했소이다. 하지만 그 덕분에 이 재앙의 운수를 마무리 짓
게 되었으니 정말 감사하외다!"

노자는 제자들에게 말했다.

"통천교주는 하늘을 거슬렀으니 당연히 패배할 수밖에 없었고
우리는 하늘의 뜻에 따랐으니 선한 자에게 복을 내리고 못된 자에
게 재앙을 내리는 하늘의 도리가 마치 등불에 그림자가 비치듯이
추호도 틀림이 없구나. 이제 이 진이 깨졌으니 너희의 재앙의 운수
도 곧 끝나서 각자 좋은 일이 있을 것이다. 강상, 가서 관문을 접수해
라. 우리는 잠시 거처로 돌아가 있겠다."

이에 모든 도인들은 강상과 작별하고 네 교주를 따라 각자의 거
처로 떠났다.

강상이 사수관으로 돌아와서 대원수의 집무실에서 무왕을 알현
하자 무왕이 말했다.

"상보, 멀리까지 나가서 고약한 진을 격파하셨는데 신선들이 여
러 분이나 계셔서 과인이 감히 문안을 여쭈러 사람을 보내지 못했

세 교단이 모여 주선진을 격파하다.

습니다."

강상은 감사의 절을 올리고 아뢰었다.

"성은이 망극하옵니다. 하늘의 위엄 덕분에 세 교단의 성인께서 친히 왕림하시어 함께 주선진을 격파해주셨사옵니다. 이제 계패관을 지나야 하오니 내일 진군할 수 있도록 해주시옵소서."

"알겠습니다."

무왕은 곧 술상을 차리게 하여 강상의 노고를 치하했다.

한편 노자의 지팡이와 준제도인의 가지신저에 각기 한 대씩 맞아 크게 낭패를 본 통천교주는 네 자루 보검까지 잃게 되자 제자들을 볼 면목이 없어졌다. 이에 그는 차라리 자지애에 단을 세우고 육혼번六魂幡이라는 고약한 깃발을 하나 세우는 것이 낫겠다고 생각했다. 이 깃발에는 여섯 개의 꼬리가 달려 있어서 그 위에 각기 접인도인과 준제도인, 노자, 원시천존, 무왕, 강상까지 여섯 명의 성명이 적혀 있었다. 그러니 이제 얼마 후 부적을 찍고 제사를 다 올리고 나서 이 깃발을 흔들게 되면 여섯 명의 목숨을 해칠 수 있을 것이라고 생각했던 것이다.

좌도방문의 흉악한 마음 아직 스러지지 않아
부질없이 육혼번 세우고 제사만 지냈구나!

　　　　　　　　　左道兇心今不息　枉勞空拜六魂幡

통천교주는 이 깃발을 만들어서 나중에 만선진에서 쓰게 되는데 이 이야기는 잠시 접어두기로 하자.

 그 무렵 계패관에서는 서개徐蓋가 은안전에서 장수들과 상의하고 있었다.

 "지금 주나라 군대가 사수관을 점령하고 움직이지 않고 있소이다. 저번에 왔던 그 다보도인이 주선진인가 하는 것을 설치했다고 하던데 승패가 어찌 되었는지 모르겠소이다. 일단 문서를 작성해서 조가에 구원병을 청하고 함께 이 관문을 지키도록 하십시다."

 문서를 가지고 조가로 출발한 전령은 도중에 별다른 일 없이 황하를 건너 조가성으로 들어가 문서방에 이르렀다. 그날 문서방의 당직을 서고 있던 기자는 서개가 올린 글을 보고 깜짝 놀랐다.

 "강상이 사수관까지 진격하여 좌우로 각기 청룡관과 가몽관을 함락하고 곧 계패관에 이를 것이라고 하니 정말 너무나 급한 사안이로구나!"

 그는 황급히 상소문을 품에 안고 주왕을 알현하러 녹대로 달려갔다. 보고를 받은 주왕이 그를 대 위로 부르자 기자는 곧 절을 올리고 서개의 상소문을 바쳤다. 주왕은 그것을 보고 깜짝 놀라서 기자에게 물었다.

 "무도한 강상이 반란을 일으켜 짐의 관문을 탈취했으니 협력하여 관문을 수비할 장수를 파견해야 그 못된 무리를 막을 수 있지 않겠소이까?"

 "지금 사방이 불안한데 강상이 멋대로 무왕을 자리에 앉힌 것은 그 의도가 예사롭지 않사옵니다. 그리고 이제 육십만 병력을 이끌고 다섯 관문을 공격하고 있으니 이는 배 속에 든 커다란 우환덩어리인지라 가볍게 처리하시면 아니 되옵니다. 폐하, 일단 잔치를 멈추시고 나랏일과 사직을 신중하게 보살피셔야 하옵니다. 부디 통촉하시옵소서!"

"백부님 말씀이 지당하오. 짐이 대신들과 협의하여 장수를 파견하도록 하겠소이다."

잠시 후 기자가 녹대를 내려가자 주왕은 기분이 울적하여 잔치를 즐길 마음이 없어졌다. 그때 갑자기 달기와 호희미가 대전에서 나와서 주왕에게 찾아와 절을 올렸다. 달기가 아뢰었다.

"폐하, 오늘 용안에 근심이 가득하신데 대체 무엇 때문이옵니까?"

"황후는 모르고 계신 모양이구려. 지금 강상이 군대를 일으켜 관문을 공격하고 있는데 벌써 세 관문을 점령했다고 하니 실로 짐의 배 속에 든 큰 우환덩어리가 아니겠소? 게다가 사방에 전란이 일어나 내 마음을 불안하게 하고 종묘사직에 근심거리가 되고 있으니 울적할 수밖에 없지 않겠소?"

그러자 달기가 웃음을 지으며 아뢰었다.

"폐하께서는 아랫것들 사정을 모르셔서 그러시는 것이옵니다. 이것은 모두 변방의 장수들이 제 이익을 챙기기 위해서 거짓말을 하는 것이옵니다. 주나라의 육십만 병력이 관문을 공격한다는 말을 지어내고 조정의 대신들에게 뇌물을 주어 폐하께 아뢰게 하면 폐하께서 틀림없이 전량을 지원해주실 게 아니겠사옵니까? 그러니까 관문을 수비하는 장수들이 지출을 허위로 보고하여 조정의 전량을 헛되이 낭비하게 하면서 사실은 제 이익만 챙기는 것이옵니다. 관문을 공격하는 군대 같은 게 어디 있겠사옵니까? 그건 바로 바깥에서 군주를 기만하기 위한 술책이니 정말 괘씸한 행태이옵니다!"

주왕은 아주 일리 있는 말이라고 생각했다.

"그러면 관문의 장수가 다시 상소를 올리면 뭐라고 답신을 보내면 좋겠소?"

"답신을 보내실 필요도 없이 상소문을 가져온 자를 참수해서 그를 파견한 장수에게 경계심을 갖게 해줘야 하옵니다."

주왕은 무척 기뻐하며 이렇게 어명을 내렸다.

"상소문을 가져온 자를 참수하여 조가에 효수하라!"

그야말로 이런 격이었다.

요사한 말 몇 마디에 강산을 잃게 되었으니
중원과 오랑캐 통일하여 모두 주나라에 귀속되었지.

妖言數句江山失　一統華夷盡屬周

한편 기자는 주왕이 그런 어명을 내렸다는 사실을 알게 되자 황급히 내궁으로 달려 들어가서 주왕을 알현했다.

"폐하, 어이해서 전령을 처형하려 하시옵니까?"

"백부님께서 모르시는 모양인데 변방의 장수들이 제 이익을 챙기려고 주나라 군대가 쳐들어왔다고 거짓말을 하는 것이오. 이것은 다 전량을 얻어내려는 수작일 뿐 이렇게 안팎에서 군주를 기만하니 당연히 참수해서 그자를 보낸 장수에게 경계심을 주어야 하지 않겠소이까?"

"강상이 육십만 병력을 일으켜 3월 15일에 대원수에 임명되었다는 것은 천하가 다 아는 사실로 오늘에야 상소한 것이 아니오옵니다. 폐하께서 계패관의 전령을 처단하시는 것이야 별일이 아니지만 그로 인해 변방 장수와 병사들의 사기가 저하될까 염려스럽사옵니다."

　"강상은 기껏 술법이나 부리는 자인데 무슨 큰 야망 같은 것을 품고 있겠소이까? 게다가 아직도 네 개의 관문을 단단히 지키고 있고 황하가 가로놓여 있으며 건너기 힘든 맹진까지 거쳐야 하는데 어찌 하루아침에 이런 자잘한 일에 마음이 흔들릴 수 있겠소이까? 백부님, 걱정하실 필요 없으니 안심하시구려."

　이에 기자는 긴 한숨을 내쉬며 내궁을 나왔다. 그러다가 조가의 궁전을 돌아보고 자기도 모르게 눈물이 흘러 사직의 운명을 탄식했으니 그는 아홉 칸 대전에서 그 심정을 시로 읊었다.

　지난날 탕 임금이 걸왕을 내쫓을 때
　팔백 명의 제후가 모두 이 나라에 귀의했지.
　뜻밖에 육백 년 남짓 지난 후에
　남소南巢 땅보다 몇 배나 더 위태로워질 줄이야!

　　　　　　　　憶昔成湯放桀時　　諸侯八百歸盡斯
　　　　　　　　誰知六百餘年後　　更甚南巢幾倍奇

　그렇게 읊조리고 나서 그는 자기 거처로 돌아갔다.
　한편 사수관의 강상은 병력을 점검하여 진군할 준비를 마치고 무왕에게 작별 인사를 했다.

"제가 먼저 가서 관문을 함락한 뒤에 모셔 올 사람을 보내겠사옵니다."

"부디 하루빨리 제후들의 회합을 마치기만을 바랄 뿐입니다."

강상은 밖으로 나와서 포성을 울리게 하고 계패관을 향해 진군을 명령했다. 그곳은 팔십 리밖에 떨어지지 않았기 때문에 곧 정찰병으로부터 도착했다는 보고를 받은 강상은 영채를 차리게 하고 포성을 울리고 함성을 지르라고 분부했다.

서개는 주나라 군대가 영채를 차린 사실을 알게 되자 장수들을 거느리고 성 위로 올라가 살펴보았다. 주나라 군대는 죄다 붉은 깃발을 세우고 영채 주변의 방어도 대단히 삼엄했으며 병사들의 위세가 무척 엄숙했다.

"강상은 곤륜산에서 공부한 도사인지라 용병술에 조리와 절도가 있어서 영채를 세운 것도 다른 이들과 차원이 다르구나."

그러자 곁에 있던 선봉장 왕표王豹와 팽준彭遵이 대답했다.

"사령관님, 남의 재주만 너무 자랑하지 마십시오. 저희가 공을 세워서 강상을 사로잡아 조가로 압송하여 국법에 따라 다스리게 하겠습니다."

그렇게 말하고 그들은 성을 내려가서 공격을 준비했다.

이튿날 강상은 중군 막사에 모인 제자와 장수들에게 물었다.

"누가 첫 번째로 출전하여 공을 세우시겠소?"

그 말이 끝나기 무섭게 위분이 나섰다. 강상의 허락을 받은 그는 말에 올라 창을 들고 영채 밖으로 나가 관문 아래에서 싸움을 걸었다. 이에 보고를 받은 서개가 장수들에게 말했다.

"여러분, 먼저 의논을 좀 해보고 실행하도록 하십시다. 주왕이 간신의 참언을 듣고 전령을 죽여버렸으니 이는 스스로 멸망을 자초한 것이지 신하들이 불충하기 때문이 아니외다. 지금 천하는 이미 주나라 무왕에게 귀의했고 당장 이 관문을 지키기도 어려운 것이 현실이라는 점을 여러분도 알아두지 않을 수 없소이다."

그러자 팽준이 말했다.

"사령관님, 그것은 잘못된 말씀이십니다! 저희는 모두 주나라의 신하이니 당연히 충심을 다해 나라의 은혜에 보답해야 할 것인데 어찌 하루아침에 군주를 저버리고 사사로운 이익을 따를 수 있겠습니까? '군주의 봉록을 받아먹으면서 자기가 지켜야 할 영토를 바치는 것은 불충이다'라는 말도 있지 않습니까? 저는 죽어도 그렇게 할 수 없습니다! 부족하나마 최선을 다해 군주의 은혜에 보답하고자 합니다."

그렇게 말하고 나서 그가 즉시 말에 올라 관문 밖으로 나가보니 위분은 사람이며 말까지 모두 까만색 일색이었다.

머리의 두건은 먹물을 물들인 듯
이마에 두른 띠에는 붉은 끈 달았구나.
검은 도포는 옻칠한 듯
철갑은 늙은 소나무 껍질인 듯
강철 채찍에는 탑 그림자 걸려 있고

보검은 얼음 봉우리처럼 꽂혀 있다.
사람은 산을 내려온 호랑이 같고
말은 바다를 나온 용 같다.
강상 문하의 빈객인
용맹한 장수 위분일세!

> 幞頭純墨染　抹額襯纓紅
> 皂袍如黑漆　鐵甲似蒼松
> 鋼鞭懸塔影　寶劍插氷峰
> 人如下山虎　馬似出海龍
> 子牙門下客　驍將魏賁雄

팽준은 위분을 보고 고함을 질렀다.

"거기 주나라 장수, 이름을 밝혀라!"

"나는 소탕성탕천보대원수 강상 휘하의 좌초선봉장 위분이다. 너는 누구냐? 시기를 안다면 일찌감치 관문을 바치고 함께 주나라를 섬기도록 해라. 만약 무기를 버리지 않고 저항하면 성을 함락할 때 옥석을 가리지 않고 모조리 태워버릴 테니 그때는 후회해도 늦을 것이다!"

"뭣이! 위분, 너는 기껏해야 전장에 나온 하수인일 뿐인데 감히 그런 큰소리를 치는구나!"

그러면서 팽준이 말을 몰고 달려들자 위분도 창을 휘두르며 맞섰다. 그렇게 격전이 벌어져 위분이 용맹하게 창을 휘둘러 서른 판 가까이 맞붙었을 때 팽준은 더 이상 당해내지 못하고 공격하는 척하다가 즉시 고삐를 돌려 남쪽을 향해 도망쳤다. 팽준은 위분이 쫓아오는 것을 보고 황급히 창을 안장에 걸어놓고 주머니에서 한 가지 물건을 꺼내 땅바닥에 뿌렸는데 그것은 함담진啣礂陣이라는 것으로 삼재와 팔괘의 방위에 따라 진을 이루는 것이었다. 팽준이 먼저 진 안으로 들어가자 아무것도 모르는 위분은 즉시 말을 몰고 쫓아 들어갔다. 그때 팽준이 안장에 앉아 손바닥을 내밀어 우렛소리를 내어 함담진을 발동시키자 검은 연기가 확 피어나면서 위분은 물론 타고 있던 말까지 모조리 가루로 변하고 말았다. 이에 팽준은 승전고를 울리며 돌아갔다.

한편 보고를 받은 강상은 탄식을 금치 못했다.

"충성스럽고 용맹한 장수가 비명에 죽었으니 너무나 가련하고 안타깝구나!"

그 무렵 팽준은 관문 안으로 들어가서 서개에게 위분을 죽인 일을 보고했다. 이에 서개는 일단 그의 공적을 기록해두었다.

이튿날 서개가 장수들에게 말했다.

"관문 안에 양곡과 마초가 부족한데 조정에서는 협력할 장수도 보내주지 않고 있소이다. 어제 첫 번째 전투에서 승리하기는 했지만 아무래도 이 관문을 지키기 어려울 것 같소이다."

그렇게 논의하고 있을 때 수하가 보고했다.

"주나라 장수가 싸움을 걸어오고 있사옵니다."

그러자 왕표가 나섰다.

"제가 출전하겠습니다."

그가 말에 올라 방천극을 들고 관문 밖으로 나가보니 상대는 사람이며 말이 온통 푸른색이었다.

"그대는 누구인가?"

"나는 기주후 소호다."

"소호, 너야말로 천하에 둘도 없이 무정하고 의리 없는 작자로구나! 딸이 폐하의 총애를 받고 있으니 황실의 인척으로 온 가문이 부귀를 누렸으면서도 은혜에 보답할 생각은 하지 않고 오히려 무왕을 도와 반역을 일으켜 옛 주군의 관문을 공격하다니 그러고도 무슨 낯짝으로 천지간에 서 있는 것이냐!"

왕표는 즉시 말을 몰고 달려들어 방천극을 휘둘렀고 소호도 들고 있던 창으로 맞섰다. 둘이 한참 격전을 벌이고 있을 때 소전충과 조병, 손자우가 일제히 말을 몰고 달려 나와 왕표를 가운데 두고 포위해버렸는데 이렇게 되자 중과부적임을 느낀 왕표는 재빨리 고삐를 돌려 사정권 밖으로 벗어났다. 왕표는 조병이 뒤쫓자 재빨리 손을 내밀어 그의 얼굴에 벼락을 쳐버렸고 그 바람에 조병은 가련하게도 동쪽 정벌에 따라 나섰다가 무왕으로부터 벼슬도 받지 못하고 낙마하고 말았다. 이번에는 손자우가 황급히 달려오자 왕표가 다시 벼락을 날리니 벼락 속에 불까지 섞여 있어서 그는 얼굴에 화상을 입고 낙마하고 말았다. 이들 둘은 왕표가 순식간에 다가가서 내지른 창에 찔려 그대로 죽었다. 이렇게 되자 소호 부자는 감히 더 이상 덤벼들지 못했고 왕표도 나아가고 물러날 때를 아는 이라서 그대로 승전고를 울리며 관문으로 돌아가 서개에게 전과를 보고했다.

한편 소호 부자는 강상에게 자세한 상황을 보고했다. 그러자 강상이 말했다.

"그대들 부자는 오랜 전투 경험이 있는데도 어째서 나아가고 물러날 때를 모르고 두 장수를 잃었는가?"

이에 소전충이 대답했다.

"대원수, 마상 전투라면 모르지만 왕표는 술법을 써서 벼락과 불을 내쏘니 곤란했사옵니다. 얼굴에 맞는 즉시 화상을 입게 되니 어찌 당해낼 수 있겠사옵니까? 저들 두 장수도 이 때문에 패전하게 된 것이옵니다."

"내 실수로 충성스럽고 현량한 장수를 잃다니 정말 원통하구나!"

이튿날 강상은 제자들에게 물었다.

"자네들 가운데 누가 관문 아래에 한번 다녀오겠는가?"

그 말이 끝나기도 전에 뇌진자가 나서니 강상이 허락했다. 뇌진자는 관문 아래로 가서 싸움을 걸었고 보고를 받은 서개는 장수들에게 의사를 물어보고 팽준을 출전시켰다. 관문 밖으로 나온 팽준은 푸르뎅뎅한 얼굴에 커다란 입, 시뻘건 머리를 기르고 입술 위아래에 송곳니가 삐져나와 흉악하게 생긴 뇌진자를 보고 소리쳤다.

"너는 누구냐?"

"무왕의 아우 뇌진자다."

팽준은 뇌진자에게 날개가 있다는 것을 알고는 급히 말을 몰고 달려들어 창을 휘둘렀다. 이에 뇌진자가 풍뢰시를 펼쳐 공중으로 날아올라 황금 몽둥이를 내리치자 불리한 위치에 있어서 막아내기가 버거워진 팽준은 즉시 고삐를 돌려 달아났다. 그가 거짓으로 도망치는 척하자 뇌진자가 급히 쫓아갔는데 발이 느린 팽준의 말보다 훨씬 빨리 쫓아간 뇌진자가 황금 몽둥이를 내리치자 팽준은 황급히 막으려고 했지만 이미 늦어서 그대로 어깨를 얻어맞고 낙마해버렸다. 뇌진자는 팽준의 수급을 베어 들고 돌아와서 강상에게 보고했다. 이에 강상은 그의 공을 장부에 기록했다.

한편 서개는 정찰병으로부터 팽준의 전사 소식을 보고받고 중얼거렸다.

"아무래도 이 관문은 지키기 어렵겠구나. 나는 순리를 따르는 것과 거스르는 것이 무엇인지 알고 있지만 장수들이 버티니 어찌하면 좋단 말인가?"

그 말을 들은 왕표가 말했다.

"사령관님, 조급해하실 필요가 없습니다. 내일 제가 나서서 당해 내지 못하면 그때는 사령관님 뜻대로 하십시오."

서개는 말없이 고개를 끄덕였고 왕표는 자신의 거처로 돌아갔으니 뒷일이 어찌 되는지는 다음 회를 보시라.

천운관에서 네 장수가 사로잡히다
穿雲關四將被擒

하나의 관문 지나니 또 하나가 있는데
법보도 많아 그 기세 더욱 흉험하구나.
법계가 혼을 인도하는 일은 과거사가 되었는데
용안길이 맥 빠진 채 다투러 오는구나.
수많은 험한 곳에서도 여전히 복이 많으니
그렇게 많은 능력 보였어도 결국 헛되고 말았지.
우습구나 서방이여, 부질없이 목숨만 잃었으니
괜히 마음고생 했건만 결국 무슨 보람 있었던가?

一關已過一關逢　法寶多端勢更兇
法戒引魂成往事　龍安酥骨有來訌
幾多險處仍須吉　若許能時總是空
堪笑徐芳徒喪命　枉勞心思竟何從

그러니까 서개는 저녁이 되자 묵묵히 뒤채로 돌아갔다.

이튿날 왕표는 서개에게 보고도 하지 않고 병력을 이끌고 관문을 나가 주나라 진영 앞에서 싸움을 걸었다. 보고를 받은 강상이 물었다.

"누가 다녀오겠는가?"

나타가 자원하고 나서자 강상이 허락했다. 나타는 곧 풍화륜에 올라 화첨창을 들고 영채 밖으로 나갔다. 그러자 왕표가 그를 보고 다급히 물었다.

"그대가 혹시 나타인가?"

"그렇다!"

이에 나타는 즉시 화첨창을 들고 찌르려 했고 왕표도 화극을 들어 막았다. 왕표는 나타가 천교의 제자라는 사실을 알고 속으로 생각했다.

'공격할 때는 선수를 치는 게 중요하지!'

그는 격전의 와중에 재빨리 손을 내밀어 나타의 얼굴을 향해 벼락을 내질렀는데 그 벼락은 보통 사람만 다치게 할 수 있을 뿐 연꽃의 화신인 나타는 우렛소리와 함께 불꽃이 날아오자 재빨리 풍화륜을 타고 공중으로 날아올랐으니 아무 소용이 없어져버렸다. 나타는 건곤권을 꺼내 던졌고 그것은 그대로 왕표의 정수리에 맞아 그는 정신을 잃고 낙마하고 말았다. 이에 나타는 다시 화첨창을 내질러 그를 죽이고 수급을 베어 들고 돌아와서 강상에게 보고했다. 강상이 기뻐했음은 말할 필요도 없겠다.

한편 서개는 왕표의 전사 소식을 듣고 속으로 생각했다.

'두 사람은 시세를 모르고 죽음의 재앙을 자초한 것이야. 차라리 사람을 보내서 항복 문서를 바치는 게 백성들을 도탄에 빠지지 않게 하는 길이겠어.'

서개가 근심에 잠겨 있을 때 수하가 보고했다.

"어느 행각승이 찾아왔사옵니다."

"안으로 모셔라!"

잠시 후 행각승 차림의 도사가 대전으로 와서 고개를 조아렸다.

"서 장군, 안녕하시오?"

"안녕하십니까? 그런데 무슨 가르침을 주시려고 오셨는지요?"

"장군께서는 모르시겠지만 내 제자 팽준이 뇌진자에게 죽어서 복수를 해주러 왔소이다."

"도인께서는 성함이 어찌 되시는지요?"

"법계라고 하외다."

서개는 그가 신선의 풍모를 가졌는지라 황급히 상석을 권했고 법계도 사양하지 않고 흔쾌히 앉았다. 서개가 말했다.

"강상은 곤륜산에서 도를 수련한 인물이고 그 휘하에는 삼산 오악에서 모여든 제자들이 있으니 그들을 이기기는 힘들지 않을까요?"

"걱정 마시구려, 내가 강상까지 모조리 잡아 장군께서 공을 세우도록 해주겠소이다."

"그렇게만 해주신다면 말할 수 없이 큰 은혜를 베푸시는 것이지요. 아참, 도인께서는 소식을 하시는지요 아니면 비린 음식도 잡수

시는지요?"

"재계하는 중이니 별다른 것은 필요 없소이다."

그날 밤은 별일 없이 지나갔다.

이튿날 법계는 칼을 들고 주나라 진영 앞으로 가서 강상에게 나오라고 요구했다. 정찰병의 보고를 받은 강상은 제자들을 이끌고 밖으로 나갔는데 상대는 병사도 거느리지 않고 혼자였으니 그 모습이 이러했다.

적금으로 만든 머리 테는

찬란하게 빛나고

검은 도복에는

구름 향해 나는 백학 수놓았다.

허리띠는 음양의 매듭지었고

머리 위에는 불꽃이 피어난다.

오행의 장막과 하늘의 운수를 점치는 일 비할 자 없고

가슴속에 삼라만상 품었다.

어려서부터 수행이 깊어 큰 도를 이루었으나

한순간 속세로 떨어질 운명이라.

봉신방에 그 이름 없지만

강상과 승부 결하려 하는구나!

赤金箍　　光生燦爛

皂蓋服　　白鶴朝雲

絲縧懸水火　頂上焰光生

五遁三除無比賽　胸藏萬象包成
自幼根深成大道　一時應墮紅塵
封神榜上沒他名　要與子牙賭勝

강상은 사불상을 몰고 앞으로 나가서 인사했다.

"도인, 안녕하시오?"

"강상, 오래전부터 그대의 명성을 들어왔기에 오늘 특별히 만나 보려고 왔소이다."

"성함이 어찌 되시는지요?"

"봉래도에서 수련한 법계라고 하외다. 내 제자 팽준이 뇌진자의 손에 죽었으니 그자만 나오게 해주면 그대와 내가 얼굴을 붉힐 일이 없을 것이외다!"

뇌진자는 자기 이름이 언급되자 버럭 화를 내며 호통쳤다.

"못된 도사 놈, 죽으려고 환장을 했구나! 내가 간다!"

그러면서 그가 풍뢰시를 펼치고 공중으로 날아올라 황금 몽둥이를 내리치자 법계도 황급히 칼을 들어 맞섰다. 네다섯 차례 격전을 벌이고 나서 법계가 사정권 밖으로 나가 깃발을 꺼내 흔드니 뇌진자는 그대로 땅바닥에 떨어지고 말았다. 그러자 서개의 수하들이 달려들어 뇌진자를 오랏줄에 묶었는데 그때까지도 그는 눈을 감고 인사불성이었다. 이에 법계가 소리쳤다.

"이번에는 강상을 사로잡고 말겠다!"

그때 강상의 곁에 있던 나타가 꾸짖었다.

"요사한 도사, 무슨 사악한 술법으로 감히 내 도형을 해쳤느냐?"

그러면서 나타는 즉시 풍화륜을 몰고 달려들어 화첨창을 휘두르며 법계를 공격했다. 법계는 서너 판쯤 맞붙고 나서 다시 그 깃발을 꺼내 나타를 향해 흔들었는데 연꽃의 화신이라 혼백이 없는 나타에게 그것은 아무 쓸모가 없었다. 법계는 나타가 아무 이상 없이 풍화륜을 타고 있자 당황했다. 나타는 좌도방문의 술법이 자신에게 아무런 해도 끼치지 못하자 재빨리 건곤권을 꺼내 던졌다. 법계는 그것을 미처 피하지 못하고 쓰러져버렸는데 그때 나타가 화첨창으로 그를 찌르려 하자 재빨리 흙의 장막을 이용해 도망쳐버렸다. 그것을 본 강상은 병력을 거두어 돌아갔고 뇌진자가 포로로 잡힌 것 때문에 마음이 무척 울적했다.

한편 서개는 법계가 나타의 건곤권에 맞아 부상당해 돌아오자 그에게 물었다.

"오늘 전투에서는 왜 패하셨습니까?"

"내가 이 보물을 잘못 쓴 게지요. 알고 보니 나타 그자는 영주자의 화신인지라 혼백이 없으니 이 보물에 영향을 받지 않았던 거요."

법계는 황급히 단약을 한 알 꺼내 먹고 부상이 즉시 나았다. 그는 수하에게 분부했다.

"뇌진자를 끌고 오너라!"

잠시 후 법계는 뇌진자가 들것에 실려 오자 깃발을 꺼내 들고 오른쪽으로 두 바퀴 휘돌렸다. 뇌진자는 정신을 차리고 눈을 떠보니 자신이 이미 포로가 되어 있었다. 그때 법계가 그에게 욕을 퍼부었다.

"이 고약한 놈, 너 때문에 나타의 건곤권에 일격을 당하고 말았구나! 여봐라, 끌고 나가서 목을 쳐라!"

그때 서개가 만류했다.

"기왕 저를 도와주실 거라면 저 작자를 참수하면 안 됩니다. 잠시 옥에 가둬두었다가 나중에 조가로 압송해 폐하께서 처리하시도록 해야 도인께서 막대한 공을 세우셨다는 사실과 또 제가 도인께 부탁한 작은 공을 폐하께서도 알아주실 게 아니겠습니까?"

여러분, 사실 서개는 주나라에 귀의할 마음이 있었기 때문에 일부러 이런 말로 둘러댄 것이지요. 어쨌든 그 말을 들은 법계는 웃으며 말했다.

"장군, 아주 지당한 말씀이외다."

그야말로 이런 격이었다.

서개가 주나라에 귀의할 마음 있으니
행각승의 도술이 높은들 무슨 상관이랴?

徐蓋有意歸周主　不怕陀頭道術高

이튿날 법계는 다시 주나라 진영으로 가서 싸움을 걸었다. 보고를 받은 강상은 즉시 밖으로 나가서 호통쳤다.

"법계, 오늘은 반드시 너와 승부를 판가름 내고 말겠다!"

강상은 즉시 사불상을 몰고 달려들어 칼을 휘둘렀고 법계도 칼을 들어 맞섰다. 둘이 몇 판 맞붙었을 때 이정이 말을 몰고 나와 자루를 화려하게 장식한 방천극을 휘두르며 돕자 그 틈에 강상은 재빨리 타신편을 꺼내 법계를 공격했다. 법계는 봉신방에 이름이 오른 인물이 아니었으니 그야말로 이런 격이었다.

봉신방에 이름 없으니

곤륜산의 채찍도 두렵지 않다네!

封神榜上無名字　不怕崑崙鞭一條

강상은 뜻밖에 타신편이 법계에게 아무 위협도 되지 않고 오히려 그의 손에 들어가버리자 몹시 당황했다. 그때 마침 양곡과 군수품을 가지고 영채 앞에 도착한 토행손이 그 모습을 보고 버럭 화를 내며 달려들었다.

"내가 왔다!"

법계는 갑자기 웬 난쟁이가 쇠몽둥이를 휘두르며 달려들자 칼을 휘둘러 맞섰다. 그렇게 셋이 한데 어울려 격전을 벌이는데 뜻밖에 양전도 마침 양곡을 조달하러 왔다가 말을 몰고 달려들어 삼첨도를 휘둘렀다. 강상은 양전이 온 것을 알고 무척 기뻐했으니 그렇게 두 명의 독량관이 법계와 한참 격전을 벌였다. 무릇 하늘의 운수는 사람의 뜻대로 되는 것이 아니어서 그사이에 정륜도 양곡을 조달하기 위해 왔다가 그 모습을 보았다.

'네 사람이 모였는데 행각승 하나를 어쩌지 못하니 틀림없이 좌도방문의 인물인 게로구나. 나도 독량관인데 저들만 공을 세우게 놔둘 수 없지!'

정륜이 즉시 화안금정수를 몰아 공격하니 강상은 더욱 기뻐했다. 그는 곧 사불상을 돌려 격전에서 빠져나와 병사들에게 군령을 내렸다.

"북을 울려 격려하라!"

세 명의 독량관에게 포위된 법계는 어찌할 바를 몰랐다. 그는 보물을 가지고 있었지만 그것을 쓸 틈이 없었다. 그때 토행손이 아래로 파고들어 몽둥이를 휘두르자 법계는 몸을 빼내 도망칠 궁리를 했는데 낌새를 눈치챈 정륜이 재빨리 '흥!' 하면서 콧구멍에서 두 줄기 하얀 빛을 뿜어냈다. 그러자 무슨 소리인가 싶어서 황급히 고개를 든 법계의 눈에 그 빛이 파고들었다.

콧구멍에서 나온 하얀 빛을 본 순간
세 개의 혼과 일곱 개의 백은 종적도 없이 사라져버렸지!

眼見白光出鼻竅　三魂七魄去無蹤

그때 오아병들이 법계에게 달려들어 생포하자 강상은 법계의 니환궁에 부적을 찍어 원신이 빠져나가지 못하게 한 다음 승전고를 울리며 영채로 돌아왔다. 한참 뒤에 눈을 뜬 법계는 오랏줄에 묶여 있는 것을 발견하고 한숨을 내쉬었다.

"뜻밖에 여기서 독수에 걸릴 줄이야!"

하지만 후회해도 이미 때는 늦은 상황이었다.

잠시 후 강상이 막사로 들어와 자리에 앉자 세 명의 독량관이 나와서 절을 올렸다. 이에 강상이 말했다.

"세 분께서 큰 공을 세우셨소이다!"

그러면서 그는 그 셋을 표창하며 이렇게 말했다.

군수품의 운송을 감독하고 지혜로 법계를 사로잡았으니 현묘한 계책으로 막대한 공을 세웠도다!

강상은 장수들에게 상을 내렸고 세 독량관은 감사의 절을 올렸다. 강상이 다시 군령을 내렸다.

"법계를 끌고 오너라!"

잠시 후 병사들에게 끌려 들어온 법계가 고함을 질렀다.

"강상, 여러 말 할 것 없다. 오늘 일은 하늘이 정한 운수이니 이른바 '대해의 풍파는 끝이 없건만 뜻밖에 하찮은 술수에 오히려 내가 사로잡힌' 꼴이다. 이게 다 천명인 게지. 그러니 어서 군령을 시행해라!"

"그렇게 천명을 잘 안다면 어째서 일찌감치 투항하지 않았느냐? 여봐라, 끌고 나가서 참수하라!"

"예!"

병사들이 법계를 원문 밖으로 끌고 나가 처형하려는데 갑자기 웬 도인이 노래를 부르며 다가왔다.

선악을 따지는 마음은 한순간에 잊었고
영광과 쇠락에도 모두 관심 없다네.
어둠과 밝음 속에 숨고 나타나며 마음대로 뜨고 가라앉나니
분수를 따라 배고프면 밥 먹고 목마르면 물을 마시지.°

善惡一時忘念　榮枯都不關心

晦明隱現任浮沈　隨分飢餐渴飮

부들방석에 고요히 앉아 명상에 잠기나니
사리를 분별하지 못하면 마장魔障이 침범하지.
죽은 장수는 못된 생각으로 현명한 군주를 방해했거늘
무엇하러 굳이 속세에 나와서 칼을 맞는가?

靜坐蒲團存想　昏瞶便有魔侵
故將惡念阻明君　何苦紅塵受刃

그렇게 노래하고 나서 그 도인이 소리쳤다.

"멈추시오! 가서 대원수께 준제도인이 뵙고 싶어 한다고 전하시오!"

이에 양전이 달려가서 보고하자 강상이 제자들을 이끌고 원문 밖으로 나와서 그를 맞이하여 중군 막사로 안내했다. 그러자 준제도인이 말했다.

"영채 안으로 들어갈 필요는 없소이다. 그보다 한 가지 드릴 말씀이 있소이다. 법계는 하늘을 거슬러 대원수의 진군을 막았으니 법에 따라 다스려야 마땅하지만 그 사람은 봉신방에 이름이 올라 있지도 않고 우리 서방과 인연이 있소이다. 제가 온 것도 바로 그 때문이니 부디 대원수께서 자비를 베풀어주시구려."

"제가 어찌 감히 분부를 거역하겠소이까? 여봐라, 법계를 풀어주도록 하라!"

준제도인은 법계에게 다가가 부축해 일으키며 말했다.

"도우, 우리 서방은 경치가 아주 좋으니 그곳으로 귀의하지 않으시겠소? 자, 들어보시구려."°

서방 극락은 진정 경치가 그윽하나니

맑은 바람 밝은 달빛 아래 천지가 조용하다오.

흰 구름 나와서 상서로운 빛 이끌고

졸졸 흐르는 물소리에 산골짝이 호응하오.

원숭이와 학이 울고 화초와 나무도 기이하며

보리菩提의 길에 영지와 난초 아름답다오.

소나무 흔들리는 암벽에는 안개와 노을이 흩어지고

구름에 닿을 듯한 대나무는 오색 봉황 부르지요.

칠보림 안은 더욱 느긋하게 노닐 만하고

팔덕지 옆은 너무나 고요하다오.

늘어선 산봉우리 병풍을 세운 듯하고

감아 도는 계곡과 골짝은 그윽한 경쇠가 울리는 듯하다오.

우담바라 꽃을 피워 모든 곳에 향기 풍기고

영롱한 사리는 상승의 경지를 넘어선다오.

곤륜산 지맥에서 산줄기 뻗어나왔지만

곤륜산보다 명령 내리는 일 없다오.

西方極樂眞幽景　風淸月朗天籟定

白雲透出引祥光　流水潺湲山谷應

猿嘯鶴啼花木奇　菩提路上芝蘭勝

松搖岩壁散煙霞　竹拂雲霄招彩鳳

七寶林內更逍遙　八德池邊多寂靜

遠列巓峰似揷屛　盤旋溪壑如幽磬

雲花開放滿座香　舍利玲瓏超上乘

158

崑崙地脈發來龍　更比崑崙無命令

　준제도인이 이렇게 서방의 경치를 설명하자 법계는 어쩔 수 없이 그곳으로 귀의하기로 하고 그를 따라 서방으로 떠났다. 훗날 법계는 사위국舍衛國°에서 기타태자祇陀太子로 태어나 정과를 이루고 불교에 귀의하며 한나라 명제明帝와 장제章帝 때 중국에서 불교를 크게 일으키는데 이는 훗날의 일이기 때문에 여기서는 더 이상 언급하지 않겠다.

　한편 계패관의 사령관 서개는 법계가 사로잡히는 것을 보고 서둘러 수하에게 옥에 갇힌 뇌진자를 풀어주라고 분부했다. 그리고 그는 관문을 열고 항복 문서를 바치기 위해 뇌진자와 함께 주나라 진영으로 갔다. 이에 정찰병이 강상에게 보고했다.

　"대원수, 뇌진자가 원문 앞에 와서 분부를 기다리고 있사옵니다."
　강상은 무척 기뻐하며 황급히 분부했다.
　"안으로 데려오너라!"
　잠시 후 뇌진자가 중군 막사로 들어와서 강상에게 보고했다.
　"서개는 오래전부터 주나라에 귀순할 생각을 하고 있었지만 장수들의 반대로 뜻을 이루지 못했사옵니다. 그러다가 이제 저와 함께 항복 문서를 바치러 왔사온데 함부로 들어오지 못하고 원문 밖에서 분부를 기다리고 있사옵니다."
　"이리 데려와라."
　잠시 후 하얀 옷을 차려입은 서개가 막사로 들어와서 땅바닥에 엎드려 절을 올렸다.

"저는 주나라에 귀순하고 싶었으나 수하 장수들이 거부하는 바람에 대원수 군대의 발을 묶고 말았사옵니다. 여러 차례 죄를 저질 렀고 항복 문서를 바치는 것도 너무 늦었사오니 정말 죽을죄를 지었사옵니다! 부디 하해와 같은 아량으로 용서해주시옵소서!"

"장군께서는 천명이 주나라로 돌아갔음을 이미 알고 계셨으니 늦었다고 할 수 없소이다. 그러니 무슨 죄가 있겠소이까? 어서 일어나시구려!"

"감사하옵니다, 어서 관문으로 들어가셔서 병사와 백성들이 안심하도록 다독여주시옵소서."

이에 강상은 장수들에게 군령을 내렸다.

"병력을 정비하여 관문 안으로 진입하라!"

잠시 후 강상은 사람을 파견하여 무왕을 모셔 오도록 하는 한편 관문 안의 인구와 창고의 물자를 점검했다.

이튿날 무왕은 계패관에 도착했고 장수들이 그를 맞이하여 은안전으로 모셨다. 장수들의 인사가 끝나자 무왕이 강상에게 말했다.

"상보께서 원정을 하시느라 노심초사하시는 바람에 과인이 상보와 함께 태평성대를 누리지 못하니 제 마음이 편치 않습니다."

"저는 천하의 제후를 중시하고 또 백성들이 재난에 빠져 고생하는 상황인지라 감히 하늘의 뜻을 거슬러 일신의 안락을 꾀할 수 없사옵니다."

이어서 강상은 서개로 하여금 무왕을 알현하게 했다. 그러자 무왕이 강상에게 말했다.

"서 장군께서는 관문을 바치신 공이 크니 잔치를 열어 치하해주십시오. 그리고 모든 병사들에게도 상을 내리시기 바랍니다."

그날 밤은 별다른 일이 없이 지나갔다.

이튿날 강상이 군령을 내렸다.

"천운관을 향해 진군하라!"

이에 전군은 대포를 쏘고 함성을 지른 후 행군을 시작했는데 천운관은 계패관에서 팔십 리밖에 떨어지지 않은 곳이라 금방 도착했다. 정찰병의 보고를 받은 강상은 곧 포를 쏘고 영채를 차리라고 지시했다.

동쪽 정벌하는 장수는 맹호 같고
영채 앞의 장교는 기뻐 날뛰는 이리 같구나.

戰將東征如猛虎　營前小校似歡狼

한편 천운관의 사령관 서방徐芳은 서개의 동생이었다. 그는 형이 주나라에 귀순했다는 소식을 듣고는 삼시신이 날뛰고 칠공에서 연기가 날 정도로 화가 치밀어 욕을 퍼부었다.

"비열한 작자! 부모와 처자식도 생각하지 않고 역적의 무리에 합류하여 구차하게 벼슬을 얻으려 하다니 만고 역사에 오명을 남기는구나!"

그는 황급히 북을 울려 장수들을 소집했다. 장수들이 절을 마치자 서방이 말했다.

"불행히도 내 형이 가족과 군주를 배신하고 구차하게 일신의 부귀영화를 추구하기 위해 관문을 바치고 역적에게 투항해버리는 바람에 우리 가문은 족멸의 죄를 피하지 못하게 되었소이다. 그러니 이제 반드시 저 역적을 사로잡아 죗값을 치르는 수밖에 없소이다."

그러자 선봉장 용안길龍安吉이 말했다.

"사령관님, 걱정하지 마십시오. 제가 먼저 적장을 몇 명 사로잡아 조가로 압송하여 용서를 구하고 그런 다음 수괴를 사로잡아 이전의 죗값을 치르고 충심을 드러내면 사령관님 가족도 자연히 모두 무사할 것입니다."

"내 생각도 바로 그렇소이다. 부디 선봉장을 비롯한 여러 장수들이 한마음으로 협력하여 역적을 소탕함으로써 주군의 은혜에 보답하기만을 바랄 뿐 다른 것은 염려할 필요가 없소이다."

그리고 그는 곧 장수들과 전략을 논의했다.

이튿날 강상은 중군 막사에 나와서 제자와 장수들에게 물었다.

"천운관 공략을 위한 첫 번째 전투에 누가 나가시겠소?"

그러자 서개가 즉시 나섰다.

"사령관님, 천운관의 사령관은 제 아우이옵니다. 그러니 전투할 필요 없이 제가 아우를 설득하여 귀순하게 함으로써 작위를 받을 밑천으로 삼을까 하옵니다."

"장군께서 그렇게 해주신다면 정말 불세출의 빼어난 공을 세우시는 것이니 어찌 겨우 작위의 밑천에 그치겠소이까!"

이에 서개는 말을 타고 관문 아래로 가서 소리쳤다.

"여봐라, 관문을 열어라!"

관문의 병사는 마음대로 문을 열지 못하고 황급히 사령부로 달려가서 보고했다.

"사령관님, 큰 나리께서 관문 아래에 오셔서 문을 열라고 하시옵니다."

"오, 그래? 어서 문을 열고 이리로 모셔라!"

"예!"

병사가 나가자 서방이 수하에게 분부했다.

"양쪽에 체포조를 매복시키고 명령을 기다리도록 하라!"

잠시 후 서개는 관문이 열리자 동생의 속셈을 모르고 안으로 들어가 사령부 앞에 이르러 말에서 내려 곧장 은안전으로 들어갔다. 그러자 서방이 의자에 앉아서 물었다.

"그대는 누구인가?"

"하하! 아우, 내가 왔는데도 모르는 척하는 건가?"

"흥! 여봐라, 저놈을 잡아라!"

그 말이 떨어지자마자 양쪽에 매복해 있던 체포조가 달려들어 서개를 오랏줄에 묶어버렸다. 이에 서방이 말했다.

"조상을 욕보인 비열한 작자 같으니! 너는 가족조차 돌보지 않고 역적에게 투항했는데 이제 네 발로 여기를 찾아온 것은 그야말로 조상의 영령이 보살피셔서 서씨 가문의 족멸을 막아주려 하신다는 증거가 아니겠느냐?"

"뭣이! 이 시세조차 모르는 어리석은 놈! 천하가 이미 주나라에 귀의하여 주왕이 멸망할 날이 코앞에 닥쳤으니 네가 다스리는 이 콩알만 한 땅이야 어찌 되겠느냐? 감히 백성을 위로하기 위해 죄인을 정벌하는 군대에 항거하다니! 충신이 되겠다고? 그럼 너는 소호나 황비호에 비해 어떻다고 생각하느냐? 홍금이나 등구공에 비하면 어떻고? 내가 지금 네게 사로잡혀 죽는 것은 안타깝지 않지만 네놈을 사로잡아 내 한을 풀어줄 사람이 누군지 모르는 게 안타까울 뿐이다!"

"닥쳐라! 이 천한 역적을 옥에 가둬라. 무왕과 강상을 사로잡으면 한꺼번에 조가로 압송하여 죄를 다스리도록 하겠다!"

서방은 좌우의 장수들이 서개를 가두고 나자 물었다.

"누가 나라를 위한 첫 번째 전투에 나서시겠소?"

이에 선봉장인 신연장군神煙將軍 마충馬忠이 자원하고 나서니 서방이 허락했다. 잠시 후 마충은 관문을 열고 포성을 울리며 주나라 진영으로 쳐들어갔다. 정찰병의 보고를 받은 강상이 탄식했다.

"오호, 서개는 죽었겠구나! 나타, 나가서 관문을 접수하고 서개의 소식을 알아보도록 하게!"

나타는 풍화륜에 올라 영채 밖으로 나갔는데 그곳에는 황금 갑옷에 붉은 전포를 입은 마충이 위풍당당하게 서 있었다. 마충이 나타에게 물었다.

"그대가 혹시 나타인가?"

"그렇다, 나를 안다면서 왜 아직도 무기를 버리고 투항하지 않는 것이냐?"

"무식한 놈! 너희는 망령되게 제왕을 자청하며 하늘을 거스르고 반역을 일으켜 신하의 도리를 저버리고 천자의 영토를 침범함으로써 용서받을 수 없는 죄를 저질렀다. 조만간 사로잡혀 분골쇄신의 처형을 당하게 될 처지인 줄도 모르고 아직 혓바닥을 잘도 놀리는구나!"

"하하! 보아하니 너희는 순식간에 가루가 될 개구리나 쥐새끼에 지나지 않으니 더불어 말을 섞을 가치도 없다!"

마충은 분기탱천하여 창을 휘두르며 달려들었고 나타의 화첨창도 눈부시게 번쩍였으니 두 장수가 천운관 아래에서 격전을 벌이게 되었다.

마충의 신령한 연기 적수가 없지만
나타의 도와 덕이 높으니 걱정이로구나!

馬忠神煙無敵手　只恐哪吒道德高

마충은 나타가 도와 덕을 수련하여 고강한 솜씨를 가지고 있음을 알고 속으로 생각했다.

'선수를 빼앗기면 상황이 곤란해지겠지?'

이에 그가 입을 쩍 벌리고 한 줄기 검은 연기를 토해내자 타고 있던 말까지 보이지 않게 되었다. 그 모습을 본 나타는 재빨리 풍화륜을 몰고 공중으로 날아올라 몸을 흔들어 푸르뎅뎅한 얼굴에 송곳니가 삐져나온 세 개의 머리와 여덟 개의 팔이 달린 모습을 드러냈다. 마충은 검은 연기 속에서 나타의 모습이 보이지 않자 황급히 신령한 연기를 거둬들이고 고삐를 돌려 돌아가려고 했는데 그 순간 나타의 고함 소리가 들려왔다.

"마충, 꼼짝 마라! 내가 간다!"

나타, 천운관에서 위용을 떨치다.

그 소리에 고개를 든 마충은 나타의 무시무시한 모습을 보고는 혼비백산 놀라서 즉시 말을 달려 도망쳤다. 그러자 나타가 재빨리 구룡신화조를 던져 마충을 덮어버렸는데 그가 손으로 구룡신화조를 다시 탁 치자 그 안에서 아홉 마리의 화룡이 나타나 빙빙 둘러싸 버리니 마충은 순식간에 재가 되어버렸다. 이를 묘사한 시가 있다.

건원산에서 현묘한 술법 전수받았고
비밀리에 지닌 신령한 부적은 더욱 신묘하도다.
화조와 경장은 본래 기이한 것인지라
마충은 당연히 먼지로 변할 수밖에!

$$乾元玄妙授來眞 \quad 秘有靈符法更神$$
$$火棗瓊漿原自異 \quad 馬忠應得化微塵$$

나타는 마충을 태워 죽인 다음 구룡신화조를 거둬들이고 승전고를 울리며 영채로 돌아가서 강상에게 전과를 보고했다. 강상은 무척 기뻐하며 그의 공적을 축하했다.

한편 정찰병으로부터 마충의 전사 소식을 들은 서방은 버럭 화를 냈다. 그러자 옆에 있던 용안길이 말했다.

"마충은 상대를 모르고 자신의 신령한 연기만 믿다가 이런 패배를 당했습니다. 내일 제가 공을 세워서 적장 몇 명을 사로잡아 오겠습니다. 그자들을 조가로 압송하여 폐하께 용서를 구하도록 하시지요."

이튿날 용안길이 말을 타고 주나라 진영 앞으로 가서 싸움을 걸자 보고를 받은 강상이 물었다.

"누가 나가시겠소?"

그러자 무성왕 황비호가 자원했고 강상이 허락했다. 황비호는 오색신우를 타고 창을 들고 밖으로 나갔는데 용안길이 보니 그의 모습은 이러했다.

전투에 능숙하여 기세 더욱 드높고
용맹한 영웅이라 성품도 굳고 강하지.
충심 바꾸지 않고 주나라에 귀의하여
철면 돌리지 않고 주왕을 버렸지.
역사에 이름 날릴 참다운 의사
단대丹臺°에 초상화 걸린 선량한 이라네.
이제 주왕을 정벌하여 발자취 남기나니
명성은 만고에 길이 향기 남기리라!

慣戰能爭氣更揚　英雄猛烈性堅強

忠心不改歸周主　鐵面無回棄紂王

靑史名標眞義士　丹臺像列是純良

至今伐紂稱遺迹　留得聲名萬古香

용안길이 그를 보고 소리쳤다.

"그대는 누구인가?"

"내가 바로 무성왕이다."

"네가 황비호라고? 상나라에 반역하고 재앙을 키우는 근원이로구나! 내 오늘 기필코 너를 사로잡고 말겠다!"

용안길은 말을 몰고 달려들어 도끼를 휘둘렀고 황비호는 황급히 들고 있던 창으로 맞섰다. 둘은 쉰 판이 넘게 맞붙었는데 그야말로 바둑판의 맞수가 만난 격이었다. 황비호의 창술에 전혀 빈틈이 보이지 않자 용안길이 생각을 달리했다.

'기세를 발휘하도록 내버려두면 안 되지!'

그러고는 창을 어깨에 걸치고 비단 자루에서 한 가지 물건을 꺼내 공중에 던졌는데 '딸랑!' 하는 소리가 들리자 그가 말했다.

"황비호, 내 보물을 봐라!"

황비호는 그것이 뭔가 싶어서 고개를 들었다가 순식간에 안장에서 떨어지고 말았다. 그때 관문 안에 있던 병력이 일제히 함성을 지르며 달려들어 그를 사로잡아 오랏줄에 묶어 천운관 안으로 끌고 들어가버렸다. 강상은 보고를 받고 깜짝 놀랐다.

"어떻게 사로잡혔더냐?"

이에 황비호의 뒤를 지원한 장수가 대답했다.

"격전을 벌이는 도중에 용안길이 무슨 고리를 공중에 던지자 '딸랑!' 하는 소리가 들렸고 그 순간 황 장군께서 바로 안장에서 떨어져 사로잡히고 말았사옵니다."

"또 그 망할 좌도방문의 술법이로구먼!"

한편 용안길이 황비호를 끌고 서방에게 가자 황비호가 꼿꼿이 서서 말했다.

"나는 사악한 술법에 의해 사로잡혔으나 죽음으로 나라의 은혜에 보답하고자 한다.”

“정말 비열한 놈이로구나! 옛 군주를 버리고 역적에게 투항해놓고 이제 거꾸로 나라의 은혜에 보답하겠다느니 어쩌니 하다니 앞뒤가 완전히 뒤바뀌지 않았느냐? 일단 옥에 가둬놓도록 해라!”

먼저 옥에 갇혀 있던 서개는 황비호를 위로했다.

“제 못난 아우가 하늘의 운세를 모르고 사악한 술법만 믿고 버티는 바람에 장군께서도 이렇게 사로잡히는 액운을 당하게 되셨군요.”

이에 황비호는 말없이 고개를 끄덕이며 한숨만 내쉴 따름이었다. 그 무렵 서방은 술상을 차리게 하여 용안길의 공적을 치하했다.

이튿날 용안길이 다시 싸움을 걸자 강상이 물었다.

“누가 출전하시겠소?”

이번에는 홍금이 나섰는데 그는 밖으로 나가서 한때 자신의 부장이었던 용안길에게 말했다.

“용안길, 옛 상관을 만났는데 어째서 말에서 내려 투항하지 않고 감히 저항하는 것이냐?”

“하하! 역적 홍금, 무슨 말이 그리 많으냐! 내 그렇지 않아도 너희를 잡아 조가로 압송하여 국법에 따라 다스리려던 참이었는데 앞뒤를 가리지 못하고 여전히 교묘한 말만 늘어놓는구나!”

그러면서 용안길은 즉시 말을 몰고 달려들어 도끼를 휘두르고는 고리를 공중으로 던졌다. 사지수四肢酥라고 불리는 이 두 고리는 마치 태극처럼 좌우가 뒤집히고 함께 걸면 음양이 이어지는 자물쇠가 되는데 ‘딸랑!’ 하는 소리를 듣고 보물을 보게 되면 온몸의 맥이 빠져서 사지가 힘없이 늘어졌다. 홍금 역시 공중에서 나는 소리를 듣고 고개를 들어 쳐다보고는 즉시 낙마하여 사로잡히고 말았다.

'이놈이 예전에 내 수하로 있을 때는 이런 물건을 가지고 있는 줄 몰랐는데 이 하찮은 놈에게 사로잡히고 말았구나!'

곧이어 병사들이 홍금을 끌고 은안전으로 가서 서방 앞에 세우자 서방이 무척 기뻐하며 말했다.

"홍금, 어명을 받아 토벌하러 갔으면서 어째서 오히려 역적에게 투항했느냐? 이제 무슨 면목으로 상나라 군주를 뵙겠느냐!"

"하늘의 뜻이 이러하거늘 무슨 말이 그리 많으냐! 내 비록 포로가 되었지만 그 뜻은 굽힐 수 없으니 죽으면 그만이 아니더냐!"

"여봐라, 일단 이놈을 옥에 가둬놓도록 해라!"

황비호는 홍금마저 옥에 갇히자 그저 한숨만 내쉬었다.

그 무렵 정찰병의 보고를 받은 강상은 기분이 몹시 울적했다. 이튿날 다시 용안길이 싸움을 걸어온다는 보고가 올라왔다.

"이번에는 누가 나가시겠소이까?"

이에 남궁괄이 자원하고 나섰지만 그 또한 용안길과 몇 판 맞붙고 나서 사지수에 걸려 포로가 되어 옥에 갇히는 신세가 되고 말았다. 보고를 받은 강상은 깜짝 놀랐다. 그때 곁에 있던 선봉장 나타가 말했다.

"용안길이 대체 무슨 술법을 쓰기에 연달아 장수들을 사로잡는 것일까요? 제가 나가보면 사정을 알 수 있을 것이옵니다."

이제 용안길의 목숨이 어찌 되는지는 다음 회를 보시라.

제80회

양임, 하산하여 온사를 격파하다
楊任下山破瘟司

온황진 덮개는 사악한 무당의 술법이라
전염병 세상에 퍼져 모조리 도륙하듯 했지.
늘어선 진은 흉험하여 격파하기 쉽지 않은데
사람을 미쳐 날뛰게 하니 어찌 소생할 수 있으랴?
순식간에 널리 퍼져 집집마다 모두 죽고
어느새 시체 전해져 집집마다 죽어나가는구나.
그저 강상이 겪어야 할 재난이 다 차지 않아서
천운관 아래에서 모진 고생을 해야 했지.

瘟瘴傘蓋屬邪巫　疫癘閻浮盡若屠
列陣兇頑非易破　着人狂躁豈能蘇
須臾遍染家家盡　頃刻傳尸戶戶殂
只爲子牙災未滿　穿雲關下受崎嶇

그러니까 나타는 곧바로 풍화륜을 타고 관문 아래로 가서 싸움을 걸었다.

"여봐라, 너희 사령관에게 전해라. 내가 용안길을 좀 보고 싶다고 말이다!"

보고를 받은 서방은 용안길에게 출전을 명령했다. 잠시 후 밖으로 나온 용안길은 풍화륜을 타고 있는 나타를 보고 속으로 생각했다.

'이놈은 도술을 부리는 모양이니 먼저 이 보물을 쓰는 게 유리하겠구나.'

그는 곧 앞으로 나아가 물었다.

"그대가 혹시 나타인가?"

그렇게 말하고 용안길은 나타가 미처 대답하기 전에 창을 내질렀고 나타도 얼른 화첨창을 들어 맞섰다. 용안길이 한 차례 맞붙고 나서 사지수를 공중에 던지며 소리쳤다.

"나타, 내 보물을 봐라!"

나타가 고개를 들어 살펴보니 태극처럼 생긴 음양의 고리가 '딸랑!' 소리를 내는 것이었다. 하지만 연꽃의 화신인 나타는 애초에 혼백이 없었으니 풍화륜에서 떨어질 리 없었다. 잠시 후 사지수가 땅바닥에 떨어졌지만 여전히 나타는 어찌 된 영문인지 몰랐다. 용안길이 그 모습을 보고 깜짝 놀랐으니 그야말로 이런 격이었다.

적장을 안장에서 떨어뜨리던 용안길
나타의 보물이 날아올 줄 어찌 생각이나 했으랴?

鞍韉慌壞龍安吉　豈意哪吒法寶來

그때 나타가 세 개의 머리와 여덟 개의 팔이 달린 모습을 드러내며 건곤권을 던지면서 고함을 질렀다.

"네 고리는 내 것보다 못하니 이번에는 내 보물로 돌려주마!"

나타는 용안길이 미처 피하지 못하고 정수리에 건곤권을 맞고 낙마하자 다시 창을 내질러 그의 목숨을 끝장내버렸다. 그리고 수급을 베어 들고 영채로 돌아가서 전과를 보고했고 강상은 무척 기뻐했다.

그 무렵 정찰병으로부터 용안길의 전사 소식을 들은 서방은 깜짝 놀랐다. 주위에 쓸 만한 장수도 없고 조정에서는 지원군을 보내주지 않아서 부장이라고는 방의진方義眞 하나밖에 없었다.

"이를 어쩌지?"

그는 서둘러 상소문을 작성하여 전령을 통해 조가로 보냈다. 그때 갑자기 수하가 들어와서 보고했다.

"웬 도사가 찾아왔사옵니다."

"모셔 오너라!"

잠시 후 푸르뎅뎅한 얼굴에 세 개의 눈과 시뻘건 머리카락, 삐져나온 송곳니를 가진 도사가 들어왔다. 서방은 계단을 내려가서 도사를 맞이하여 대전으로 안내하고 서로 인사를 나누었다. 그런 다음 도사에게 상석을 권하며 물었다.

"도사님, 어디서 오셨습니까?"

"구룡도에서 수련한 여악이외다. 나는 강상과 한 하늘을 이고 살 수 없는 원수인지라 장군의 군대를 빌려 지난날의 원한을 갚으려고 찾아왔소이다."

그 말에 서방은 무척 기뻐했다.

"상나라의 크나큰 복이 하늘에 이르러 또 고명한 분이 도우려고 오셨군요!"

그는 즉시 술상을 차리게 하여 여악을 접대했다. 그날 밤은 별다른 일이 없이 지나갔다.

이튿날 여악은 주나라 영채 앞으로 가서 강상에게 나오라고 요구했다. 이에 정찰병이 들어가서 보고했다.

"대원수, 웬 도사가 대원수께 나오라고 요구하고 있사옵니다."

여악이 찾아온 줄 몰랐던 강상은 즉시 분부했다.

"포를 쏘고 출전한다!"

강상은 영채 밖으로 나가서 상대편에 여악이 있는 것을 보고 자기도 모르게 웃음이 나왔다. 한편 강상의 좌우에 있던 제자들은 뜻밖에 그의 모습을 보고 모두들 이를 갈았다. 그때 강상이 여악에게 말했다.

"도우, 그대는 나아가고 물러날 때를 모르거니와 심지어 부끄러움도 모르는구려! 저번에 간신히 도망쳐서 목숨을 구했는데 오늘은 어째서 죽을 곳으로 다시 찾아온 것이오?"

"흥! 누가 죽을지는 두고 봐야 알겠지!"

그때 뇌진자가 버럭 호통쳤다.

"뒈질 줄도 모르는 천박한 놈! 내가 간다!"

뇌진자가 즉시 풍뢰시를 펼치고 공중으로 날아올라 황금 몽둥이를 휘둘러 여악의 머리를 향해 내리치자 여악도 들고 있던 칼로 맞받아쳤다. 그러자 금타가 쌍칼을 휘두르며 달려 나갔고 목타도 사납게 호통쳤다.

"못된 도사 놈, 꼼짝 마라! 내 칼을 받아라!"

이를 본 이정과 위호, 나타 등의 제자들도 일제히 달려 나가 여악을 가운데 놓고 포위해버렸다.

살기가 허공에 자욱하여 하늘까지 스며드니

일단의 신성한 이들이 영웅의 기개 왕성히 드러냈지.

이 격전은 천지를 놀라게 했으니

바다 들끓고 땅이 뒤집어질 듯 기세도 더욱 흉험했지.

殺氣迷空透九重　一干神聖逞英雄

這場大戰驚天地　海沸江翻勢更兇

여악은 여러 제자들에게 포위당하자 세 개의 머리와 여섯 개의 팔이 달린 모습을 드러내고 열온인烈瘟印을 던져 뇌진자를 떨어뜨렸다. 그러자 여러 제자들이 일제히 달려들어 뇌진자를 구해 돌아왔고 그때 강상이 타신편을 공중에 던져 여악의 등짝을 후려치니 그는 삼매진화를 내뿜으며 천운관으로 패주했다. 잠시 후 서방이 그를 맞이하며 위로했다.

"도사님, 오늘 전투는 정말 엄청났습니다."

"오늘은 너무 일찍 나갔소이다. 내 도우가 한 명 오기로 했으니 그와 함께 나가면 성공할 수 있을 거외다."

그 무렵 강상은 부상당한 뇌진자 때문에 다시 마음이 울적해졌는데 이 부분은 잠시 접어두도록 하겠다.

楊任大破溫黃陣

양임, 온황진을 격파하다.

한편 여악은 며칠 동안 천운관 안에서 머물렀다. 그러던 어느 날 한 도사가 사령부 앞으로 찾아와 수문장에게 말했다.

"사령관에게 통보해주시게."

수문장의 보고를 받은 여악이 말했다.

"모셔 오너라!"

잠시 후 도사가 들어와서 여악과 인사를 나누고 서방과 인사를 나눈 다음 자리에 앉았다. 서방이 여악에게 물었다.

"이분은 누구신지요?"

"내 아우인 진경이외다. 장군을 도와 강상을 격파하고 무왕을 사로잡으려고 온 것이외다."

서방은 무척 감사하며 술상을 차리게 하여 대접했다. 그때 여악이 진경에게 물었다.

"아우, 저번에 단련하고 있던 그 보물은 완성되었는가?"

"이게 완성되고 나서야 오는 바람에 조금 늦었습니다. 내일은 강상하고 붙어볼 수 있겠습니다."

그야말로 이런 격이었다.

기이한 보물을 단련하여 엄청난 악행 저질렀는데
어찌 알았으랴, 천하에 고명한 이 있음을!

煉就奇珍行大惡　誰知海內有高明

그날 밤은 아무 일 없이 지나갔다.

이튿날 여악은 서방에게 삼천 명의 병력을 요청하여 그들을 이끌고 강상을 찾아가 싸움을 걸었다. 그리고 서방은 직접 뒤쪽에서 지원했다.

한편 중군 막사에 나온 강상은 제자들에게 말했다.

"오늘 여악이 또 우리 군대의 진군을 막으러 왔으니 모두들 조심해야 할 걸세."

그들이 그 문제에 대해 의논하고 있을 때 수하가 들어와서 보고했다.

"양전이 원문 앞에 대령했사옵니다."

"들여보내라!"

잠시 후 양전이 들어와서 절을 올리고 말했다.

"분부하신 대로 차질 없이 양곡과 군수품을 가져왔사옵니다."

"수고했네, 그런데 지금 여악이 또 찾아와서 천운관을 막고 있구먼."

"패해서 도망쳤던 자가 어찌 감히 또 진군을 막으려 든다는 말씀이시옵니까?"

그 말이 끝나기도 전에 군정사의 장교가 들어와서 보고했다.

"여악이 싸움을 걸어오고 있사옵니다."

강상은 황급히 출전을 명령하고 여러 장수와 제자들을 이끌고 영채 앞으로 나갔다. 잠시 후 여악이 그를 보고 말했다.

"강상, 너와 나는 한 하늘을 이고 살 수 없는 원수지간이다. 두 교단으로 말하자면 모두 이와 마찬가지가 아니더냐? 게다가 너는 원시천존의 제자로 도와 덕을 수행하지 않았더냐? 내가 진을 하나 펼칠 테니 살펴보도록 해라. 네가 알아볼 수 있다면 나도 주나라를 도와 주왕을 정벌하겠다. 하지만 알아보지 못한다면 너와 나는 즉시 승부를 가리게 될 것이다!"

"도우, 어째서 청정하게 분수를 지키지 않고 이렇게 자꾸 죄업을 쌓는 것이오. 이것은 수련하는 이가 할 일이 아니지 않소? 어쨌든 진을 설치한다고 했으니 어디 보십시다."

여악은 진경과 함께 안으로 들어가더니 한 시간쯤 지나서 진의 설치를 마치고 다시 앞으로 나와 소리쳤다.

"강상, 와서 내 진을 살펴봐라!"

강상은 나타와 양전, 위호, 이정과 함께 앞으로 나아갔다. 그때 양전이 여악에게 말했다.

"선배, 우리가 진을 살피는 동안 암습하면 아니 될 것이오!"

"그것은 소인배나 하는 짓이다. 나는 당당히 진을 펼치고 정당하게 깃발을 세워 겨루려는 것이니 어찌 암기로 너희를 해치겠느냐?"

강상은 제자들과 함께 진을 한번 둘러보았지만 이 진은 어지럽게 하나로 뒤섞인 데다 아무 글도 적혀 있지 않아서 그 정체를 알아낼 도리가 없었다. 그러자 강상은 초조해졌다.

'이것은 일반적인 공격으로는 통하지 않는 좌도방문의 술법이 분명하구나.'

문득 그는 원시천존의 게송 가운데 일부를 떠올렸다.

'계패관에서 주선진을 만나고 천운관에서 온황진을 만날 것이라고 하셨으니 혹시 이것이 바로 그 온황진인가?'

이에 그가 양전에게 말했다.

"이것은 틀림없이 내 사부님이신 원시천존께서 말씀하신 그 온 황진이 아닐까 싶구먼."

"제가 저자에게 이야기해보겠사옵니다."

강상과 양전이 그렇게 상의를 마치고 나서 다시 영채 앞으로 돌아가자 여악이 물었다.

"강상, 이 진을 알아보겠느냐?"

그러자 양전이 대답했다.

"선배, 이것은 자잘한 술법에 지나지 않는데 뭘 그리 대단하다고 하십니까?"

"이 진의 이름을 알겠느냐?"

"하하! 바로 온황진이 아닙니까? 보아하니 아직 완전히 설치되지 않은 것 같은데 다 설치하고 나면 제가 와서 깨뜨려드리겠습니다."

그 말을 들은 여악은 거대한 바다에 던져진 돌멩이처럼 한참 동안 아무 말이 없었다.

화로에서 단련한 현묘한 공부도 아무 소용없고
한 조각 야심도 강물 따라 흘러가버렸구나!

爐中玄妙全無用　一片雄心付水流

어쨌든 양전은 그렇게 말하고 나서 다른 제자들과 함께 중군 막사로 돌아왔다. 강상이 자리에 앉자 제자들이 이구동성으로 양전의 날카로운 입담을 칭찬했다. 그러자 강상이 말했다.

"임시방편으로 진의 이름은 잘 말했지만 어쨌든 그 안에 담긴 현묘한 이치를 모르니 어떻게 깨야 할지 모르겠구먼."

그러자 나타가 말했다.

"일단 대답은 해놓았으니 다시 대책을 마련해야겠지요. 열 개의 고약한 진과 주선진이라는 엄청난 진도 격파했는데 이런 조그마한 진쯤이야 걱정할 필요가 있겠사옵니까?"

"그렇기는 하지만 신중해야 하네. '멀리까지 생각하지 않으면 반드시 가까운 곳에 근심이 생긴다[人無遠慮 必有近憂]'라는 옛말도 있지 않은가? 그러니 어찌 작다고 가볍게 여길 수 있겠는가?"

그러자 제자들이 일제히 말했다.

"지당하신 말씀이십니다."

그렇게 한참 의논하고 있는데 수하가 들어와서 보고했다.

"종남산의 운중자께서 오셨사옵니다."

그 말을 들은 제자들이 일제히 말했다.

"무왕의 크나큰 복이 하늘같아서 이 위급한 진을 해결해줄 고명한 분이 스스로 찾아오셨군요!"

강상은 황급히 원문 밖으로 나가 운중자를 맞이하여 함께 중군 막사로 들어와서 자리에 앉았다. 이에 강상이 말했다.

"도형, 틀림없이 저를 위해 온황진을 격파해주시려고 오신 것이겠지요?"

"하하! 그렇소이다."

강상은 허리를 숙여 감사하며 말했다.

"제가 여러 차례 큰 곤란을 만날 때마다 이렇게 여러 도형들께서 수고해주시니 가만히 앉아서 은혜를 받기만 하는 것 같아 쑥스럽소이다. 그런데 이 진 안에는 무슨 비밀이 담겨 있소이까? 그리고 이것을 깨려면 누구를 보내야 할까요?"

"다른 사람은 쓸 필요가 없소이다. 이것은 바로 그대가 겪어야 할 백일 동안의 재난 가운데 하나이니 말이외다. 재난의 기한이 차면 당연히 이 진을 깨줄 사람이 나타날 것이니 내가 그대를 대신해 대원수의 직권을 이용하여 군사 업무를 지휘하겠소이다. 나머지는 염려하실 필요가 없소이다."

"그렇게만 해주신다면 저야 죽더라도 아까울 것이 없소이다. 하물며 반드시 죽게 되는 것도 아닐 테니까요!"

강상은 기꺼이 대원수의 칼과 직인을 운중자에게 넘겨주었다.

잠시 후 무왕이 수하로부터 운중자가 와서 강상이 백일 동안 재난을 겪어야 한다고 이야기했다는 소식을 듣고 다급히 중군 막사로 찾아왔다. 운중자와 강상이 무왕을 맞이하여 절하고 자리에 앉자 무왕이 말했다.

"상보께서 진을 깨러 나서신다는 소식을 듣고 심히 걱정스러워 찾아왔습니다. 이렇게 잦은 전투로 너무 고생이 많으시니 과인이 생각하기에는 차라리 회군하여 영토를 지키면서 백성의 삶을 편히 만들어주는 편이 나을 것 같습니다. 굳이 이런 고생을 하실 필요가 있습니까?"

그러자 운중자가 말했다.

"그것은 전하께서 잘못 아시는 것입니다. 하늘이 징조를 드리워서 운수가 순환하여 이렇게 되는 것인데 어찌 사람의 힘으로 바

꿀 수 있겠습니까? 거기서 벗어나고 싶어도 불가능하니 안심하십
시오."

이에 무왕은 아무 말이 없었다.

한편 여악은 진경과 함께 구궁팔괘九宮八卦의 방위에 따라 스물한
개의 온황산을 진 안에 설치하고 그 중앙에 흙으로 단을 쌓아 부적
을 안치하여 주나라 장수를 사로잡을 준비를 했다. 그들이 한참 진
안에서 작업하고 있을 때 수하가 달려와서 보고했다.

"여 도사님, 어느 도인께서 찾아오셨사옵니다."

"누구라고 하더냐? 이리로 모셔 오너라."

잠시 후 도사가 표연히 들어왔는데 알고 보니 이평李平이었다. 여
악은 반갑게 맞이하며 말했다.

"도형, 틀림없이 저를 도와 주나라 무왕과 강상을 멸하기 위해 오
신 게로군요."

"그게 아니라 그대에게 충고하기 위해 온 것이외다. 지금 주왕은
무도하여 그 죄가 차고 넘쳐 천하가 모두 등을 돌렸으니 이것은 하
늘이 상나라를 멸하려 하기 때문이외다. 그에 비해 무왕은 지금 세
상에 유일하게 덕망이 있는 군주라서 위로 요·순과 비견되고 아래
로 백성의 마음에 부합하는 그야말로 시운에 부응하여 홍성할 군
주이지 초야에서 기회를 노리는 간사한 무리 가운데 하나는 아니
외다. 게다가 기산에서 봉황이 울어 제왕의 기운이 모인 지 벌써 오
래되었소이다. 그런데 도형 혼자서 어찌 천명을 바꿀 수 있겠소이
까! 강상은 하늘의 분부를 받들어 죄 많은 자를 정벌하여 백성을 위

로하고자 맹진에서 제후를 회합하여 갑자년에 주왕이 멸망하게 되는 천명에 부응하려고 하고 있소이다. 설마 내가 무왕만 편들고 절교는 생각하지 않아서 도형의 뜻을 거스르려고 왔겠소이까? 도형, 그러니 내 말대로 이 진을 해체하고 무왕과 강상이 천운관을 점령하도록 내버려두시구려. 우리는 원래 속세를 벗어나 소탈하고 느긋하게 아무 구속 없이 지내는 몸이 아닙니까? 그런데 왜 굳이 명리에 얽매여 해탈하지 못하는 것이외까?"

"흥! 그것은 잘못된 말씀이외다. 내가 역적을 처벌하려는 것이 바로 하늘과 백성의 뜻에 순응하는 것이외다. 그런데 그대는 어째서 스스로 현혹되어 오히려 내가 잘못하고 있다고 말씀하시는 거요? 두고 보시오, 내가 강상과 무왕을 사로잡아 저 군대가 하나도 살아남지 못하게 만들고 말겠소이다!"

"그렇지 않소이다. 강상은 일곱 번의 죽음과 세 번의 재앙도 견뎌냈고 수많은 악독한 이들과 열 개의 지독한 진, 그리고 저 무시무시한 주선진도 겪어내며 어렵사리 이곳에 이르렀소이다. '앞 수레가 뒤집히면 뒤 수레가 교훈으로 삼아야 한다[前車已覆 後車當鑒]'라는 옛말도 있지 않소이까? 그런데 왜 굳이 이렇게 잘못된 생각에 빠져 헤어날 줄 모르시는 겁니까?"

이평은 재삼 여악에게 충고했지만 끝내 그를 깨치게 만들 수는 없었으니 그야말로 이런 격이었다.

삼부三部의 정신正神 하늘의 운수가 다해
이평이 여기에 왔어도 운명을 피하기 어려웠지.

결국 여악은 이평의 충고를 듣지 않고 전령을 파견하여 강상에게 진을 깨러 오라는 서신을 보냈다. 전령이 원문에 도착했다는 보고를 받은 강상은 수하에게 분부했다.

"데리고 와라."

잠시 후 전령이 중군 막사로 와서 절을 올리고 서신을 바쳤다. 강상이 펼쳐보니 이렇게 적혀 있었다.

구룡도의 연기사 여악이 서기의 대원수 강상에게 알리오.

듣자 하니 사물은 극에 이르면 반드시 거꾸로 되돌아가고 하늘을 거스르면 반드시 벌을 받게 된다고 했소. 그대들 주나라는 신하로서 도리를 지키지 않고 군주를 정벌하려 하니 이는 하극상이자 윤리강상을 어지럽혀 천지간에 죄를 짓는 행위에 해당하오. 게다가 못된 무리를 지어 여러 차례 천자의 군대에 대항했으며 천교의 도술을 믿고 누차 성을 공격하여 장수를 살해했소. 이에 그 악이 차고 넘쳐서 백성과 신들이 모두 분노하고 있소. 그러므로 하늘이 악의 무리를 미워하여 특별히 내 손을 빌려 이 온황진을 설치하게 했소.

이제 이렇게 서신을 보내나니 조속히 회답을 주시고 승부를 결판내도록 하십시다. 만약 스스로 부덕하다고 생각하거든 일찌감치 무기를 버리는 것이 그나마 죽음을 면하는 길일 것이오.

이와 같이 결전을 청하는 서신을 보내는바 속히 결정하시기 바라오.

강상은 서신을 다 읽고 나서 그 위에 내일 그 진을 격파하겠다고 답장을 적어 전령으로 하여금 여악에게 보고하게 했다.

이튿날 운중자는 강상을 중군 막사로 청하여 앞가슴과 등, 모자 안에 각기 하나씩 모두 세 개의 부적을 찍어주고 단약 하나를 그의 품에 넣어주었다. 모든 준비를 마치고 나자 관문 밖에서 포성이 울리더니 전령이 달려와서 보고했다.

"여악이 영채 앞에서 싸움을 걸어오고 있사옵니다."

강상은 사불상을 타고 출전했고 무왕은 여러 장수와 제자들을 거느리고 밖으로 나가서 뒤를 지원했다. 온황진은 정말 무시무시했으니 이를 묘사한 노래가 있다.

살기가 허공에 가득하고
사나운 바람이 사방에서 일어난다.
살기가 허공에 가득하여
온통 캄캄하니 귀신이 통곡하며 소리치는 듯하고
사나운 바람 사방에서 일어나니
온통 컴컴한 가운데 우레가 치고 번개가 번쩍인다.
한기가 가슴을 파고드니
그 서늘한 냉기를 어찌 막으랴?
온몸에 맥이 빠지게 하니

얼굴로 불어닥치는 저 음산한 바람을 감당하기 어렵구나.

멀리서 보면 모래가 날리고 바위가 구르며

가까이서 보면 안개가 말리고 구름이 치솟는다.

역병의 기운 뭉게뭉게 날아오고

수화선水火扇° 펄럭이며 어지러이 들려 있다.

온황진 안에서는 신선도 두려워하나니

이야말로 강상이 겪어야 할 백일의 재난에 부응하는 것!

殺氣漫空　惡風四起

殺氣漫空　黑暗暗俱是些鬼哭神嚎

惡風四起　昏鄧鄧盡是那雷轟電掣

透心寒　怎禁他冷氣侵人

解骨酥　難當他陰風撲面

遠觀是飛砂走石　近看如霧捲雲騰

瘟疫氣陣陣飛來　水火扇翩翩亂舉

瘟瘟陣內神仙怕　正應姜公百日災

잠시 후 강상이 진 앞으로 가서 소리쳤다.

"여악, 그대가 지금 이 악독한 진을 설치해서 나와 자웅을 결판내려 하는데 그대에게 피하기 어려운 재앙이 닥칠까 염려스럽구려. 하지만 그때는 후회해도 늦을 것이외다!"

그러자 여악이 금빛 눈동자의 낙타를 몰고 달려들어 창을 휘둘렀고 강상도 들고 있던 칼로 맞섰다. 몇 판 맞붙고 나서 여악은 슬쩍 칼을 허공에 지르고 곧바로 진 안으로 들어갔는데 곧 강상도 사불상을 몰고 진 안으로 쫓아 들어갔다. 여악이 대에 올라 온황산을 아래로 펼치니 마치 붉은 비단과 검은 안개가 덮이듯 사방이 깜깜해졌다. 이에 강상은 한 손으로 행황무기기를 들고 우산을 막았으니 정말 가련한 상황이었다.

일곱 번의 죽음과 세 번의 재앙 겪으며 제왕의 사업을 도와
만고에 향기로운 이름 남겼구나!

　　　　　　　　　七死三災扶帝業　萬年千載竟留芳

여악은 강상을 진에 가두고 밖으로 나와서 소리쳤다.

"강상은 이미 내 진 안에서 죽었다. 이제 희발에게 당장 나와서 목을 바치라고 해라!"

원문 안에서 그 말을 들은 무왕은 다급히 운중자에게 물었다.

"도사님, 상보께서 정말 진 안에서 돌아가셨다면 과인에게는 너무나 애통한 일입니다!"

"걱정 마십시오, 이것은 여악의 거짓말입니다. 강상은 백일 동안 재난을 겪어야 할 운명일 뿐입니다."

잠시 후 뒤쪽에서 나타와 양전, 금타, 목타, 이정, 위호, 뇌진자가 일제히 소리쳤다.

"저 요사한 도사를 붙잡아 천참만륙해서 원수를 갚고 말겠다!"

이에 여악과 진경도 달려 나와서 일대 격전이 벌어졌으니 음산한 바람이 쌩쌩 불고 싸늘한 안개가 허공을 가득 메웠다.°

이쪽 몇은 일편단심 충정으로 명예가 높고

저쪽 둘은 못된 마음으로 주나라의 진군 막으려 했지.

양측이 팽팽히 대치하여

여러 신들이 함께 승부를 결하려 했지.

항마저는

재빨리 휘둘러지니

사사로움 없이 정직한 진짜 보물이로다.

이쪽의 나타와 양전은 정말 상황을 잘 이용하고

저쪽의 여악과 진경은 못된 짓 많이 벌이지.

창칼이 정신없이 오가는데

모두 도가의 신령한 무기들이지.

오늘 천운관 밖에서 신통력 겨루며

각자 영웅의 기개를 드러내니 정말 사랑스럽구나.

한쪽은 흉악한 마음으로 주나라 군대 막으려 하고

한쪽은 무왕과 더불어 세상을 편하게 만들려 했지.

악전고투하는 일이 어찌 예사로우랴?

천지가 참담하게 어두워져도 어쩔 수 없었지.

> 這幾個赤膽忠良名譽大　他兩個要阻周兵心思壞
>
> 一低一好兩相持　數位正神同賭賽
>
> 降魔杵　來得快　正直無私眞寶貝
>
> 這一邊哪吒楊戩善騰挪　那一邊呂嶽陳庚多作怪
>
> 刀槍劍戟往來施　俱是玄門仙器械
>
> 今日穿雲關外賭神通　各逞英雄眞可愛

190

一個兇心不息阻周兵　一個要與武王安世界

苦爭惡戰豈尋常　地慘天昏無可奈

그러니까 주나라 장수들이 여악과 진경을 한가운데 놓고 에워싸고 있을 때 나타가 세 개의 머리와 여덟 개의 팔이 달린 모습을 드러내 건곤권을 던져 진경의 어깨를 때려버렸다. 또 양전이 풀어놓은 효천견은 여악의 머리를 덥석 물어버렸다. 이렇게 되자 둘은 온황진 안으로 도망쳐버렸는데 나타 등은 뒤쫓지 않고 무왕과 함께 영채로 돌아왔다. 무왕은 강상의 모습이 보이지 않자 마음이 무척 울적하여 운중자에게 물었다.

"상보께서 진 안에서 고생하고 계신데 언제나 나오실 수 있을까요?"

"기껏해야 백일 동안의 재난이니 기한이 차면 자연히 아무 일 없이 나올 것입니다."

"백일 동안이나 아무것도 먹지 않고 어떻게 살 수 있답니까?"

"전하께서도 홍사진 안에서 백일 동안 계셨지만 무사하시지 않았습니까? 옛말에 '복 있는 사람은 무슨 수를 쓰더라도 해칠 수 없고 복 없는 사람은 도랑에만 빠져도 죽는다'라고 하지 않았습니까? 걱정하실 필요가 없습니다."

그래도 막사 안에서 수심에 잠긴 무왕에게는 하루가 일 년처럼 길었다.

한편 강상을 진에 가둬놓은 여악은 무척 기분이 좋아서 매일 세 번씩 진 안에 들어가 온황산을 흔들어 강상에게 독을 뿌렸다. 가련하게도 강상은 곤륜산의 보물인 행황무기기에만 의존하여 그 독수를 견뎌냈는데 진 안에는 늘 수만 송이의 황금 꽃이 나타났다 사라졌다 하면서 그를 보호해주었다.

서방은 천운관으로 들어오는 여악을 맞이하며 물었다.

"도사님, 지금 강상을 진에 가둬두고 있는데 언제쯤 죽게 될까요? 주나라 군대는 언제쯤 소탕할 수 있을까요?"

"내 나름대로 방법이 있소이다."

"지금은 일단 체포한 주나라 장수들을 조가로 압송하여 용서를 구하도록 하겠습니다. 그리고 제가 따로 상소문을 작성하여 도사님들의 공적을 칭송하고 더불어 지원병을 보내달라고 청하겠습니다."

"우리에 대해 언급할 필요는 없소이다. 그대는 상나라의 신하이니 마땅히 그래야 하겠지만 우리는 도가 문하에 있는 몸이라 벼슬도 받지 않으니 언급해봐야 아무 소용이 없으니 말이오. 다만 예상치 못한 불상사가 생길 수도 있으니 사로잡은 역적을 관문 안에 두면 안 될 것이외다. 이것이 오히려 중요한 일이지요. 그리고 지원병을 요청하여 뒷일을 다시 처리하도록 하시구려."

서방은 서둘러 사로잡은 네 장수를 수레에 싣고 방의진으로 하여금 조가로 압송하도록 했다.

공을 세워 제왕의 기업 보좌하기를 바라니
자연히 도중에 기인이 찾아왔지.

192

　　방의진은 네 장수를 압송하여 동관으로 향했는데 그곳은 겨우 팔십 리밖에 떨어지지 않았기 때문에 며칠 걸리지 않아서 도착했다.

　　한편 청봉산 자양동의 청허도덕진군은 한가로이 일이 없어서 복숭아밭으로 갔다가 곁에 있는 양임을 보고 말했다.
　　"오늘은 네가 천운관으로 가서 온황진의 재앙으로부터 강상을 풀어주고 네 장수의 곤란을 해결해줘야 할 때이다."
　　"사부님, 저는 문신文臣 출신이지 무기를 다루는 병사가 아니옵니다."
　　"하하! 어려울 것이 뭐가 있겠느냐 배우면 되지. 배우지 않으면 할 수는 있더라도 서툴 수밖에 없지."
　　청허도덕진군은 동부로 들어가서 비전창飛電槍을 들고 나오더니 복숭아밭에서 양임에게 사용법을 전수해주었다. 이를 증명하는 노래가 있다.

　　보게나, 이 창의 이름은 비전창
　　심장을 꿰고 뼈를 뚫는 것도 예사롭지 않아
　　호랑이와 용도 굴복시키니 부러워할 만하지.
　　선천의 음양으로 암수와 어울렸고
　　감궁과 이궁에서 단련하여 서로 돌보게 했지.
　　날 수도 있고

전투에도 능하며

마음먹은 대로 무궁한 변화 나타내지.

오늘 온황진을 격파하도록 네게 전수하나니

여악이 이것을 만나면 선혈을 뿌리게 되리라!

君不見此槍名號爲飛電

穿心透骨不尋常　刺虎降龍眞可羨

先天鉛汞配雌雄　煉就坎離相眷戀

也能飛　也能戰　變化無窮隨意見

今日與你破瘟瘟　呂嶽逢之鮮血濺

양임은 봉신방에 이름이 오른 이라서 청허도덕진군이 전수하는
것을 한 번만 보고도 금방 능숙하게 익힐 수 있었다. 이에 청허도덕
진군이 말했다.

"탈것으로 운하수雲霞獸를 주고 또한 오화신염선五火神焰扇을 줄
테니 그것을 가지고 하산해라. 진 안에 들어가서 여차여차하면 자
연히 온황진을 깰 수 있을 테니 여악을 없애지 못할까 걱정할 염려
도 없지! 황비호를 비롯한 네 장수가 도중에 재난을 겪고 있으니 먼
저 그들을 구해 관문 안에서 호응하게 해라. 진을 격파한 뒤에 안팎
에서 협공하면 틀림없이 성공하게 될 게야."

양임은 사부에게 절을 올리고 나서 운하수에 올라 머리 위의 뿔
을 툭 쳤다. 그러자 그 짐승의 네 발굽에서 오색구름이 피어나면서
공중을 날아갔으니 그야말로 이런 격이었다.

이 짐승이 훌륭한 구석 없다고 하지 말라
일찍이 네다섯 번이나 반도회에 다녀온 적 있지!

莫道此獸無好處　　曾赴蟠桃四五番

어쨌든 양임은 순식간에 동관에 도착했는데 성에서 삼십 리쯤 떨어진 곳에서 방의진이 사로잡은 장수들을 압송하고 있었다. 수레의 깃발에는 '주나라의 역적 황비호와 남궁괄 등을 호송하는 중'이라는 글씨가 커다랗게 적혀 있었다. 그때 양임이 운하수를 타고 내려가서 길을 막고 소리쳤다.

"어디로 가시는 길이오?"

눈에는 두 개의 손이 나와 있고 손바닥에는 각기 하나씩 눈동자가 박혀 있으며 신령한 짐승을 탄 채 머리 뒤로 다섯 가닥 긴 수염을 날리는 양임의 모습을 본 병사들은 모두 깜짝 놀라서 다급히 방의진에게 보고했다.

"장군님, 앞쪽에 괴상하게 생긴 사람이 길을 가로막고 있사옵니다!"

방의진은 자신의 담력을 믿고 말을 몰고 나갔다가 여태 본 적이 없는 양임의 그런 모습을 보고 속으로 놀라서 소리쳤다.

"그대는 누구인가?"

양임은 문관 출신인지라 당연히 말하는 것도 부드러웠다.

"물을 필요도 없이 나는 상대부 양임이오. 장군, 하늘의 도가 이미 현명한 군주에게 돌아갔거늘 그대는 어째서 굳이 하늘을 거스르는 일을 하여 멸망을 자초하는 것이오?"

"나는 사령관의 명령에 따라 주나라 장수들을 조가로 압송하는 중인데 그대는 왜 길을 막는 것이오?"

"나는 사부님의 분부에 따라 온황진을 격파하기 위해 하산해서 이제 주나라 장수들을 압송하는 장군을 만났으니 당연히 구해야 하지 않겠소? 장군, 차라리 나와 함께 무왕에게 귀순하는 것이 어떻소? 이야말로 하늘과 백성이 뜻에 순응하며 제후의 지위를 유지하는 최선의 길이 아니겠소?"

방의진은 양임이 낮은 소리로 조곤조곤 이야기하자 그를 우습게 보고 창을 들어 겨누며 호통쳤다.

"역적, 꼼짝 마라! 내 창을 받아라!"

이에 양임도 황급히 창을 들어 맞섰다. 둘이 몇 판 맞붙고 나서 양임은 병사들이 사로잡힌 장수들을 해칠까 염려스러워 황급히 오화신염선을 꺼내 방의진을 향해 흔들었다. 그러자 아무것도 모르고 있던 방의진은 가련하게도 '팟!' 하는 소리와 함께 타고 있던 말과 더불어 한 줄기 거센 바람으로 변해 날아가버렸으니 이를 묘사한 시가 있다.

뜨거운 불꽃 만 길 공중으로 치솟아
수천 줄기 금빛 뱀이 용맹한 모습 드러냈지.
검은 연기 땅을 휘몰아 붉은 불꽃 석 자나 피어나니
바다를 끓여서 파도를 뒤집어 순식간에 사라지게 할 정도였지!

烈焰騰空萬丈高　金蛇千道逞英豪

黑煙捲地紅三尺　煮海翻波咫尺消

병사들은 비명을 지르며 머리를 감싸고 다투어 천운관을 향해 도망쳤고 황비호 등은 양임이 기인임을 알아보고 수레 안에서 다급히 물었다.

"그대는 어떤 신이시오?"

이에 양임은 조정의 신하였던 황비호를 보고 황급히 운하수에서 내려와 공손히 말했다.

"황 장군, 저는 다름 아니라 상대부 양임입니다. 주왕이 정치를 그르쳐 녹대를 지으려 하자 저희가 올곧게 간언했는데 어리석은 군주가 제 두 눈을 도려내버렸습니다. 다행히 청허도덕진군께서 저를 구해 산으로 데려가셔서 두 알의 선단仙丹을 두 눈에 발라주신 덕분에 이렇게 손바닥 안에 박힌 눈동자가 생겨날 수 있었습니다. 이제 저로 하여금 온황진을 격파하도록 하산시키시면서 먼저 장군 일행을 구하라고 하셨기 때문에 이렇게 잠깐 수고를 하게 된 것일 뿐입니다."

그러면서 양임이 네 장수를 풀어주자 그들 모두 감사하면서 다른 한편으로는 이를 갈며 복수를 다짐했다. 그러자 양임이 말했다.

"네 분 장군께서는 관문 밖으로 나가지 마시고 잠시 민가에 머물러 계시다가 제가 온황진을 깨고 나서 주나라 군대가 관문을 공격할 때 안에서 호응하시기 바랍니다. 포성을 신호로 할 테니 실수하시면 안 됩니다."

황비호 등은 양임에게 감사하고 각자 관문 안의 민가를 찾아갔다. 양임은 다시 운하수를 타고 천운관을 나와서 주나라 진영 앞에 내렸다. 수문장이 그를 보고 깜짝 놀라자 그가 말했다.

"어서 무왕께 통보해주시구려, 나는 역적이 아니라오."

이에 전령이 중군 막사로 달려가서 보고했다.

"기이한 사람이 찾아왔사옵니다."

운중자는 양임이 왔다는 것을 알고 즉시 분부했다.

"안으로 모시게!"

장수들은 양임의 모습을 보고 모두들 깜짝 놀랐다. 그때 양임이 운중자에게 엎드려 절을 올리며 말했다.

"사숙께서 여기에 계신데 여악이 어찌 문제가 되겠사옵니까?"

운중자는 그를 위로해주고 다른 제자들과 인사하게 했다. 양임이 무왕을 알현하자 무왕은 깜짝 놀라서 어찌 된 영문인지 물었다. 이에 양임은 주왕이 자신의 눈을 도려낸 일을 자세히 설명했다. 모든 이야기를 들은 무왕은 술상을 차리게 하여 대접했고 잠시 후 양임이 네 장수를 구한 일에 대해서 설명하고 덧붙였다.

"사부님께서 저더러 온황진을 격파하라고 분부하셨사옵니다."

그러자 운중자가 말했다.

"마침 잘 왔네, 사흘만 지나면 백일의 재난 기한이 다 차게 되니 말일세."

제자들은 양임이 가세하게 되자 모두들 기뻐했다.

어느덧 사흘이 지나고 주나라 진영에서 포성이 울리면서 대규모 병력이 일제히 밖으로 나갔다. 그들을 인솔한 것은 일단의 주나라 장수들과 곤륜산의 제자들 그리고 무왕과 운중자였는데 그들은 원문 밖으로 나가서 양임이 온황진을 격파하는 모습을 지켜보았다. 양임이 온황진 앞으로 가서 소리쳤다.

"여악, 당장 나와라!"

잠시 후 진 안에서 세 개의 머리와 여섯 개의 팔을 가진 여악이 칼을 들고 나왔다가 양임의 괴이한 모습을 보고 속으로 깜짝 놀라서 다급히 물었다.

"너는 누구냐? 성명을 밝혀라!"

"나는 청허도덕진군의 제자 양임이다. 이제 사부님의 분부를 받들어 너의 온황진을 격파하기 위해 하산했다."

"하하! 기껏 어린애 주제에 감히 그런 큰소리를 치다니!"

그러면서 그가 칼을 휘두르며 달려들자 양임도 비전창을 휘두르며 맞섰다. 하지만 세 판을 맞붙기도 전에 여악이 재빨리 진 안으로 도망쳐버리자 그것을 본 양임이 소리쳤다.

"내가 간다!"

이렇게 해서 양임은 온황진 안으로 들어갔는데 뒷일이 어찌 되는지는 다음 회를 보시라.

제 81회

강상, 동관에서 마마신을 만나다
子牙潼關遇痘神

지독한 마마는 종창보다 심하지만

인간 세상에 빼어난 처방 있음을 믿지 않았지.

자줏빛 마마에 독이 생기니 목숨 재촉하는 약이 되고

맑은 술에 숨 끊어져 혼을 묶는 탕약이지.

이따금 유행하면 집집마다 많은 재난 겪게 되고

사람들에게 전염되면 죄다 상처 입게 되지.

무왕이 복이 많지 않았더라면

부질없이 병사들을 전장에서 죽게 만들 뻔했지.

痘疹惡疾勝瘡瘍　不信人間有異方

疴紫毒生追命藥　漿淸氣絶索魂湯

時行戶戶應多難　傳染人人盡着傷

不是武王多福蔭　枉敎軍士喪疆場

그러니까 여악이 진 안으로 도망치자 양임도 쫓아 들어갔다. 곧
여악은 팔괘대로 올라가서 온황산을 들고 아래로 펼쳤는데 양임이
오화신염선을 흔들자 그 양산은 재가 되어 날려버렸다. 그리고 부
채를 몇 번 더 흔들자 나머지 스무 개의 양산도 모조리 재로 변했다.
그때 하필 온부의 신 이평이 여악을 설득하기 위해 진 안으로 들어
와 있다가 그 역시 양임의 부채 바람에 맞고 가련하게도 재로 변해
버렸다.

　　한 점 정성된 마음으로 정사正邪를 나누었는데
　　오히려 부채에 맞아 육신을 잃고 말았구나!

　　　　　　　一點誠心分邪正　　反遭一扇喪微軀

　　진경은 이평이 양임의 오화신염선에 잘못 맞아 재가 되어버리자
분기탱천하여 욕을 퍼부었다.
　　"너는 어디서 온 요사한 작자이기에 감히 내 아우를 해쳤느냐?"
　　그러면서 그는 칼을 들고 달려들었고 그것을 본 양임이 다시 부
채를 몇 번 흔드니 진경은 물론 그가 딛고 선 땅까지 모두 시뻘겋게
타버렸다. 팔괘대 위에 있던 여악은 상황이 여의치 않게 돌아가자
손가락으로 불을 피하는 피화결避火訣을 짚고 도망치려고 했는데
양임의 이 부채에서 나오는 것은 다섯 가지 불꽃의 정화가 모여서
이루어졌기 때문에 오행의 불처럼 피할 수 없었다. 여악은 불꽃의
기세가 더욱 강해져서 도저히 진압할 수 없게 되자 뒤돌아서 달아
났다. 하지만 양임이 쫓아가며 연달아 몇 번 부채질하니 팔괘대와

여악은 모두 재로 변해버렸고 그의 영혼 또한 그대로 봉신대로 떠나버렸다.

구룡도에서 수련하여
득도한 지 오래되었지만 뿌리가 깊지 않아
오늘 오화신염선을 만나게 되었으니
하늘은 성난 마음을 없애려 한다는 것을 알겠구나!

九龍島內曾修煉　得道多年根未深

今日遭逢神火扇　可知天意滅嗔心

양임이 온황진을 깨고 보니 사불상의 안장에 엎드린 강상의 손에 행황기가 들려 있고 좌우로 황금 꽃이 피어나 그의 몸을 보호하고 있었다. 제자들은 그 모습을 보고 일제히 달려와서 말도 못하고 얼굴이 누런 황금처럼 변한 강상을 부축했다. 그러자 사불상이 벌떡 일어나 움직이기 시작했는데 잠시 후 원문에 있던 무왕은 무길이 강상을 업고 돌아오자 눈물을 흘리며 말했다.

"상보께서는 그저 나라와 백성을 생각하실 뿐인데 너무나 가혹한 고초를 겪으시는군요!"

무길은 그대로 강상을 업고 중군 막사로 들어가서 침대에 눕혔고 곧 운중자가 단약을 물에 개어서 강상의 입에 넣고 단전으로 흘려보냈다. 잠시 후 눈을 뜬 강상이 주위에 여러 장수들이 서 있는 모습을 보고 이렇게 말했다.

"여러분께 걱정을 끼쳐드렸구려."

그러자 무왕이 무척 기뻐하며 말했다.

"상보, 이제 걱정 마시고 몸조리에 신경 쓰십시오."

강상은 이후로 며칠 동안 막사 안에서 요양했다. 며칠 뒤 운중자가 말했다.

"강상, 안심하시구려. 이제 만선진만 남았으니 우리가 다시 와서 도와주겠소이다. 오늘은 일단 돌아가겠소."

강상은 그를 억지로 붙들지 못했고 운중자는 곧 종남산으로 돌아갔다. 한편 강상이 천운관을 점령할 준비를 하고 있는데 양임이 다가와서 말했다.

"대원수, 저번에 제가 네 분 장수를 몰래 풀어드리고 관문 안에 숨어 계시도록 했사오니 어서 조치를 취해주시옵소서."

강상은 그 말을 듣고 안팎에서 협공해야 성을 함락할 수 있다는 것을 알고 곧 장수들에게 공격을 준비하도록 군령을 내렸다.

그 무렵 온황진이 깨진 것을 본 서방에게 수하가 달려와서 보고했다.

"방의진은 죽고 네 장수는 종적을 감추었사옵니다."

이에 그가 몹시 심란해하고 있을 때 갑자기 관문 밖에서 살벌한 함성과 함께 징 소리와 북소리가 일제히 울리더니 천지가 무너지는 것 같았다. 그는 황급히 성 위로 올라가서 방어를 준비했는데 엄청난 주나라 병력이 사방에서 사다리를 놓고 성을 오르고 대포를 쏘는 등 상황이 무척 긴박했다. 또한 분노한 뇌진자가 공중으로 날아올라 성 위의 누각을 황금 몽둥이로 내리치는 바람에 누각이 절반 정도 무너져버리자 그는 더 이상 버티지 못하고 황급히 성 아래로 내려갔다. 그때 뇌진자는 이미 성 위에 있었고 나타도 풍화륜을 타고 날아올라 성 위로 올라와 있었다. 성을 지키던 병사들은 뇌진자의 흉측한 모습을 보고 너무나 놀라서 일제히 달아났고 그사이에 성에서 내려온 나타가 관문의 빗장을 부수자 주나라 병사들이 성 안으로 밀고 들어왔다. 서방은 어쩔 수 없이 말을 몰고 이리저리 내달리며 창을 휘둘러 막으려 했는데 어느새 주나라 장수들이 그를 에워싸고 혼전을 벌였다.

그 무렵 성 안에 있던 황비호와 남궁괄, 홍금, 서개는 함성 소리가 들려오자 주나라 병사들이 진입에 성공했음을 알아채고 서둘러 관문 쪽으로 달려갔다. 황비호는 주나라 장수들이 서방을 포위한 것을 발견하고 고함을 질렀다.

"서방, 꼼짝 마라. 내가 간다!"

서방은 그렇지 않아도 다급한 상황에 황비호 등 네 장수까지 달려들자 깜짝 놀라서 손발이 어지러워졌다. 그때 황비호가 칼을 내리치는 모습을 본 서방은 재빨리 몸을 뒤로 피했는데 그 칼은 그대로 그가 탄 말의 목을 쳐버렸다. 그 바람에 서방이 낙마하자 주나라 병사들이 우르르 달려들어 그를 생포해 오랏줄로 묶었다. 곧 장수들은 병력을 수습하고 강상을 맞이하여 관문 안으로 들어갔고 강상은 사령부 대청으로 들어가서 방문을 내걸어 백성들을 안심시켰다. 잠시 후 황비호와 남궁괄 등이 절을 올리자 강상이 말했다.

"장군들, 함정에 빠져 고초를 겪으셨는데 다행히 하늘이 보우하셔서 재앙이 복으로 바뀌었구려. 이 모두 나라를 위하는 여러분의 충성심이 천지신명을 감동시켰기 때문이오."

그리고 강상은 여러 장수들이 천운관을 수습하고 나자 분부했다.

"서방을 끌고 오라!"

서방은 장수들에게 이끌려 계단 앞으로 왔지만 꼿꼿이 서서 무릎을 꿇지 않았다. 이에 강상이 꾸짖었다.

"서방, 너는 형을 체포하여 형제의 정을 끊었고 신하로서 국경을 지키지 못한 죄를 저질렀거늘 무슨 면목으로 아직도 감히 예법을 지키지 않는 것이냐? 너야말로 짐승과 마찬가지로구나. 당장 끌고 나가서 목을 쳐라!"

이에 병사들이 서방을 끌고 나가 참수하고 천운관 위에 수급을 효수했다. 무왕은 잔치를 벌여 장수들을 위로하고 병사들에게도 상을 내렸다.

이튿날 강상은 다시 병력을 출발시켜 팔십 리 떨어진 동관으로 가서 포를 쏘고 영채를 차렸다. 그는 곧 중군 막사에서 장수들과 회의를 열고 관문을 점령할 방안을 논의했다.

한편 동관의 사령관 여화룡余化龍에게는 여달余達과 여조余兆, 여광余光, 여선余先, 여덕余德이라는 다섯 명의 아들이 있었는데 그 가운데 여덕은 해외로 출가하였기 때문에 여화룡과 네 아들만이 동관을 지키고 있었다. 그때 갑자기 밖에서 포성이 들리는가 싶더니 정찰병이 달려와서 보고했다.

"주나라 군대가 관문 아래에 영채를 차렸사옵니다."

이에 여화룡이 네 아들에게 말했다.

"주나라 군대가 연전연승을 거두며 드디어 오늘 이곳까지 왔으니 강적이라 할 만하다. 그러니 전심전력을 다해야 할 것이야."

"걱정하지 마십시오, 강상이 얼마나 대단한 재간을 지녔겠습니까? 지금까지 거둔 승리는 우연일 뿐 어찌 이곳을 넘어설 수 있겠습니까!"

그러면서 그들도 방어 대책을 의논했다.

이튿날 중군 막사에 들어온 강상은 좌우의 장수들에게 물었다.

"첫 번째 전투에는 누가 나서겠는가?"

그 말이 떨어지자마자 태란이 자원하고 나서니 강상도 허락했다. 태란은 관문 아래로 가서 싸움을 걸었고 정찰병의 보고를 받은 여화룡은 큰아들 여달에게 출전을 명령했다. 잠시 후 동관에서 은빛 갑옷과 붉은 전포를 단정히 차려입은 장수가 달려 나왔는데 그 모습이 이러했다.

자금으로 만든 모자 쓰고
머리카락 틀어 올려 질끈 동여맸으며
날아가는 봉황 문양 장식한 머리띠에
꿩 깃털 꽂아 장식했다.
분을 바른 듯 새하얀 얼굴
고리를 엮은 갑옷을 두른 붉은 전포
사자와 난새 장식한 허리띠 영롱하고
적장 때려잡는 강철 채찍 철탑 같구나.

흰 구름 날듯 달리는 은합마

새하얀 은창과 몽둥이 안장 아래 걸었구나.

붉은 깃발에 금물로 적혀 있었지

동관의 장수 여달이라고!

紫金冠　名束髮

飛鳳額　雉尾揷

面如傅粉一般同　大紅袍罩連環甲

獅鸞寶帶現玲瓏　打將鋼鞭如鐵塔

銀合馬跑白雲飛　白銀槍桿鞍下拉

大紅旗上書金字　潼關首將名余達

그를 보고 태란이 소리쳐 물었다.

"그대는 누구인가?"

"내가 바로 사령관의 큰아들 여달이다. 무도한 역적 강상이 군사를 일으켜 백성의 원망을 쌓고 신하로서 도리를 지키지 않으며 천자의 관문을 침범한다는 소식은 오래전부터 듣고 있었다. 하지만 이는 멸망을 자초하는 어리석은 짓일 뿐이다!"

"우리 대원수께서는 하늘의 뜻을 받들어 죄인을 토벌하시는 것이다. 다섯 관문을 들어와 백성을 위로하고 천하 제후를 회합하여 죄 많은 상나라 정권을 장악해 대신 다스리기 위함이다. 다섯 관문 가운데 이미 세 곳을 지나왔거늘 네가 아직도 감히 하늘의 군대에 항거하려고 하느냐? 속히 무기를 버리면 죽음을 면할 수 있을 것이다. 그렇지 않으면 관문이 함락될 때 옥석을 가리지 않고 모두 재가 될 테니 그때는 후회해도 늦지 않겠느냐!"

이에 분기탱천한 여달이 창을 휘두르며 달려들자 태란도 칼을 들어 맞섰다. 두 장수가 이삼십 판쯤 격전을 벌이고 나서 여달이 고삐를 돌려 달아나자 태란이 급히 뒤쫓았는데 여달은 창을 안장에 걸어놓더니 당심저撞心杵를 꺼내 들고 재빨리 뒤로 내던졌다. 그 바람에 태란은 얼굴에 정통으로 맞아 안장에서 굴러 떨어져버렸으니 정말 가련한 일이었다.

재앙과 복은 순식간에 찾아오나니
쓰러져 낙마하여 목 위에 머리가 사라졌구나!

禍福隨身於頃刻　翻身落馬項無頭

여달은 태란이 낙마하자 창을 내질러 그의 목숨을 끊고 수급을 베어 든 채 승전고를 울리며 돌아갔다. 그리고 그는 여화룡에게 전과를 보고하고 태란의 수급을 관문 위에 효수했다. 한편 패잔병들로부터 그 소식을 들은 강상은 기분이 울적해졌다.

이튿날 강상이 중군 막사로 나가자 소호가 출전을 자청했다. 강상의 허락을 받은 소호는 관문 아래로 가서 싸움을 걸었고 정찰병의 보고를 받은 여화룡은 둘째 아들 여조에게 출전을 명령했다. 그가 나가자 소호가 물었다.

"그대는 누구인가?"

"나는 사령관의 둘째 아들 여조다. 그러는 너는 누구냐?"

"내가 바로 기주후 소호이니라."

"장군, 제가 황실 인척을 알아뵙지 못했소이다. 그런데 귀한 인척의 신분으로 대대로 나라의 은혜를 입으신 장군께서는 마땅히 천자의 영토를 지키는 데 힘을 보태 나라의 은혜에 보답하셔야 하거늘 어째서 하루아침에 역적과 한통속이 되셨소이까? 그래서는 안 되는 것이 아닙니까? 무왕이 힘을 잃어 장군께서도 포로가 되면 목숨을 잃고 나라도 망하게 되어 만고의 비웃음거리가 될 텐데 그때는 후회해도 늦을 것입니다. 그러니 어서 무기를 버리고 투항하시는 것이 그나마 재앙을 복으로 바꾸는 일이 될 것입니다!"

"뭣이! 천하의 대세를 보면 이미 팔구 할이 상나라를 등졌다. 그런데 이까짓 동관 하나로 어쩌겠다는 것이냐!"

그러면서 그가 달려들어 창을 내지르자 여조도 창을 휘두르며 맞섰다. 둘이 채 열 판도 맞붙기 전에 여조가 행황번杏黃幡을 꺼내 흔들더니 갑자기 눈앞에서 황금빛이 번쩍하며 타고 있던 말까지 모습이 사라져버리는 것이었다. 이에 소호가 상대를 찾느라 황급히 좌우를 두리번거리다가 갑자기 뒤쪽에서 말이 달려오자 다급히 고삐를 돌리려 했지만 어느새 여조의 창에 옆구리를 찔려 그대로 낙마하고 말았다. 그리고 그의 영혼은 봉신대로 떠나버렸다. 여조는 관문으로 돌아가서 여화룡에게 전과를 보고하고 소호의 수급을 효수한 후 축하 잔치를 열었다.

한편 소호마저 잃게 된 강상은 무척 상심했다. 소호의 큰아들 소전충도 소식을 듣고 대성통곡하며 중군 막사로 달려가서 부친의 복수를 하게 해달라고 했다. 강상이 어쩔 수 없이 허락하자 소전충은 관문 아래로 가서 싸움을 걸었고 정찰병의 보고를 받은 여화룡은 셋째 아들 여광에게 출전을 명령했다. 소전충은 동관에서 젊은 장수가 나오자 이를 갈며 소리쳤다.

"네가 여조냐? 당장 목을 내밀어라!"

"아니다, 나는 사령관의 셋째 아들 여광이다."

소전충은 분기탱천하여 말을 몰고 달려들어 방천극을 내질렀고 여광도 창을 들고 맞섰다. 둘이 스무 판 남짓 격전을 벌이고 나서 여광이 고삐를 돌려 달아나자 부친의 죽음으로 화가 머리끝까지 치민 소전충이 버럭 고함을 질렀다.

"네놈을 죽이기 전에는 절대 돌아가지 않겠다!"

여광은 소전충이 자신을 뒤쫓자 창을 내려놓고 매화표梅花鏢라는 표창을 꺼내 상체를 돌려 연달아 다섯 개를 내던졌는데 그 가운데 세 개가 소전충을 맞혔다. 이에 소전충은 가까스로 낙마할 위기를 넘기고 패전하여 영채로 돌아왔다. 한편 여광도 돌아가서 전과를 보고하자 여화룡이 말했다.

"내일은 내가 직접 강상과 만날 것이니 너희도 함께 주나라 군대를 격파할 계책을 세워라. 반드시 완승을 거둬야 한다!"

이튿날 동관 안에서 포성과 함성이 울리면서 여화룡이 네 아들과 함께 관문을 나와 주나라 진영으로 가서 싸움을 걸었다. 정찰병의 보고를 받은 강상은 장수들을 거느리고 영채 밖으로 나갔는데 여화룡은 강상의 병사들이 기강이 대단히 삼엄한 것을 보고 감탄했다.

"강상이 용병술에 뛰어나다고 하더니 과연 헛된 소문이 아니었구나."

잠시 후 그는 앞으로 나서서 인사를 건넸다.

"강상, 안녕하시오?"

강상도 답례했다.

"여 사령관, 무장한 상태라 온전히 예를 갖추지 못함을 양해해주시구려. 나는 하늘의 뜻을 받들어 무도한 주왕을 정벌하여 백성을 위로하고자 하오. 그러니 추세에 따라 투항하시면 가족 모두가 부귀영화를 그대로 누릴 것이지만 천명을 거스르는 이는 즉시 패망하여 나라와 가문을 모두 잃게 될 것이오. 어제는 요행으로 세 차례의 승전을 거두었으니 나름대로 필승의 계책을 가지고 있다고 여기실 것이나 계속 그런 잘못된 생각에 빠져 있다가는 한순간에 옥석을 막론하고 모두 재가 될 테니 그때는 후회해도 소용없을 것이외다. 사령관, 부디 재삼 생각해보셔서 통한을 남기지 마시기 바라오."

"하하! 너는 천박한 출신이라 하늘처럼 높고 대지처럼 두터운 천자의 은혜는 모르고 그저 요사한 말로 군중을 선동하여 반역을 일으켜 미친 짓이나 일삼을 줄만 알겠지. 오늘 나를 만났으니 너희는 한 놈도 살아남지 못할 뿐만 아니라 죽어도 묻힐 곳이 없을 것이다! 여봐라, 누가 나가서 저놈을 잡아 오겠느냐?"

이에 여화룡의 네 아들이 말을 몰고 달려들었다. 그러자 소전충은 여달을, 무길은 여조를, 등수는 여광을, 황비호는 여선을 맡아 각기 격전을 벌였고 여화룡은 뒤쪽에서 아들들을 지원했다. 이렇게 해서 네 쌍의 장수들이 치열한 격전을 벌였으니 그 모습을 묘사한 노래가 있다.

양쪽 진영에 깃발 일제히 펄럭이고

네 쌍의 장수 각기 영웅의 기개 자랑했지.

긴 창과 넓은 도끼 일제히 부딪치고

짧은 칼은 비스듬히 빛을 번쩍였지.

소전충은 영웅의 기개 드높았고

여달은 머리 흔드는 맹호 같았지.

무길은 그저 여조를 사로잡으려고 애썼고

등수는 고함치며 여광에게 칼을 먹이려 했지.

황비호는 창을 질러 여선을 낙마시키지 못해 안달했고

싸움을 격려하는 병사들의 북소리 파도가 용솟음치는 듯했지.

순식간에 천지가 어둑해지고

격전이 이어질수록 귀신이 통곡하는 것 같았지.

이 전투로 온 들에 시체 널리고 피가 엉겼지만

어느 쪽도 그만둘 생각을 하지 않았지.

兩陣上旗幡齊磨　四對將各逞英豪

長槍闊斧並相交　短劍斜揮閃耀

蘇全忠英雄赳赳　余達似猛虎頭搖

武吉只敎活拿余兆　鄧秀喊捉余光餐刀

黃飛虎恨不得槍挑余先下馬　眾兒郎助陣似潮湧波濤

咫尺間天昏地暗　殺多時鬼哭神嚎

這一陣只殺得屍橫遍野血凝膏　尚不肯干休罷了

　여덟 명의 장수는 각기 제일 먼저 공을 세우려고 했다. 그때 여달
이 고삐를 돌려 달아나자 소전충이 뒤를 쫓았는데 그만 여달이 던

진 당심저에 호심경을 맞아 박살이 나면서 그대로 낙마해버렸다. 이에 여달이 고삐를 돌려 창으로 찌르려 하자 어느새 풍뢰시를 펼치고 공중에 날아오른 뇌진자가 황금 몽둥이를 휘둘러 그의 머리를 공격하니 여달도 어쩔 수 없이 창으로 맞받아쳐야 했다. 그사이에 주나라 진영의 편장 기공이 소전충을 구해서 돌아갔다.

한편 뇌진자와 여달이 맞서 싸우는 것을 본 여화룡은 말을 몰아 강상에게 달려들어 칼을 휘둘렀고 옆에 있던 나타가 풍화륜을 타고 화첨창을 휘두르며 맞섰다. 이렇게 전투가 무르익어갈 때 마침 양전이 양곡 운송을 감독하여 도착했다. 그는 말을 멈추고 칼을 비스듬히 든 채 지켜보니 열 명의 싸움이 도무지 승부가 나지 않을 것 같았다.

'아무래도 내가 몰래 도와줘야겠구나.'

이에 그가 멀찍이서 효천견을 풀어놓자 아무것도 모르고 있던 여화룡은 효천견에게 목이 물려 투구마저 잃어버렸다. 그것을 본 나타는 재빨리 건곤권을 던졌고 그것이 여선의 어깨를 때려버리자 여화룡의 군대는 전의를 상실하고 패주했다. 주나라 병사들은 일제히 패잔병을 공격하여 온 들판에 시체가 널리고 핏물이 흥건해져서야 승전고를 울리며 영채로 돌아왔다.

지금은 승리하여 기쁘게 영채로 돌아왔으나
다시 갑작스러운 재앙 닥칠까 걱정스럽구나!

眼前得勝歡回寨　只恐飛災又降臨

강상, 동관에서 마마신을 만나다.

효천견에 물린 여화룡과 건곤권에 다친 여선이 밤새 고통으로 신음하니 사령부의 모든 이들은 잠조차 편히 자지 못했다. 그러던 어느 날 여덕이 돌아왔는데 그때까지도 여화룡은 끙끙 앓고 있었다. 그 모습을 본 여덕은 황급히 침대로 다가가서 어찌 된 일인지 물었다. 여화룡이 사연을 들려주자 그가 말했다.

"걱정 마십시오, 이것은 효천견에 물린 상처입니다."

그러면서 그가 단약을 꺼내 물에 개서 발라주자 여화룡의 상처가 즉시 나았다. 여덕은 여선에게도 단약을 발라 치료해주었고 그날 밤은 별다른 일이 없이 지나갔다.

이튿날 여덕은 주나라 진영으로 가서 강상에게 나오라고 요구했다. 정찰병의 보고를 받은 강상이 밖으로 나가보니 머리를 틀어 올려 상투를 묶고 삼실로 엮은 신에 도복을 입은 어린 도동이 칼을 짚고 서 있었다. 강상이 물었다.

"그대는 어디서 왔는가?"

"내가 바로 여화룡의 다섯째 아들 여덕이오. 양전이 효천견으로 내 아버님께 상처를 입히고 나타는 건곤권으로 내 형에게 상처를 입혔으니 내가 복수하려고 하산한 것이오. 당신들에게 내가 가진 도술로 승부를 겨루고자 하오!"

그러면서 여덕이 칼을 휘둘러 강상을 공격하자 옆에 있던 양전이 재빨리 막아서며 칼을 휘둘렀다. 이에 나타도 창을 들고 세 개의 머리와 여덟 개의 팔이 달린 모습을 드러냈고 뇌진자와 위호, 금타, 목타, 이정도 일제히 달려 나오며 소리쳤다.

"못된 도사 놈! 함부로 까불지 마라!"

강상의 제자들이 일제히 달려들어 여덕을 한가운데 두고 포위하자 그가 아무리 뛰어난 도술을 지니고 있다 한들 손쓸 틈이 없었다. 양전은 여덕의 온몸에 사악한 기운이 감싼 것을 보고 그가 좌도방문의 술법을 쓴다는 것을 알아챘다. 이에 그는 말을 몰아 사정권 밖으로 나가서 탄궁彈弓을 꺼내 들고 무쇠 탄환을 발사했는데 여덕은 탄환을 제대로 맞고 비명을 지르며 흙의 장막을 이용해 도망쳐버렸다. 양전은 강상이 영채로 돌아오자 그에게 말했다.

"여덕은 좌도방문의 술법을 쓰는 자이옵니다. 온몸이 사악한 기운에 덮여 있더군요. 그러니 그자가 은밀히 요사한 술법을 쓰는 경우에 대비하셔야 하옵니다."

"사부님께서 '달, 조, 광, 선, 덕을 조심해야 한다'라고 하셨는데 바로 여덕을 가리키는 것인가?"

그러자 곁에 있던 황비호가 말했다.

"저번에 네 장수가 나흘 동안 돌아가며 전투를 했는데 과연 그자들의 이름이 여달과 여조, 여광, 여선이었으니 여덕이 바로 거기에 포함되는 것이 분명하옵니다."

그 말에 강상은 깜짝 놀라서 수심 가득한 얼굴로 눈썹을 찌푸리며 골똘히 생각했다. 하지만 특별한 대책이 떠오르지 않았다.

한편 부상당하고 패주하여 동관으로 돌아간 여덕은 단약을 먹고 금방 몸이 완치되었다. 그는 이를 갈며 원한을 곱씹었다.

"네놈들을 하나라도 남겨두면 내가 도술을 익힌 사람이 아니다!"

여덕은 날이 저물자 네 형에게 말했다.

"형님들, 저녁에 목욕재계를 하셔요. 제가 한 가지 술법을 쓸 테니 주나라 군대는 이레 안에 한 놈도 살아남지 못할 겁니다."

네 형제는 그의 말대로 목욕하고 옷을 갈아입었다. 그리고 일경 무렵이 되자 여덕은 다섯 개의 머리띠를 꺼냈는데 각각 푸르고, 노랗고, 붉고, 희고, 검은색이었다. 그는 그것을 땅바닥에 깔아놓고 다시 다섯 개의 조그마한 국자를 꺼내 나머지 형제들에게 하나씩 들린 다음 말했다.

"이것을 들고 제가 시키는 대로 뿌리거나 아래로 쏟으셔요. 그러면 무기를 쓰지 않고도 이레 안에 저놈들을 말끔히 죽여버릴 수 있어요."

이윽고 다섯 형제가 각기 머리띠를 밟고 서자 여덕은 별자리를 따라 걸음을 옮기며 선천의 일기를 이용해 재빨리 부인符印을 날렸다. 그러자 거센 바람이 몰아쳤으니 이를 묘사한 시가 있다.

횡횡 쌩쌩 종적도 없이
나무를 뽑고 산을 무너뜨릴 듯 기세도 흉험하구나.
바람의 신 봉이封夷°를 쓸모없다 말하지 말지니
요괴를 숨겨서 선봉으로 삼는다네!

蕭蕭颯颯竟無蹤　　拔樹崩山勢更兇

莫道封夷無用處　　藏妖隱怪作先鋒

여덕은 다섯 방위의 구름을 일으켜 주나라 진영으로 가더니 공중에 다섯 개의 마마 독이 담긴 국자로 사방팔방에 병독을 뿌리고 나서 사경이 되어서야 돌아왔다.

한편 주나라 진영의 장수와 병사들은 모두 평범한 육체를 가진 이들이라 그 병독을 견뎌내지 못했는데 병사들은 발열에 시달리고 장수들도 저마다 괴로워했다. 중군 막사에 있던 강상 역시 고열에 시달렸고 뒤쪽 대전에 있던 무왕도 몸이 아팠으며 육십만 병력 모두 같은 상황이었다. 그로부터 사흘이 지나자 제자와 장수들은 온몸의 위아래에 쌀알만 한 수포가 생겨서 움직이지 못할 상태가 되어 영채 안에서 밥조차 짓지 못했다. 오직 연꽃의 화신인 나타만이 이 재앙을 당하지 않았고 양전 또한 여덕이 좌도방문의 도사라는 사실을 알고 그날 밤 영채에 있지 않고 혼자 대책을 마련하고 있었기에 병독에 감염되지 않았다. 그렇게 대엿새가 지나자 강상은 온몸이 검게 변했는데 이 마마의 형상은 다섯 방위의 색깔에 따라 푸르고, 노랗고, 붉고, 희고, 검은색이었던 것이다. 그러자 나타가 양전에게 말했다.

"이번에도 전에 여악이 저지른 것과 비슷한 일이 일어났구먼."

"여악이 서기를 공격할 때는 성곽이라도 있었지만 지금은 임시로 마련한 영채의 울타리밖에 없으니 저들이 쳐들어오면 어찌 막을 수 있겠는가!"

이에 둘은 마음이 무척 초조했다.

한편 여화룡과 다섯 아들은 성 위에서 바라보니 주나라 진영에서 밥 짓는 연기가 전혀 나지 않고 울타리에 깃발만 펄럭이는 것이었다. 그 모습을 보고 여달이 여화룡에게 말했다.

"주나라 장수들이 곤란에 처했을 때 우리가 병력을 이끌고 가서 일제히 공격하면 쉽게 승리할 수 있지 않겠습니까!"

그러자 여덕이 말했다.

"형님, 수고롭게 병사를 움직이지 않아도 저들은 자연히 몰살될 겁니다. 그러면 사람들도 제 술법이 무한하여 손끝 하나 까딱하지 않고 주나라의 육십만 군대를 가볍게 몰살했다는 것을 알게 되겠지요."

그러자 여화룡과 나머지 네 형제가 일제히 감탄했다.

"그거 참 절묘한 생각이로구나! 정말 절묘해!"

여러분, 이것은 바로 무왕에게 복이 있었기 때문이지요. 그렇지 않고 여덕의 말대로 했더라면 주나라 진영의 장병들은 한 사람도 살아남지 못했을 테니 그야말로 이런 격이지요.

크나큰 복이 어질고 성스러운 군주를 도우니
여덕의 기이한 계책은 쓸모없이 변해버렸구나.

洪福已扶仁聖主　徒令余德逞奇謀

양전은 강상의 병세가 위중해지자 마음이 조급해져서 나타에게 상의했다.

"사숙께서 이처럼 숨 쉬는 것조차 곤란하니 이를 어쩌면 좋겠는가?"

그런데 그 말이 끝나기도 전에 공중에서 황룡진인이 학을 타고 내려오니 양전과 나타가 그를 맞이하여 중군 막사로 들어갔다. 황룡진인이 말했다.

"양전, 자네 사부는 벌써 왔다 갔는가?"

"아닙니다."

"나보다 먼저 온다고 했는데 이상하군. 지금은 만선진을 깨야 할 때가 되었거든."

그 말이 끝나기도 전에 옥정진인이 공중에서 내려왔다. 그러자 양전이 그를 맞이하여 절을 올렸다. 옥정진인은 안으로 들어가서 강상의 상태를 살펴보더니 고개를 끄덕이며 탄식했다.

"제왕의 스승 노릇도 쉽지가 않구먼! 이제 그대는 그야말로 '일곱 번의 죽음과 세 번의 재앙을 모두 겪었으니 역사에 맑은 명성을 길이 남기리라!'라는 예언에 부합하겠구려."

옥정진인은 한참 동안 탄식하다가 양전에게 분부했다.

"화운동에 다시 한 번 다녀와야겠다."

"예."

이에 양전은 흙의 장막을 이용해 바람에 날리는 구름처럼 재빨리 화운동에 도착했다. 그가 경치를 구경하며 산 밑자락에 도착해보니 정말 무한한 운치가 펼쳐져 있었는데 기이한 꽃이 진한 향기를 풍기고 빼어난 풀이 휘영청 자라고 있었다. 이를 묘사한 부가 있다.

기세는 하늘나라로 이어지고
이름은 화운이라네.
푸릇푸릇한 아름드리 소나무
용 비늘 같은 껍질 겹겹이 둘렀고

휘영청 곧게 뻗은 빼어난 대나무

봉황 꼬리처럼 엇갈렸구나.

무성하기 그지없는 푸른 풀

용의 수염처럼 부드럽고

괴상하게 자란 오래된 나무

사슴 뿔 같은 가지 삐죽삐죽

산 위에 어지럽게 쌓인 바위

크고 작은 호랑이가 엎드린 것 같고

나무에 걸린 오래된 등나무 덩굴

구불구불 구렁이 같구나.

붉은 벼랑에는 언뜻 황금빛과 푸른 빛 또렷이 보이고

계곡에는 향기롭기 그지없는 상서로운 연꽃 피었구나.

동부는 자욱한 안개와 아지랑이에 덮였고

푸른 산은 찬란한 노을이 덮고 있구나.

오색 난새가 쌍쌍이 울어

흡사 삘리릴리 음악 소리 같고

붉은 봉황이 쌍쌍이 우니

마치 닐리릴리 악기 소리 같구나.

푸른 물에서는 진주 같은 물방울 튀어 올라

선녀의 쟁반에서 방울방울 떨어지고

아름다운 무지개는

찬란하게 창룡령 위를 비스듬히 날고 있구나.

그야말로 복된 땅은 신선 세계만큼 좋은 곳 없나니

화운동은 현도보다 빼어나구나.

勢連天界　名號火雲

青青翠翠的喬松　龍鱗重疊

猗猗挺挺的秀竹　鳳尾交加

蒙蒙茸茸的碧草　龍鬚柔軟

古古怪怪的古樹　鹿角丫叉

亂石堆山　似大大小小的伏虎

老藤掛樹　似彎彎曲曲的騰蛇

丹壁上更有些分分明明的金碧影

低澗中只見那香香馥馥的瑞蓮花

洞府中鎖着那氤氤氳氳的霧靄

青巒上籠着那爛爛熳熳的煙霞

對對彩鸞鳴　渾似那咿咿啞啞的律呂

雙雙丹鳳嘯　恍疑是嘹嘹嚦嚦的笙笳

碧水跳珠　點點滴滴從玉女盤中泄出

虹霓流彩　閃閃灼灼自蒼龍鎖上飛斜

真個是　福地無如仙境好　火雲仙府勝玄都

　　양전은 경치를 모두 구경하고 나서도 감히 함부로 안으로 들어가
지 못했다. 잠시 후 그는 수화동자가 나오자 그에게 다가가서 머리
를 조아려 인사하며 말했다.
　　"사형, 죄송하지만 양전이 찾아왔다고 말씀 전해주십시오."
　　수화동자는 그를 알아보고 얼른 답례했다.

222

"잠시만 기다리십시오."

그가 동부로 들어가서 보고하자 복희가 말했다.

"안으로 데려오너라."

수화동자는 다시 나와서 양전을 데리고 안으로 들어갔다. 그러자 양전이 부들방석 앞에 엎드려 절을 올렸다.

"제자 양전이 만수무강을 기원하나이다!"

그런 다음 그는 서신을 바쳤고 복희가 펼쳐보니 거기에는 이렇게 적혀 있었다.

제자 황룡진인과 옥정진인이 목욕재계하고 삼가 천지를 개벽하신 호황상제昊皇上帝께 올리나이다.

저희는 세 교단에 의지하고 신령한 문자를 익히면서 묵묵히 부들방석을 지키고 있어야 마땅하거늘 어찌 감히 불경한 말을 아뢰겠나이까? 하지만 저희의 운명이 재난을 겪어야 하는지라 살계를 이미 범했으며 천명에 부응한 천자를 도와 무도한 독불장군을 정벌하게 되었나이다. 그런데 동관에 이르러 갑자기 여덕이 부린 좌도방문의 술법에 걸려 무고한 생명들이 해를 당할 지경에 이르렀나이다. 이곳 대원수 강상과 제자, 장수들 그리고 육십만 병사들이 갑자기 온몸에 수포가 생기는 병에 걸렸는데 악창인지 독에 감염된 것인지 판별하기가 어렵나이다. 무기력하게 죽음만을 기다리며 숨 쉬는 것조차 힘들어하고 있어서 조만간 죽게 될 듯한데 물로 씻어도 소용이 없나이다.

이에 어쩔 수 없이 어진 자비심을 지닌 분께 우러러 간구하나니 부디 측은지심을 발휘해주시옵소서. 하늘의 뜻을 이어 천자에 오를 성스러운 군주를 긍휼히 여기시고 속히 은혜를 베푸시어 무고한 목숨들을 위기에서 구해주시옵소서.

간절한 바람으로 삼가 이와 같이 올리나이다.

복희는 서신을 읽고 나서 신농에게 말했다.

"지금 무왕이 천하에 군대를 일으켰는데 이는 바로 천명에 부응하는 군주이지만 운명적으로 이런 액운을 겪을 수밖에 없었소이다. 그러니 우리도 마땅히 도와주어야 하지 않겠소이까?"

"지당하신 말씀입니다."

신농은 곧 세 알의 단약을 꺼내 양전에게 건네주었다. 양전은 그것을 받아 들고 다시 무릎을 꿇고 아뢰었다.

"이 단약을 어떻게 쓰면 되는지요?"

복희가 말했다.

"이 단약 가운데 하나로는 무왕을, 또 하나로는 강상을 구하고, 나머지 한 알은 물에 개어서 영채의 사방에 뿌리면 독기가 자연히 사라질 것이니라."

"그런데 이 질병의 이름은 무엇이옵니까?"

"이것은 마마[痘疹]라는 전염병이니라. 조금이라도 치료가 늦으면 모두 죽게 되느니라."

"혹시 나중에 이 병이 다시 인간 세상에 나타나면 어떤 약으로 치료해야 하옵니까? 부디 가르침을 주시옵소서."

이에 신농이 대답했다.

"나와 함께 자운애로 가자꾸나."

양전은 신농을 따라 밖으로 나갔다. 신농이 근처를 찾아보더니 풀 한 포기를 뽑아 그에게 건네주었다.

"이것을 인간 세계에 전해주어라. 이것이면 마마를 고칠 수 있느니라."

양전은 다시 무릎을 꿇고 여쭈었다.

"이 풀의 이름은 무엇이옵니까?"

"내가 시로 설명할 테니 잘 듣고 기억하도록 해라."

생칠[紫梗]은 노란 뿌리에 꽃잎이 여덟 개이니
마마가 생기면 이 승마升麻˚로 독기를 발산하라.
상상常桑은 이것이 아주 현묘한 것이라 했으니
인간 세상에 전하되 함부로 자랑하지 말라!

　　　　　　　　　　紫梗黃根八瓣花　痘瘡發表是升麻

　　　　　　　　　　常桑曾說玄中妙　傳與人間莫浪誇

그리하여 양전은 단약을 얻고 또 승마를 인간 세상에 전하여 후세 사람들을 구하게 되었다. 그는 곧장 화운동을 떠나 주나라 진영으로 와서 옥정진인을 만나 자세히 보고했다.

"단약을 구했사옵니다. 또 승마라는 약초를 얻어 왔으니 마마를 치료할 수 있을 것이옵니다."

황룡진인은 황급히 단약을 물에 개서 먼저 무왕을 치료했고 옥정진인은 강상을 치료했다. 그리고 양전과 나타가 단약을 물에 개어

버들가지를 이용해 사방에 뿌리자 마마의 병독은 순식간에 완전히
사라져버렸다.

마마의 해독이 이때부터 시작되었으니
후세 사람들은 이 병에 걸려서 죽기도 하고 살기도 했지.

痘疹毒害從今起　後人遇着有生亡

양전과 나타가 주나라 영채 사방에 약물을 뿌리자 보통 사람과는
달리 배 속에 삼매진화를 지니고 있고 오행의 술법을 아는 삼산오
악의 제자들은 모두 자기도 모르게 먼저 나았다. 그리고 그들은 이
를 갈며 복수를 다짐했다.

이튿날 강상은 제자들의 얼굴에 모두 곰보 자국이 있는 것을 보
고 분기탱천하여 동관을 점령해 원한을 풀 방도를 논의했다. 그러
자 제자들이 이구동성으로 사납게 소리쳤다.

"오늘 동관을 점령하기 전에는 절대 돌아오지 않겠사옵니다!"

이제 여화룡 부자의 목숨이 어찌 되는지는 다음 회를 보시라.

제82회

세 교단이 모여 만선진을 격파하다
三敎大會萬仙陣

고약한 만선진 산모퉁이에 늘어서니

쌩쌩 찬바람이 얼굴에 몰아쳤지.

상서로운 빛 가득하여 북두칠성을 덮고

자욱한 살기 가슴에 스며들었지.

물고기와 용이 이 기회에 진위가 나뉘고

옥석도 지금부터 모두 태에서 벗어났지.

얼마나 많은 경건한 수련자들이 이 재난을 당했던가?

삼시신 베어내니 오색구름 열렸구나!

萬仙惡陣列山隈　颯颯寒風劈頸催

片片祥光籠斗柄　紛紛殺氣透靈臺

魚龍此際分眞僞　玉石從今盡脫胎

多少修持遭此劫　三尸斬去五雲開

그러니까 여화룡과 여달 등은 모두 여덕의 말대로 주나라 군대를 염두에 두지 않고 날마다 술을 마시며 적들이 스스로 병사하기만을 기다렸다. 그러다가 어느덧 여드레가 되자 여화룡이 다섯 아들에게 말했다.

"오늘이 벌써 여드레째인데 정찰병의 보고가 올라오지 않는구나. 우리가 성에 올라가서 살펴보자꾸나."

"성에 올라가 살펴보면 알겠지요."

이에 그들은 성 위로 올라가서 주나라 진영을 보았다. 그런데 이날은 처음 사나흘 동안의 그것과는 전혀 달랐으니 처음에는 밥 짓는 연기가 전혀 나지 않더니 지금은 오히려 뭉게뭉게 살기가 피어나고 병사들은 용감하고 기운이 넘쳐 보였으며 깃발도 삼엄하고 징소리와 북소리가 분명했다. 또한 창칼이 겹겹으로 빽빽이 늘어서 있었으니 그 모습을 본 여화룡은 다급히 여덕에게 물었다.

"며칠 사이에 주나라 진영이 옛 모습을 회복했는데 이것이 어찌된 일이냐?"

그러자 옆에서 여달이 여덕을 원망했다.

"동생, 그러니까 내 말대로 하자니까 그냥 둬도 된다더니 결국 이렇게 되고 말았구먼! 사람이 어찌 저절로 죄다 죽을 수 있겠어?"

여덕은 아무 말도 하지 못하고 속으로 생각했다.

'사부님께서 이 술법을 전수해주셨을 때는 즉시 효과가 있었는데 제대로 먹히지 않을 리가 있나? 틀림없이 무슨 이유가 있을 거야.'

이에 그는 부친과 형들에게 말했다.

"이미 이렇게 된 마당이니 머뭇거려봐야 아무 도움도 안 되겠군요. 틀림없이 누군가 몰래 병독을 해독한 모양입니다. 하지만 저들은 한동안 몸이 허약해서 전투를 하기 어려울 것이니 미처 방비하지 못한 틈을 이용해 공격하면 성공할 수 있을 겁니다. 더 늦추다가 뜻밖의 변고가 생길 수도 있겠어요."

이에 여화룡은 어쩔 수 없이 다섯 아들을 이끌고 주나라 진영으로 달려갔다. 여덕은 도복을 입고 칼을 든 채 맨 앞에서 마치 바람에 몰아치는 소낙비처럼 달려갔고 곧이어 병사들의 함성이 대지를 뒤흔들었다.

공교롭게도 그 무렵 강상과 제자, 장수들 또한 막 출전하려던 차였다. 이에 양전이 말했다.

"이 비열한 작자들이 제 힘을 믿고 적을 경시하니 이는 죽음을 자초하는 짓이 아니겠사옵니까?"

강상은 사불상에 올라 나타의 인도를 받으며 좌우로 제자들의 호위 속에 영채 밖으로 나가서 소리쳤다.

"여화룡, 오늘이야말로 너희 부자가 죽을 때가 되었다!"

금타와 목타는 화가 하늘까지 치솟았고 양임은 배 속에서 연기가 날 지경이었으며 뇌진자는 벼락같은 호통을 내질렀고 위호는 이가 부서질 정도로 악물었으며 이정은 여화룡 부자를 산 채로 삼킬 기세였다. 그리고 용수호는 구름을 타고 내달렸으니 모두들 먼저 공을 세우려고 난리였다. 이에 여화룡 부자가 맞은편에서 달려왔지만 이내 주나라 진영의 제자들에게 포위되고 말았다. 몇 판 맞붙고 나서 나타가 세 개의 머리와 여덟 개의 팔이 달린 모습을 드러내고 풍화륜에 올라 먼저 동관의 성 위로 올라가자 그곳에 있던 병사들은 그의 무시무시한 모습을 보고 모두 비명을 지르며 뿔뿔이 흩어졌다. 여화룡 부자도 그 모습을 보았지만 다른 제자들에게 포위된 상태라서 도저히 몸을 뺄 수 없었다. 잠시 한눈을 파는 사이에 뇌진자의 몽둥이가 여광의 정수리에 작렬하자 그는 그대로 벌렁 나자빠져 낙마하고 말았다. 그 모습을 본 여달이 고함을 질렀다.

"천박한 놈, 감히 내 아우를 해치다니! 오냐, 우리 둘 중에 하나가 죽기 전에는 절대 그만둘 수 없다!"

그러면서 여달이 뇌진자에게 달려들려고 할 때 위호가 던진 항마저가 그를 때려 그는 그대로 목숨이 끊어져 땅바닥에 쓰러져버렸다. 양임은 오화신염선을 부쳐 여선과 여조를 한꺼번에 재로 만들어버렸고 네 형이 죽는 것을 본 여덕은 분기탱천하여 곧장 강상을 향해 달려들었다. 이제 막 병에서 벗어난 강상은 싸울 기력이 없어서 황급히 타신편을 공중에 던졌는데 그것이 정확히 여덕을 후려쳐 그를 땅바닥에 쓰러뜨려버렸다. 그 순간 이정이 달려들어 창을 내질러 여덕의 목숨을 끊었다. 뇌진자는 나타가 성 위에 있는 것을 발견하고 풍뢰시를 펼쳐 날아올라 성 안으로 들어갔고 여화룡은 다섯 아들이 모두 죽고 동관마저 상대에게 넘어간 것을 보고 말에 탄 채 절규했다.

"폐하, 제가 무능하여 나라에 힘이 되지 못하고 폐하의 깊은 원한을 갚지 못했사오니 이제 죽음으로 성은에 보답하고자 하나이다!"

그러면서 그는 칼을 들어 자기 목을 그어버렸으니 후세 사람이 절개를 지키며 죽어간 여화룡 부자를 칭송하며 시를 읊어 애도했다.

철기 치달리며 칼날에 붉은 피 적시면서
동관에서 전력으로 싸웠으나 공을 세우지 못했구나.
한 가문이 모두 절개 지키며 죽어 상나라 군주에게 충성했으니
일편단심으로 영원토록 새벽바람에 눈물 흘리리라.
구차하게 녹봉 받는 이들은 지금의 벼슬 부끄러워해야 할지니
목숨 바침으로써 이제부터 영웅이 누구인지 알게 되었구나.
맑은 기풍 올곧게 천 년의 역사에 남으리니
어찌 어부나 나무꾼의 담소에 오르내리랴?

鐵騎馳驅血刃紅　潼關力戰未成功
一門盡節忠商主　萬世丹心泣曉風
苟祿眞能慚素位　捐生今始識英雄
淸風耿耿留千載　豈在漁樵談笑中

　강상은 여화룡이 자살하자 병력을 이끌고 관문으로 들어가서 방을 내걸어 백성들을 안심시키고 창고의 재물을 조사했다. 그리고 충성을 다하며 장렬하게 죽은 여화룡 부자를 불쌍히 여겨 수하로 하여금 그들의 시신을 잘 수습하여 후하게 장례를 치르게 했다. 그리고 몸이 회복되지 않은 병사들은 모두 동관에서 조리하도록 했다. 강상이 모든 조치를 취하고 나자 황룡진인과 옥정진인이 그에게 상의했다.

　"앞쪽에 만선진이 있으니 무왕을 잠시 여기서 쉬게 하시구려. 우리는 병력을 이끌고 진군하다가 도중에 먼저 요충지에 움막을 설치하여 세 교단의 교주님을 맞이해야 하오. 이 일만 끝내면 우리도 재

난의 운수를 모두 채우게 되어 속세에서 살생을 할 일이 없어지게
될 것이오."

이에 강상은 무척 기뻐하며 황급히 양전과 이정으로 하여금 먼저
가서 움막을 지으라고 분부했다. 주나라 진영의 장수들은 모두 마마
를 겪고 나서 몸이 허약했기 때문에 동관에서 휴식을 취했다. 며칠
후 이정이 와서 움막이 완성되었다고 보고하자 황룡진인이 말했다.

"움막이 완성되었다면 제자들만 그곳으로 가야 하오. 나머지 사
람들은 모두 사십 리 떨어진 곳에 영채를 세우고 대기하다가 만선
진이 격파된 뒤에 진군하도록 하시오."

이에 장수들은 곧 그곳에 영채를 차렸다.

강상과 두 진인은 제자들을 이끌고 움막으로 갔다. 그러자 잠시
후 우담바라가 피어나면서 진한 향기를 풍겼다. 그들은 그곳에서
옥허궁 문하의 손님들을 맞이하였으니 이날 만선진을 격파하고 나
면 속세에서 살계를 범하는 재난을 다 채우게 되어 다시 원래 자리
로 돌아갈 수 있게 되는 것이었다. 그로부터 얼마 후 삼산오악의 도
사들이 일제히 손뼉을 치고 껄껄 웃으며 찾아왔으니 광성자와 적
정자, 문수광법천존, 보현진인, 자항도인, 청허도덕진군, 태을진인,
영보대법사, 도행천존, 구류손, 운중자, 연등도인까지 여러 도인들
이 모두 강상에게 고개를 숙여 인사하며 말했다.

"오늘 일만 끝나면 천오백 년의 재난이 모두 끝나게 되는구려!"

그야말로 이런 격이었다.

재난을 다 채우고 귀의하여 정도를 따르면서

차분히 성정을 안정시키고 『황정경』을 읽어야지.

元滿皈依從正道　靜心定性誦黃庭

강상은 그들을 움막으로 안내하여 각자 자리에 앉은 후 먼저 진을 깰 방책을 논의했다. 그러자 연등도인이 말했다.

"교주님들이 오시면 자연히 방법이 생길 것이외다."

이에 모두들 말없이 앉아서 기다렸다.

한편 만선진 안에 있던 금령성모는 연등도인의 머리 위에서 피어난 삼화가 허공으로 치솟는 것을 보고 옥허궁 문하의 도인들이 왔다는 사실을 알아챘다. 이에 그는 벼락 소리를 내서 만선진을 발동하였고 곧 안개가 흩어지면서 만선진이 모습을 드러냈다. 그 무렵 움막에 있던 도인들은 눈을 크게 뜨고 몇 차례 자세히 살펴보니 절교의 제자들이 옹기종기 모여 있었으니 모두 삼산오악과 사해에서 노닐던 기괴망측하게 생긴 도사들이었다. 연등도인은 그 모습을 보고 고개를 끄덕이며 다른 도인들을 향해 탄식했다.

"오늘에야 비로소 절교 문하에 이렇게 많은 이들이 있다는 것을 알게 되었소이다. 우리 교단의 도인들은 기껏 손가락으로 꼽을 정도에 지나지 않는데 말씀이오."

그야말로 이런 상황이었다.

현도의 위대한 법이 우리에게 전해지니
비로소 청정 허무한 불이문이 나타나는구나!

그때 황룡진인이 말했다.

"여러분, 원시천존 이래로 도만이 존귀했는데 뜻밖에 절교에서 사람이 아닌 존재들에게도 함부로 두루 전했으니 정말 애써 수련한 일이 모두 헛고생이 되겠구려. 성품과 수명을 함께 수련해야 하는 줄 몰라서 평생의 노력은 허사가 되고 고달픈 생사의 윤회에서 벗어나지 못하니 참으로 슬픈 일이 아니오!"

그러자 도행천존이 말했다.

"이번에야말로 우리가 천오백 년의 재난에서 벗어날 수 있는 절호의 기회지요! 일단 나가서 한번 살펴보고 오는 것이 어떻소이까?"

이에 연등도인이 말했다.

"굳이 가서 살펴볼 필요는 없소이다. 교주님들께서 오시면 자연히 격파하러 갈 때가 정해질 것이외다."

그때 광성자가 덧붙였다.

"저들과 입씨름하는 것도 아니고 진을 격파하는 것도 아니며 멀리서 구경만 하는 것이 무슨 문제가 되겠습니까?"

그 말에 여러 도인들도 찬성했다.

"광성자의 말씀이 옳소이다."

이렇게 되자 연등도인도 더 이상 말리지 못하고 움막 밖으로 나가 살펴보는 수밖에 없었다. 만선진에는 여러 겹의 문이 있었는데 그 안에서 엄청난 살기가 풍겨 나왔다. 여러 도인들은 모두 고개를 내저으며 말했다.

"정말 엄청나구먼! 도사들의 생김새도 모두 괴상하고 흉측해서 도무지 도를 닦은 분위기는 없고 오히려 살벌한 전쟁을 고집하는 마음만 품고 있구려."

이에 연등도인이 말했다.

"여러분, 보시구려. 저들에게 도를 깨달은 신선의 품격이 어디 있느냐 이 말씀이오!"

여러 도인들은 구경을 마치고 막 돌아가려고 했다. 그때 갑자기 만선진 안에서 종소리가 울리더니 한 도사가 노래를 부르며 나왔다.

남들은 마수馬遂가 어리석은 신선이라 비웃지만
어리석은 신선의 배 속에 참된 현묘함이 들어 있지.
참된 현묘함에 아무도 다니지 않는 길이 있지만
오직 나만이 반도회에 수천 번이나 다녀왔노라!

人笑馬遂是癡仙　癡仙腹內有眞玄

眞玄有路無人走　惟我蟠桃赴幾千

마수馬遂는 그렇게 노래하고 나서 소리쳤다.

"옥허궁의 제자들이여, 우리 진을 훔쳐보러 온 모양인데 감히 나와 자웅을 겨뤄볼 자신이 있는가?"

연등도인이 대답했다.

"여러분이 이 고약한 진을 구경하고 싶은 충동에 넘어가는 바람에 이런 시비를 일으키고 말았구려."

그때 황룡진인이 앞으로 나서서 말했다.

"마수, 너무 그렇게 자신만만하게 굴지 마라! 지금은 너와 겨루지 않겠지만 잠시 후 우리 교주님께서 오시면 당연히 이 진을 깨러 올 때가 있을 것이다. 왜 굳이 그렇게 자기 능력만 믿고 흉악한 짓을 자행하여 교단을 말살하려 하느냐?"

이에 마수가 펄쩍 뛰어 달려들며 칼을 휘두르자 황룡진인도 들고 있던 칼로 맞받아쳤다. 그렇게 단 한 판을 맞붙고 나서 마수가 황금 머리 테를 던져 황룡진인의 머리를 꽉 죄어버렸는데 황룡진인이 머리를 감싸고 괴로워하자 여러 도인들이 황급히 달려들어 그를 구해서 움막으로 돌아왔다. 황룡진인은 서둘러 머리 테를 벗으려고 했지만 아무리 애를 써도 벗겨지지 않았다. 그는 머리가 너무나 아파서 두 눈에서 삼매진화가 뿜어져 나올 지경이었다. 그 바람에 모두들 한바탕 소란을 벌였다.

한편 원시천존은 만선진을 깨러 오기에 앞서 남극선옹에게 옥허궁의 조서를 가지고 먼저 가 있도록 했다. 이에 남극선옹이 학을 타고 구름 위에서 표연히 빛을 발하며 내려오는데 마수가 그를 발견하고는 재빨리 구름을 타고 공중으로 날아올라 길을 막았다. 그러자 남극선옹이 껄껄 웃으며 말했다.

"마수, 함부로 날뛰지 마라. 곧 교주님께서 오실 게다."

마수는 그와 상관없이 남극선옹에게 싸움을 걸려고 했다. 그때 갑자기 뒤쪽에서 신선의 음악이 울리면서 온 누리에 기이한 향기가 퍼지자 그는 싸우기 틀렸다는 것을 알고 구름에서 내려서 만선진으로 돌아갔다.

남극선옹은 움막으로 가서 여러 도인들을 이끌고 나와 원시천존을 영접하고 다시 움막으로 들어갔다. 제자들이 절을 올리고 나서 양쪽으로 시립하자 원시천존이 말했다.

"황룡진인이 머리 테 때문에 고생하는구먼, 이리 와보게."

그는 황룡진인이 앞으로 나오자 손가락으로 가볍게 가리켜서 머리 테를 벗겨주고는 모두에게 말했다.

"오늘 자네들은 이 재난의 운수를 채우게 되니 이후로는 각자 동부로 돌아가서 본성을 지키며 심신을 수련하여 삼시신을 죽이고 다시는 속세의 고난을 겪지 않도록 하게."

"교주님, 만수무강하시옵소서!"

그런 다음 모두들 조용히 앉아 있었는데 갑자기 공중에서 기이한 향기와 함께 신선의 음악이 표연히 들려왔다. 원시천존은 노자가 왔다는 것을 알고는 곧 제자들과 함께 밖으로 나가서 그를 맞이했다. 푸른 소에서 내린 노자는 원시천존과 함께 움막으로 들어갔다. 제자들이 그에게 절을 올리자 노자가 손뼉을 치며 말했다.

"겨우 주나라 왕조 팔백 년을 위해 나도 무려 서너 번이나 속세에 와야 하다니! 이렇게 보면 운수라는 것은 피하기 어려운 게지. 그러니 신선이나 부처라도 어찌 피할 수 있으랴!"

원시천존이 말했다.

"속세에 재난의 운수가 찾아오면 속세를 떠난 신선도 거기서 벗어나기 어렵지요. 게다가 우리 제자들은 또한 살계를 범한 몸인지라 우리는 그저 이번 재난의 운수를 마무리 짓기만 하면 그만이지요."

두 교주는 대화를 마치고 나서 말없이 앉아 있었다. 이경 무렵이 되자 각 성현들의 머리 위에 영락과 상서로운 구름이 피어나더니 서광이 주위를 감쌌고 공중에는 상서로운 아지랑이가 하늘까지 치솟았다.

한편 만선진 안에 있던 금령성모는 상서로운 아지랑이와 구름을 보고 두 교주가 왔다는 것을 알아차렸다.

'오늘 교주 사백들께서 오셨으니 우리 교주님께서도 얼른 오셔야 할 텐데……'

이튿날 날이 밝자 허공에 신선의 음악이 가득 퍼지면서 패옥이 짤랑이는 소리가 끝없이 이어지더니 마침내 통천교주가 여러 신선들을 이끌고 벽유궁을 나서서 친히 만선진으로 행차했다. 금령성모는 신선들을 이끌고 나가서 통천교주를 영접하고 만선진으로 돌아와 팔괘대 위에 앉았다. 모든 신선들이 절을 올리고 나자 금령성모가 말했다.

"두 분 사백께서도 오셨사옵니다."

"상관없다, 이제 틀어진 사이를 돌이킬 수 없게 되었으니! 기왕 만선진을 펼쳤으니 기필코 저들과 자웅을 겨뤄 누가 가장 존엄한지 확인해야겠다. 이제 모든 신선들이 모였으니 이것으로 재난의 운수를 마무리 지을 수 있을 것이다."

이어서 그는 장이정광선에게 분부했다.

"움막으로 가서 너희 두 사백에게 이 서신을 전해라."

"예!"

장이정광선은 곧장 움막으로 갔고 그곳에는 양전 등이 좌우로 늘어서 있었다. 그때 나타가 물었다.

　　"그대는 누구인가?"

　　"사백들께 서신을 전하라는 분부를 받들고 왔으니 안에 통보해 주시오."

　　나타는 들어가서 보고했고 노자가 말했다.

　　"데리고 들어오너라."

　　장이정광선이 움막으로 들어가자 좌우로 열두 명의 제자들이 시립해 있었다. 그는 땅바닥에 엎드려 절을 올리고 나서 서신을 바쳤다. 노자는 그것을 받아 읽고 장이정광선에게 말했다.

　　"알았다, 내일 만선진을 깨러 가겠다."

　　이에 장이정광선은 움막을 나와서 다시 만선진으로 돌아가 통천교주에게 보고했다.

　　이튿날 노자와 원시천존은 제자들을 이끌고 움막에서 나와서 만선진을 살펴보러 갔다. 그것은 정말 엄청난 진이었다.

괴이한 안개 자욱하고
싸늘한 바람 몰아친다.
아름다운 노을 오색 금광을 덮고
상서로운 구름 수천 송이 아름답구나.
앞뒤로 산악에서 수행한 도사와 신선이 늘어섰고
좌우로 호수와 바다에서 노닐던 행각승과 도인이 서 있다.
동쪽에는 구화건에 수합포 입고 태아검 들고 매화무늬 사슴 탄 이들

세 교단이 모여 만선진을 격파하다.

모두 도와 덕이 맑고 높은 기인이사들이요

서쪽에는 쌍상투 틀고 담황색 도복에 고정검˚ 들고 팔차록˚ 탄 이들

모두 구름과 안개 타고 다니는 고결한 은사들일세.

남쪽에는 붉은 도포에 노란 얼룩무늬 사슴 타고 곤오검˚ 든 이들

바로 오둔삼제五遁三除에 능한 절교의 도인들이요

북쪽에는 검은 도포에 연자고˚ 두르고 빈철간 들고 노루 사슴 탄 이들

모두가 바다 뒤집고 산을 옮기는 용맹한 이들일세.

푸른 깃발에는

청운이 감돌고

새하얀 깃발에는

오색 기운 펄럭이며

붉은 깃발에는

붉은 구름 덮여 있고

검은 깃발에는

검은 기운이 펼쳐져 있구나.

행황기 아래에는 수천수만의 괴이한 금빛 노을

그 안에는 하늘에도 세상에도 없는 천지개벽 때의 무가지보無價之寶

숨겨져 있고

또 오운선과 금광선, 규수선이 신령한 광채 용맹하게 내뿜고

영아선과 비로선, 금고선은 기개도 헌앙하구나.

칠향거에는 금령성모가 앉아

제자들 나뉘어 정렬하고

팔호거에는 신공표가 앉아

모든 신선들을 감독하고 있구나.

무당성모는 법보를 지니고 다니고

귀령성모는 삼라만상을 끌어안지.

금종이 울리면

우주가 뒤집어지고

옥경을 치면

천지가 놀라 진동하지.

들고 다니는 향로 늘어서

하늘하늘 향 연기 피어나 용이 안개 속에 숨고

깃털 부채 흔들리니

훨훨 푸른 봉황 요지를 떠나는구나.

규우에 탄 이는 혼돈이 나뉘기 전에 천지의 밖에서 홍균의 가르침

받은 절교의 통천교주

또 장이정광선은 오묘하고 무궁한 도와 덕을 신령한 글씨로 적은

절교를 흥성하게 하고 천교를 멸하려는 육혼번을 들고 있구나.

좌우로 금동이 교주의 행차를 따르고

자줏빛 안개와 붉은 구름 타고 벽유궁을 떠났지.

통천교주가 몸과 마음 변한 것은

단지 한 번 화가 치밀어 원수를 맺었기 때문이지.

두 교단의 상생상극에 결국 손상이 생겼으니

천지가 뒤집어지고 귀신도 시름에 잠겼지.

곤륜산의 천교는 법을 바로하고 현명한 군주를 도와

산천을 통일하여 주나라의 통치 아래 두려 하지.

一團怪霧　幾陣寒風

彩霞籠五色金光　瑞雲起千叢艷色

前後排山嶽修行道士與全真　左右立湖海游陀頭並散客

正東上　九華巾水合袍太阿劍梅花鹿　都是道德清高奇異人

正西上　雙抓髻淡黃袍古定劍八叉鹿　盡是駕霧騰雲清隱士

正南上　大紅袍黃斑鹿昆吾劍　正是五遁三除截教公

正北上　皂色服蓮子箍鑌鐵鐗跨麋鹿　都是倒海移山雄猛客

翠藍幡　青雲繞繞

素白旗　彩氣翩翩

大紅旗　火雲罩頂

皂蓋旗　黑氣施張

杏黃旗下萬千條古怪的金霞　內藏着天上無世上少鬪地開天無價寶

又是烏雲仙金光仙虯首仙神光赳赳　靈牙仙毗蘆仙金箍仙氣概昂昂

七香車坐金靈聖母　分門列定

八虎車坐申公豹　總督萬仙

無當聖母法寶隨身　龜靈聖母包羅萬象

金鐘響　翻騰宇宙

玉磬敲　驚動乾坤

提爐排　裊裊香煙龍霧隱

羽扇搖　翩翩翠鳳離瑤池

奎牛上坐的是混沌未分天地玄黃之外鴻鈞教下通天截教主

只見長耳仙持定了神書奧妙德道無窮興截滅鬪六魂幡

左右金童隨聖駕　紫霧紅雲離碧游

通天敎主身心變　只因一怒結成仇
兩敎生尅終有損　天翻地覆鬼神愁
崑崙正法扶明主　山河一統屬西周

노자는 만선진을 보고 원시천존에게 말했다.

"절교 문하에 이런 제자들이 있었구려! 보아하니 부류를 구분하지 않고 수행의 깊이가 얕고 낮음에 상관없이 모조리 받아들였구려. 이러니 어찌 도를 깨달아 신선이 된 무리라 할 수 있겠소이까? 이번에는 옥석이 저절로 구분되고 수행이 깊고 얕은 이가 가려질 것이니 재앙을 당하는 이들은 애써 수련한 것이 다 허사가 되지 않겠소이까? 정말 안타깝구려!"

그 말이 끝나기도 전에 통천교주가 진 안에서 규우를 타고 나왔다. 그는 백학이 수놓인 붉은 비단옷을 입고 보검을 들고 있었는데 노자가 보니 통천교주에게서는 도의 기운이 전혀 풍기지 않고 얼굴 가득 흉악한 표정만 떠올라 있었다. 이를 묘사한 노래가 있다.

천지가 개벽하여 도리가 명확해지니
벽유궁에서 경전과 도법을 논했지.
오기조원의 경지에서 오묘한 비결 전하고
삼화취정 이루어 생사를 초월한 경지를 설명했지.
머리 위의 금빛은 오색으로 나뉘고
발아래 붉은 연꽃은 가는 곳마다 따라다니지.
팔괘 문양 신선의 옷에는 자줏빛 기운 날리고

세 개의 칼날 달린 보검은 청빈靑蘋이라 불리지.

호랑이와 용을 굴복시키는 데 제일이요

요괴 잡는 것도 마음 내키는 대로 하지.

삼천 명의 제자가 좌우로 나뉘어 있고

뒤따르는 백성은 모두 빼어난 인재들이지.

하늘 꽃 어지러이 떨어져 오묘함 무궁하고

땅에는 금빛 연꽃 가득 피어 상서로움 길이 빛나지.

중생 제도하여 정과를 이루고

올바른 도리 수양하여 유명幽冥°의 세계에 속했지.

쌍쌍이 깃발 앞에서 길을 인도하고

무성한 음악 때맞춰 울리지.

규우에 편안히 앉은 절교의 교주

앞뒤로 신선 동자들 향을 사르는구나.

자욱한 침향과 단향 속에 구름과 안개 피어나고

무성한 살기 저절로 짙게 피어나는구나.

백학이 울 때 천지가 돌고

푸른 난새 날개 펼치면 바다와 산이 깨끗해지지.

통천교주가 궁궐을 떠나

백만 명의 신선을 모았구나!

闢地開天道理明　談經論法碧游京

五氣朝元傳妙訣　三花聚頂演無生

頂上金光分五彩　足下紅蓮逐萬程

八卦仙衣飛紫氣　三鋒寶劍號青蘋

伏虎降龍爲第一　擒妖縛怪任縱橫
徒眾三千分左右　後隨萬姓盡精英
天花亂墜無窮妙　地擁金蓮長瑞禎
度盡眾生成正果　養成正道屬無聲
對對幡幢前引道　紛紛音樂及時鳴
奎牛穩坐截敎主　仙童前後把香焚
靄靄沈檀雲霧長　紛紛殺氣自氤氳
白鶴唳時天地轉　青鸞展翅海山澄
通天敎主離金闕　來聚群仙百萬名

통천교주는 노자와 원시천존을 마주 보고서 고개를 숙여 인사
했다.

"두 분, 안녕하시오!"

그러자 노자가 말했다.

"아우, 정말 무례하기 짝이 없구먼! 잘못을 회개하지 않고 어찌
절교의 교주 노릇을 할 수 있겠는가? 저번에 주선진에서 이미 자웅
이 판명되었으니 마땅히 종적을 숨기고 수행하여 지난날의 잘못을
참회해야 교주다운 처사가 아니겠는가? 그런데 어째서 악한 마음
을 돌리지 않고 또 신선들을 이끌고 이런 고약한 진을 펼쳤는가? 옥
석을 가리지 않고 모두 재가 되고 목숨이 죽어야 그만둘 셈인가? 왜
굳이 이런 죄업을 짓는 것이냐는 말일세!"

"뭣이! 너희들이 천교를 잘못 다스려서 제자들이 힘을 믿고 함부
로 날뛰며 무도하게 살육을 자행하게 해놓고 오히려 교묘한 말로

대중을 현혹하는구나. 내가 너희보다 못한 것이 어디 있더냐? 그런데도 감히 나를 능멸하려 하다니! 그래, 오늘도 서방의 준제도인을 불러다가 가지저加持杵로 나를 치게 해봐라. 잘 모르는 모양인데 그 자가 나를 치는 것은 너희를 치는 것과 마찬가지야! 이 원한을 어찌 풀어야 한단 말인가!"

이에 원시천존이 웃으며 말했다.

"허허! 여러 말 할 것 없네. 기왕 이 진을 펼쳐놓았으니 그래, 품고 있는 지식을 풀어놓아보게. 내가 자네와 자웅을 결판내겠네."

"이제 너희와는 화해할 수 없는 원수지간이 되었으니 너희와 내가 모두 교단을 다스리지 못할 지경이 되어야 이 일을 그만둘 것이다!"

통천교주는 그렇게 말하고 진 안으로 들어가더니 잠시 후 한 가지 진세를 펼쳤는데 그것은 바로 한 개의 진에 세 개의 영루營壘를 모아 세운 것이었다. 통천교주가 진 앞으로 나와서 물었다.

"이 진을 알아보겠느냐?"

그러자 노자가 껄껄 웃었다.

"이것은 바로 내 손바닥에서 나온 것이거늘 모를 리가 있는가? 겨우 태극과 양의兩儀, 사상四象의 원리를 이용한 진에 지나지 않는데 어려울 것이 어디 있겠는가!"

"그럼 깰 수 있다는 말이냐?"

노자가 말했다.

"내 도에 대해서 이야기해줄 테니 잘 들어보게."

혼돈이 처음 나뉘었을 때 도가 존엄했고

건곤을 단련하니 청탁이 나뉘었도다.

태극과 양의가 사상을 낳았으니

지금도 아직 손바닥 안에 있도다!

混元初判道爲尊　煉就乾坤淸濁分

太極兩儀生四象　如今還在掌中存

이어서 노자는 제자들에게 물었다.

"누가 나가서 저 태극진太極陣을 깨겠는가?"

그러자 적정자가 소리쳤다.

"제가 나가겠사옵니다!"

그리고 그는 노래를 부르며 앞으로 나갔다.

오늘에야 재앙의 운수 채워 삼시신을 죽였으니

이제야 보리를 다시 정비하게 되었구나.

태극진 안에서 기인이사 만나겠지만

돌아보면 만사가 저절로 마땅해지리라!

今朝圓滿斬三尸　復整菩提在此時

太極陣中遇奇士　回頭百事自相宜

적정자가 풀쩍 뛰어 나가자 태극진 안에서 검은 얼굴에 긴 수염을 기르고 검은 도복에 허리띠를 묶은 도사가 진 앞으로 나오며 소리쳤다.

"적정자, 네가 감히 우리 진을 시험해보겠다는 것이냐?"

"오운선, 너무 그렇게 거들먹거리지 말게. 여기가 바로 그대가 죽을 곳이니 말일세!"

오운선은 분기탱천하여 칼을 휘두르며 달려들었고 적정자도 칼을 들어 맞섰다. 오운선이 서너 판 맞붙고 나서 허리춤에서 혼원추를 꺼내 공격하자 '픽!' 하는 소리와 함께 적정자가 비틀거렸다. 그것을 본 오운선이 다시 손을 쓰려 할 때 광성자가 고함을 질렀다.

"멈춰라, 내가 간다!"

그러면서 광성자가 칼을 들고 오운선을 막아서자 둘 사이에 격전이 벌어졌다. 몇 판 맞붙고 나서 오운선이 다시 혼원추를 내쏘니 광성자도 단번에 땅바닥에 쓰러졌다가 간신히 일어나 서북쪽으로 도망쳤다. 그것을 본 통천교주는 오운선에게 분부했다.

"쫓아가서 반드시 잡아 와라!"

이에 오운선이 광성자를 뒤쫓았는데 한참 도주하던 광성자가 어느 산모퉁이를 돌아서자 저쪽에서 준제도인이 오고 있었다. 준제도인은 그대로 광성자를 지나쳐 오운선을 가로막고 얼굴 가득 웃음을 지으며 공손히 인사했다.

"도우, 안녕하시오?"

오운선은 그를 알아보고 고함을 질렀다.

"준제도인, 저번에 주선진에서 우리 교주님께 부상을 입히더니 오늘은 또 내 길을 가로막는구나. 정말 가증스럽다!"

그러면서 그는 준제도인의 머리를 향해 칼을 내리쳤다. 그러자 준제도인이 입을 벌렸는데 그곳에서 한 송이 푸른 연꽃이 나와서 그 칼을 막았다.

혀 위의 푸른 연꽃에 칼을 맡길 수 있나니
나와 오운선은 크나큰 인연이 있는 게로구나!

舌上靑蓮能託劍　吾與烏雲有大緣

준제도인은 그렇게 읊조리고 말했다.

"도우, 그대와 나는 인연이 있는지라 그대를 교화하여 서방으로
가서 함께 극락을 누릴까 하오. 이 얼마나 좋은 일이오?"

"흥! 못된 놈, 나를 너무 무시하는구나!"

그러면서 오운선이 칼을 내지르자 준제도인이 가운데 손가락으
로 한 번 가리키니 이번에는 하얀 연꽃이 나와서 칼을 막았다. 준제
도인은 다시 말했다.

"도우, 잘 들어보시구려."

손바닥의 하얀 연꽃에 칼을 맡길 수 있나니
극락이 바로 서방임을 알아야 하리라.
열두 개 연화대에 상서로운 광채가 피어나고
바라수 꽃을 피우면 온 뜨락에 향기 퍼지지.

掌上白蓮能託劍　須知極樂是西方
二六蓮臺生瑞彩　波羅花放滿園香

그러자 오운선이 버럭 화를 내며 말했다.

"감히 그런 말로 나를 능멸하려 하다니!"

그는 다시 칼을 내질렀고 준제도인은 또 손가락으로 가리켰다.

이번에는 황금색 연꽃이 피어나 칼을 막았다.

"오운선, 나는 대자대비한지라 차마 그대의 본색을 드러내게 할 수 없구려. 그렇게 되면 그대가 그동안 수련한 노력이 물거품이 되지 않겠소이까? 지금 나는 그저 그대와 함께 서방의 불법을 일으키고자 이렇게 선한 마음으로 교화하려는 것이니 부디 어서 마음을 돌리시기 바라오."

하지만 오운선은 분기탱천하여 다시 한 번 칼을 휘둘렀다. 이에 준제도인이 먼지떨이를 가볍게 쓸자 오운선의 칼은 손잡이만 남고 흔적도 없이 사라져버렸다. 더욱 화가 치민 오운선이 혼원추를 꺼내 공격하자 준제도인은 재빨리 사정권 밖으로 피해버렸다. 준제도인은 오운선이 쫓아오는 것을 보고 말했다.

"제자야, 어디에 있느냐?"

그 순간 수합포를 입은 동자가 대나무 지팡이를 짚고 나타났으니 이제 오운선의 운명이 어찌 되는지는 다음 회를 보시라.

제83회

세 스승이 사자와 코끼리, 산개를 거둬들이다
三大師收獅象犰

밝은 반달 걸린 가을

별 같은 세 개의 점을 조심스럽게 찾아야 하리라.

사자와 코끼리 이름 있어 인연 생겼으니

자비로운 제도는 형상의 수련에 기대지 않노라.

오기조원 이루려면 탐욕과 성냄으로 망치는 일 경계해야 하고

탈태환골 이루려면 장애가 있음을 알아야 하니라.

이 모두 여러 신선이 살겁을 만났기 때문이니

털 나고 뿔 달린 이들은 모두 끝장나고 말았구나!

一鈎明月半輪秋　三點如星仔細求

獅象有名緣相立　慈航無着借形修

朝元最忌貪嗔敗　脫骨須知掛礙仇

總爲諸仙逢殺劫　披毛戴角盡皆休

그러니까 준제도인은 수화동자로 하여금 청정한 대나무를 가져오게 해서 황금 자라[金鰲]를 낚도록 했다. 이에 수화동자가 공중을 향해 대나무 가지를 드리우자 거기에서 피어난 한없이 밝고 기이한 광채가 오운선을 감싸버리니 결국 그는 본색을 드러내는 재앙을 피할 수 없었다. 준제도인이 소리쳤다.

"오운선, 당장 본색을 드러내지 않고 무얼 기다리느냐!"

그 순간 오운선은 머리를 흔들더니 황금 수염이 난 자라로 변해 머리와 꼬리를 흔들며 낚싯대 위로 올라왔다. 이에 수화동자는 오운선의 머리를 누르고 그 등에 탄 다음 곧장 서방의 팔덕지로 가서 극락의 복을 누리게 해주었으니 그야말로 이런 격이었다.

팔덕지에서 한가로이 장난치면서
황금 연꽃 벗 삼아 마음대로 노닐지.

八德池中閒戲耍　金蓮爲伴任逍遙

준제도인은 황금 자라를 거둬들이고 나서 곧장 만선진 앞으로 갔다. 통천교주는 그를 보더니 화가 치밀어 눈자위가 시뻘겋게 달아올라 고함을 질렀다.

"준제도인, 오늘 또 내 진을 시험하겠다고 찾아왔구나. 이번에는 기필코 끝장을 보고야 말겠다!"

"오운선이 나와 인연이 있어서 육근청정죽六根淸淨竹으로 낚아 서방 팔덕지로 보내서 아무 거침 없이 마음대로 노닐게 해주었으니 속세에서 어지러운 혼란에 시달리는 그대보다 훨씬 낫지 않소?"

이에 분기탱천한 통천교주는 준제도인에게 달려들려고 했다. 그
때 갑자기 태극진 안에서 누군가 노래를 부르며 나왔다.

위대한 도리는 평범하지 않아
현묘함 속에 더욱 현묘함이 들어 있지.
누구라도 그것을 참오하여 깨달으면
지척에서 선천의 세계를 볼 수 있지!

大道非凡道　玄中玄更玄

誰能參悟透　咫尺見先天

노래가 끝나자 태극진 안에서 규수선이 칼을 들고 나와서 소리
쳤다.

"감히 우리 진으로 들어와서 자웅을 겨룰 자가 있느냐?"

그러자 준제도인이 말했다.

"문수광법천존, 이분은 그대와 인연이 있는 것 같으니 가서 만나
보시구려."

그러면서 그가 문수광법천존의 머리 위에 손가락을 갖다 대자 그
의 니환궁이 열리면서 세 줄기 빛이 일제히 피어나 상서로운 기운
이 감돌았다. 그때 원시천존이 문수광법천존에게 반고번盤古幡이라
는 깃발을 하나 건네주었다.

"이것을 가져가면 태극진을 깰 수 있을 걸세."

이에 문수광법천존은 그 깃발을 받아 들고 노래를 부르며 앞으로
나아갔다.

혼원일기는 이것이 먼저요
만겁의 세월을 수련하여 지극히 현묘함에 합치되었도다.
이 속에 변화가 많다는 말은 하지 말지니
음양이 모두 사라지면 한없는 복이 찾아오리라!

$$混元一氣此爲先　萬劫修持合太玄$$
$$莫道此中多變化　汞鉛消盡福無邊$$

노래가 끝나자 규수선이 소리쳤다.

"오늘은 각 교단의 능력을 드러내서 공을 세우면 그만이니 여러 말이 필요 없다!"

그러면서 그는 즉시 칼을 휘둘렀고 문수광법천존도 칼로 맞섰다. 몇 판 지나고 나서 규수선이 진 안으로 도망치자 문수광법천존이 쫓아갔는데 규수선은 안으로 들어가자마자 부적을 던졌고 그 순간 진 안이 마치 철벽같이 변하면서 칼날이 산처럼 치솟았다. 이에 문수광법천존은 반고번을 펼쳐 진의 위력을 억누르며 법신을 드러냈으니 그 모습을 묘사한 노래가 있다.

푸르뎅뎅한 얼굴에
시뻘건 머리카락과 수염
온몸에서는 오색의 상서로운 빛이 나고
황금빛이 전신을 감싸 보호한다.
항마저가 거센 불길과 함께 날아오고
황금 연꽃 주위에 뭉게뭉게 노을빛이 어지러이 춤춘다.

그야말로 태극진 안에서 위대한 불법에 귀의하여 위력 나타내니
송이송이 상서로운 구름이 팔방을 뒤덮는구나!

面如藍靛　赤髮紅鬐

渾身上五彩呈祥　徧體内金光擁護

降魔杵滾滾紅焰飛來　金蓮邊騰騰霞光亂舞

正是　太極陣中皈依大法現威光　朶朶祥雲籠八面

규수선은 문수광법천존이 법신을 드러내자 무척 기이하다고 생각했다. 그 순간 바람에 향냄새가 아득히 풍기더니 온몸에 영락을 두른 문수광법천존이 연꽃을 밟고 서 있었다. 어쩔 도리가 없어진 규수선은 도망치려고 했지만 이미 문수광법천존이 요괴를 사로잡는 곤요승捆妖繩을 공중에 던지며 황건역사에게 명령했다.

"움막 아래에 잡아다 놓아라!"

문수광법천존은 법신을 거둬들이고 천천히 진 밖으로 걸어 나와 움막으로 가서 원시천존에게 보고했다.

"태극진을 격파했사옵니다."

이에 원시천존이 남극선옹에게 분부했다.

"움막 아래에 가서 규수선의 본색을 드러내도록 하게."

남극선옹은 움막 아래로 가서 오랏줄에 묶인 규수선을 보고 중얼중얼 주문을 외고 소리쳤다.

"당장 본색을 드러내지 않고 무얼 하는 게냐!"

그러자 규수선이 머리를 두어 번 흔들더니 땅바닥을 뒹굴었는데 그것은 다름 아닌 푸른 털을 가진 사자로 꼬리를 세우고 머리를 흔

들어대는 모습이 무척 용맹해 보였다. 이에 남극선옹은 원시천존에게 돌아가서 보고했고 원시천존은 다시 분부했다.

"그놈은 문수광법천존에게 타고 다니라고 하되 목에 규수선이라는 이름을 적은 패를 걸어놓게 하게."

이튿날 노자와 원시천존이 친히 진 앞으로 가서 물었다.

"통천교주는 어디에 있는가?"

통천교주는 수하의 보고를 받고 즉시 진 앞으로 나왔다. 그러자 노자가 문수광법천존에게 푸른 사자를 타고 앞으로 나오라고 하여 통천교주에게 보여주면서 말했다.

"그대의 제자는 기껏해야 이런 것들밖에 없는데 그대는 여전히 도덕이 높고 고결하다고 자칭하는가? 정말 가소롭기 짝이 없구먼!"

그 말을 들은 통천교주는 수치심에 얼굴이 시뻘겋게 달아올라 버럭 고함을 질렀다.

"감히 내 양의진兩儀陣을 깰 자신이 있느냐?"

노자가 미처 대답하기도 전에 양의진 안에서 영아선이 고함을 지르며 나왔다.

"누가 감히 내 양의진에 도전하겠느냐?"

그야말로 이런 격이었다.

건곤은 소매 안에 담아 위아래를 뒤집고
양의진 안에서 고하를 겨루어 정하려 했지.

袖裏乾坤飜上下　兩儀陣內定高低

그러자 원시천존이 보현진인에게 말했다.

"자네가 가서 깨버리게."

그러면서 태극의 부적을 찍는 도장을 건네주자 보현진인이 그것을 받아 들고 진 앞으로 가서 말했다.

"영아선, 그대는 어렵사리 수련하여 사람의 형상을 갖추었거늘 어째서 본분을 지키지 않고 또 이런 일을 저질렀는가? 잠시 후면 본색이 드러나게 될 텐데 그때는 후회해도 늦을 게야!"

그 말을 들은 영아선은 버럭 화를 내며 달려들어 칼을 휘둘렀고 보현진인도 황급히 칼을 들어 맞섰다. 몇 판 맞붙지 않아서 영아선이 양의진 속으로 도망쳐버리자 보현진인이 쫓아 들어갔는데 영아선은 음양의 묘용을 발동시켜 절교의 도술로 벼락 소리를 일으키며 보현진인을 몰아세웠다. 그러자 보현진인의 니환궁에서 그의 본래 모습이 나타났으니 그 모습은 무척 무시무시했다.

자줏빛 노을 같은 얼굴

커다란 입에 삐져나온 송곳니

순식간에 붉은 구름이 머리를 덮고

어느새 상서로운 빛깔이 금신을 감쌌구나.

구슬 꿴 영락이 온몸에 걸리고

발밑을 받친 연꽃에서는 상서로운 구름이 피어난다.

세 개의 머리와 여섯 개의 팔로 날카로운 무기를 들었고

손에는 항마저 하나 잡고 있구나.

그야말로 복 많은 서방에서 정과를 이루었나니

신선의 몸이 오늘 완성되었지!

面如紫霞　　巨口獠牙

靂時間紅雲籠頂上　一會家瑞彩罩金身

瓔珞垂珠掛遍體　蓮花托足起祥雲

三頭六臂持利器　手內降魔杵一根

正是　有福西方成正果　真人今日已完成

보현진인은 법신을 드러내 영아선을 제압하고 장홍삭長虹索을 던지며 황건역사에게 명령했다.

"잡아가서 움막 아래에 대기하라!"

양의진을 깬 보현진인은 곧장 움막으로 가서 노자에게 보고했다. 그러자 노자가 남극선옹에게 분부했다.

"어서 영아선의 본색을 드러내도록 하게."

"예!"

남극선옹이 삼보옥여의로 영아선의 머리를 연달아 몇 번 두드리자 영아선이 땅바닥을 구르며 본색을 드러냈으니 그것은 바로 한 마리 하얀 코끼리였다. 이를 본 노자가 분부했다.

"흰 코끼리의 목에 영아선의 이름을 적은 패를 걸고 보현진인에게 타고 다니도록 하게."

그렇게 분부하고 노자는 다시 진 앞으로 갔다.

통천교주는 푸른 사자와 흰 코끼리가 각기 좌우에 있는 모습을 보고 화가 나서 앞으로 달려 나가려고 했다. 그때 갑자기 사상진四象陣 안에서 금광선이 고함을 질렀다.

세 스승이 사자와 코끼리, 산개를 거둬들이다　259

"천교의 제자들이여, 너무 으스대지 마라. 내가 간다!"

이어서 그가 노래를 부르며 밖으로 나왔다.

오묘한 술법 한없이 넓어

몸과 마음이 음양에 합치되었도다.

이제 사상진을 이끌고 있나니

도술이야 여러 말이 필요하랴?

두 손가락으로 용과 호랑이를 굴복시키고

두 눈으로 위대한 현공玄功을 운용하지.

누구든 나와 대적할 수 있다면

그야말로 대라천의 신선이겠지!

妙法廣無邊　身心合汞鉛

今領四象陣　道術豈多言

二指降龍虎　雙眸運大玄

誰人來會吾　方是大羅仙

원시천존은 사상진에서 나온 용맹무쌍한 금광선을 보고 황급히 자항도인에게 분부했다.

"여의를 단단히 쥐고 사상진 안으로 들어가게. 여차여차하면 반드시 무궁한 변화가 일어날 테니 진을 깨는 데에는 문제가 없네. 이 것은 자네와 인연이 있는 탈것일세."

이에 자항도인이 노래를 부르며 출전했다.

보타애 아래 명성 높아

귀근°을 깨달아 신선 나라로 돌아갔지.

오늘 사상을 모두 거둬들이니

꿈속의 혼은 아직 전쟁에 나설까 두려워하는구나!

普陀崖下有名聲　了却歸根返玉京

今日已完收四象　夢魂猶自怕臨兵

노래가 끝나자 금광선이 펄쩍 뛰쳐나와서 소리쳤다.

"자항도인, 감히 그렇게 큰소리를 치면서 멋대로 굴다니. '오늘 사상을 모두 거둬들였다'고? 죽음이 네 눈앞에 닥친 줄도 모르는구나! 꼼짝 마라, 그렇지 않아도 너를 잡으려던 참이다!"

그러면서 금광선은 나는 듯이 달려들어 칼을 휘둘렀고 자항도인도 들고 있던 칼로 맞섰다. 그런데 세 판도 채 맞붙기 전에 금광선이 사상진 안으로 들어가버리자 자항도인도 따라 들어갔는데 이에 금광선이 사상진의 부적을 발동시키니 무궁한 법력을 지닌 그 보물이 자항도인을 압박했다.

사상진 안에서 금빛 털의 산개 만나니

조음동 안에서 불경 강론을 들으리라.

四象陣遇金毛犼　潮音洞裏聽談經

사상진의 무궁한 변화를 본 자항도인은 황급히 자신의 머리를 탁 쳤고 그러자 한 송이 상서로운 구름이 머리 위를 덮더니 잠시 후 벼락 소리와 함께 그의 화신이 나타났다.

분칠한 듯 새하얀 얼굴

여섯 개의 팔

두 눈에서 내뿜는 불꽃 속에 금룡이 나타나고

양쪽 귓속에 황금 연꽃 송이송이 상서로운 광채 피운다.

금빛 자라를 밟고 서니

상서로운 구름 천만 갈래 자욱이 피어나고

손에 든 항마저에서는

자줏빛 기운 장엄히 하늘로 치솟는다.

삼보여의 받쳐 드니

가늘고 긴 빛 찬란하게 피어나고

팔꿈치 뒤 버들가지에는

상서로운 기운 뭉게뭉게 피어난다.

그야말로 보타애의 오묘한 불법은 너무나 장엄하니

비로소 자비로운 중생 제도가 나타나는구나!

面如傅粉　三首六臂

二目中火光焰裏現金龍　兩耳內朵朵金蓮生瑞彩

足踏金鰲　靄靄祥雲千萬道

手中託杵　巍巍紫氣徹靑霄

三寶如意擎在手　長毫光燦燦

楊柳在肘後　有瑞氣騰騰

正是　普陀妙法甚莊嚴　方顯慈航道行

262

금광선은 천교 제자들이 그런 화신을 나타내는 것을 보고 감탄했다.

"옥허궁의 제자들은 정말 대단하구나! 과연 도량이 달라!"

그러면서 그는 황급히 도망치려고 했으나 어느새 자항도인이 삼보옥여의를 던지며 황건역사에게 명령했다.

"잡아가서 움막 아래에 대기하라!"

잠시 후 황건역사가 금광선을 잡아 움막 아래로 던지자 남극선옹이 노자의 분부에 따라 금광선의 목 위를 몇 번 두드렸다.

"이 못된 놈, 어서 본색을 드러내지 못할까!"

금광선은 도망치기 틀렸다는 것을 알고는 곧 땅바닥을 굴러 본색을 드러냈으니 그것은 바로 금빛 털의 산개[狻]였다. 남극선옹은 이를 원시천존에게 보고했고 원시천존은 다시 분부했다.

"그놈도 목에다가 금광선이라는 이름을 적은 패를 걸어주고 자항도인에게 타고 다니도록 하게."

남극선옹이 분부대로 처리하자 자항도인은 그 산개를 타고 진 앞으로 갔다. 이것이 바로 세 스승이 사자와 코끼리, 산개를 거둬들인 경위이다. 나중에 이들은 불교를 일으켜 각기 문수보살과 보현보살, 관음보살이 되는데 이것은 훗날의 이야기이니 여기서는 더 이상 설명하지 않겠다.

한편 그 장면을 본 통천교주는 너무 화가 치밀어 칼을 들고 달려나가 자웅을 결판내려 했다. 그때 갑자기 뒤쪽에서 제자 하나가 소리쳤다.

"교주님, 고정하시옵소서! 제가 갑니다!"

통천교주가 돌아보니 귀령성모가 팔괘 문양이 수놓인 붉은 옷을 입고 보검을 든 채 노래를 부르며 앞으로 나왔다.

염제 시절에 수련하여 위대한 도리에 통하니
가슴에 삼라만상 담아 오묘함 무궁하지.
벽유궁에서 진정한 비결 전수받고
특별히 서쪽 오랑캐를 무찌르러 속세에 내려왔지!

炎帝修成大道通　胸藏萬象妙無窮
碧游宮內傳眞訣　特向紅塵西破戎

귀령성모는 광성자에게 복수를 하고 싶었는데 이쪽에서 구류손이 앞으로 나와서 말했다.
"못된 것, 멈춰라!"
노자와 원시천존, 준제도인은 혜안을 가지고 있었기 때문에 귀령성모의 본색을 꿰뚫어볼 수 있었다. 원시천존이 웃으며 말했다.
"두 분 도형, 어찌 저런 것도 정과를 이루려 하는지 정말 우습기 짝이 없구려!"
여러분, 그의 출신이 무엇인지 묘사한 이 노래를 들어보시라.°

근원의 출처는 진흙탕인데
물 밑에서 빛을 더해 홀로 위세를 자랑했지.
대대로 숨어 지내며 천지의 성정을 알게 되었는데
신령한 깨달음으로 하필 귀신의 기밀만 알게 되었다오.

三大師妣
獅象犬

세 스승이 사자와 코끼리, 산개를 거둬들이다.

몸을 숨기고 움츠리면 머리와 꼬리가 사라지고
발을 뻗어 걸으면 저절로 날게 되지요.
창힐이 문자 만들 때 형체를 이루게 했고
점복을 치면 미리 알려주니 복희와 함께했지요.
부평초와 마름 뚫고 다니며 온갖 귀여운 짓 하고
물에서 장난하며 파도 일으켜 물결을 불곤 했지요.
줄기줄기 금실 엮어 갑옷 만들었고
점점이 무늬 찍어 대모처럼 가지런하지요.
구궁과 팔괘에 자리 잡았고
잘게 부수어 깔면 푸른 깃털 옷 감추지요.
태어날 때부터 용맹하여 용왕의 총애를 받았고
죽은 뒤에도 세 교단의 비석을 등에 지고 있지요.
이 물건의 이름이 무엇이냐?
염제 때에 득도한 검은 암 거북이라오!

根源出處號幫泥	水底增光獨顯威
世隱能知天地性	靈悍偏曉鬼神機
藏身一縮無頭尾	展足能行卽自飛
蒼頡造字須成體	卜筮先知伴伏羲
穿萍透荇千般俏	戲水翻波把浪吹
條條金線穿成甲	點點裝成玳瑁齊
九宮八卦生成定	散碎鋪遮綠羽衣
生來好勇龍王幸	死後還馱三敎碑
要知此物名何姓	炎帝得道母烏龜

어쨌든 귀령성모는 칼을 들고 나와서 구류손과 서너 판 맞붙더니 황급히 일월주日月珠를 던져 공격했다. 구류손은 그 보물의 정체를 몰랐기 때문에 감히 막지 못하고 서쪽으로 패주했는데 이를 보고 통천교주가 소리쳤다.

"어서 구류손을 잡아 오너라!"

귀령성모는 즉시 나는 듯이 뒤쫓았다.

사실 구류손은 서방과 인연이 있는 몸인지라 아주 오랜 뒤에 불교에 들어가 불법을 깨닫고 서한西漢 시대에 중국에서 불교를 홍성시키게 된다. 그가 서쪽으로 도망치는데 맞은편에서 두 개의 상투를 틀어 올리고 수합포를 입은 이가 천천히 다가오더니 구류손을 지나쳐 귀령성모의 앞을 가로막으며 소리쳤다.

"감히 내 도우를 뒤쫓다니! 수련하여 사람의 몸이 되었거든 분수를 지키면서 평안히 지낼 것이지 어째서 함부로 설치며 이런 죄업을 저지르느냐! 말을 듣지 않으면 나중에 후회해도 소용없을 것이니 당장 돌아가라. 나는 서방의 교주로서 불교를 널리 전파하며 이제 인연이 있는 이를 만나러 특별히 온 것이지 괜한 사달을 일으키려는 것이 아니다. 인연이 있는 이라면 일찌감치 만나서 함께 서방극락으로 가야 하지 않겠느냐?"

"뭣이! 너는 서방 사람이니 네 소굴이나 지킬 일이지 어째서 감히 여기에 와서 요망한 말로 내 청정한 귀를 미혹하려 하느냐?"

그러면서 귀령성모가 다짜고짜 일월주를 던져 공격하자 접인도인의 손가락에서 한 줄기 하얀 빛이 나오더니 그 위에 한 송이 푸른 연꽃이 피어나 구슬을 막아버렸다. 접인도인이 말했다.

"푸른 연꽃에 이 물건을 맡겼으니 중생이야 어찌 알리오?"

귀령성모는 원래 수행이 깊지 못했기 때문에 나아가고 물러날 때를 몰랐다. 그가 다시 일월주로 공격하자 접인도인이 말했다.

"기왕 여기에 왔으니 이런 속세의 일을 피할 수 없겠구나. 내가 자비롭지 않아서가 아니라 운명이 그러하니 나 또한 마음대로 할 수 없지. 그렇다면 나도 이 보물을 던져서 어찌 되는지 보자꾸나."

그렇게 말하고 접인도인은 염주를 던졌고 귀령성모는 그것을 미처 피하지 못하고 그대로 등짝을 얻어맞고 땅바닥에 쓰러져버렸다. 그러면서 본색을 드러냈으니 그것은 바로 커다란 거북이었다. 그 거북은 등이 눌려서 머리와 다리가 한꺼번에 껍질 밖으로 뻗어 나왔는데 구류손이 칼로 목을 내리치려 하자 접인도인이 황급히 만류했다.

"도우, 죽이면 아니 되오. 그런 마음을 쓰면 이 재난을 마무리 짓기 어렵고 서로 복수만 계속하게 되지 않겠소이까?"

그러면서 그는 동자를 불렀다.

"동자야, 어디에 있느냐?"

그 말이 끝나기도 전에 동자 하나가 앞으로 와서 대령했다.

"이 도우는 나와 인연이 있는 분을 만나러 갈 것이니 네가 저 짐승을 거둬들이도록 해라."

그렇게 분부하고 나서 접인도인은 구류손과 함께 움막으로 갔다.

한편 서방의 백련동자白蓮童子는 귀령성모를 거둬들이려고 조그마한 보자기를 펼쳤는데 그러는 와중에 뜻밖에 한 가지 고약하기 그지없는 물건이 도망치고 말았다. 그놈은 가느다란 소리를 내며 해를 향해 날아갔으니 그 모습을 묘사한 시가 있다.

소리는 우레 같고 주둥이는 바늘 같은데

이불 뚫고 휘장 건너면 더욱 막기 어렵지.

살을 먹고 피를 마시며 사람의 몸을 해치다가

연기가 두려워 무성한 숲으로 피해 모여들지.

무더운 날에 더욱 위세를 부려 시끄럽게 떠들어대고

찬바람 불기 시작하면 금방 무정하게 사라지지.

귀령성모가 재난을 만났기 때문에

오늘 아침 여러 군데 물리는 일을 피하기 어려웠지!

聲若轟雷嘴若針　穿衿度幔更難禁

食肉飲血侵人體　畏避煙熏集茂林

炎熱愈威偏聒噪　寒風纔動便無情

龜靈聖母因逢劫　難免今朝萬喙臨

　　백련동자가 보자기를 펼치다가 모기를 놓치자 피 냄새를 맡은 그놈들이 모조리 날아와서 귀령성모의 머리와 발에 앉아 주둥이를 꽂았다. 귀령성모는 그것들을 황급히 쫓으려고 했지만 그 많은 놈들을 어찌 다 쫓을 수 있었겠는가? 이쪽을 다 쫓기도 전에 금방 저쪽에 잔뜩 붙어 얼마 지나지 않아 귀령성모는 피가 다 빨릴 지경이 되어버렸다. 이에 백련동자가 황급히 거둬들이려고 하자 그놈들은 사방으로 날아갔는데 개중에 일부는 서방으로 날아가서 열두 개의 연화대 가운데 세 개를 먹어치웠다. 훗날 접인도인이 만선진을 깨고 돌아가서야 겨우 그 모기들을 거둬들였으나 이미 세 개의 연화대가 없어져버린 뒤였으니 안타깝지만 어쩔 수 없는 일이었다.

아홉 개 연화대에서 피안에 오르나니
천 년 뒤에 승려들이 생겨나리라!

九品蓮臺登彼岸　千年之後有沙門

한편 접인도인이 구류손과 함께 만선진 앞에 도착하자 자줏빛 안개와 붉은 구름, 노란 빛이 그를 감쌌다. 준제도인은 사형이 왔다는 것을 알고 노자와 원시천존에게 알렸고 그들은 황급히 나가서 접인도인을 맞이하며 머리를 조아렸다.

"도우, 어서 오시구려!"

그때 맞은편에서 통천교주가 그를 보고 고함을 질렀다.

"접인도인, 저번에 가증스럽게도 내 주선진을 깨버리더니 또 왔구나! 내 너와 승부를 결판내고야 말겠다!"

그러면서 통천교주가 규우를 몰고 달려들어 칼을 휘두르자 접인도인은 손도 까딱하지 않더니 그의 니환궁에서 세 알의 사리가 솟구쳐 위아래로 오르락내리락하면서 천지를 금빛으로 덮어버렸다. 그 바람에 통천교주는 칼이 막혀서 가까이 가지 못하자 화가 머리 끝까지 치밀어 어고漁鼓로 공격하려고 했는데 준제도인이 다시 손가락을 하나 들어 가리키자 한 송이 황금 연꽃이 생겨나 어고를 막아버렸다. 그것을 보고 노자와 원시천존이 말했다.

"두 분 도형, 오늘은 저자와 겨루지 말고 일단 돌아가십시다."

적정자는 그 말을 듣고 황급히 금종을 울렸고 광성자는 옥경을 쳤다. 그렇게 해서 네 교주가 돌아왔고 통천교주는 그들을 막지 못해서 화가 치밀어 올랐다.

"오늘은 일단 돌려보내주마. 하지만 내일은 기필코 너희들과 승부를 결판내고야 말겠다!"

이에 노자가 대답했다.

"자네도 일단 돌아가시게, 괜히 조급해하지 말고!"

잠시 후 네 교주는 움막에 들어가서 자리에 앉았다. 그러자 원시천존이 말했다.

"두 분께서 여기에 오신 것은 함께 주나라 왕실을 도와주기 위해서지요. 내일은 반드시 진을 격파하여 저 절교를 없애고 저들의 허망함을 일깨워야 할 것이외다. 다만 후세에 도를 추구하며 수련하는 이들에게 이 일파가 끊어지게 되는 것은 어쩔 수 없겠구려."

접인도인이 말했다.

"저는 그저 인연이 있는 이를 제도하려고 왔을 뿐이외다. 제가 보기에 만선진 안에는 사악한 이들만 많고 제대로 된 이는 드문 것 같소이다. 그러니 어쩔 수 없이 인연을 따라야지 억지로 할 수는 없는 일이지요."

노자가 말했다.

"우리 제자들이 이제 살계를 범한 재앙의 기한이 다 찼으니 내일 속히 이 진을 격파하여 그 아이들이 하루빨리 원래 자리로 돌아가 수행을 온전히 마치도록 해줍시다. 그 또한 우리가 해탈의 선업을 쌓는 일이 아니겠소이까?"

그러자 원시천존이 강상을 불러서 물었다.

"저번에 주선진을 격파했을 때 얻은 그 네 자루 보검을 아직 가지고 있느냐?"

"예, 모두 제가 가지고 있사옵니다."

"가져오너라."

강상은 주선검과 육선검, 함선검, 절선검의 네 자루 보검을 가져와서 바쳤다. 그러자 원시천존이 광성자와 적정자, 옥정진인, 도행천존을 불러 분부했다.

"자네들 넷은 내일 우리가 진 안으로 들어간 뒤에 그 안쪽의 팔괘대 앞에서 보탑 하나가 솟아오르는 것을 보면 먼저 포위망 안으로 치고 들어가서 이 칼들을 공중에 던지도록 하게나. 원래 저들의 보검이니 그것으로 저쪽 제자들을 멸절하도록 돌려주는 것이지 우리가 일부러 이런 악업을 짓는 것은 아닐세."

그리고 원시천존은 다시 강상에게 말했다.

"내일 진을 격파할 때 우리 문하의 모든 제자들로 하여금 진 안으로 들어가서 이 재난의 운수를 끝내도록 하게."

"예, 알겠사옵니다."

강상은 곧 움막 아래로 내려가서 여러 제자들에게 말했다.

"내일 만선진을 격파할 때 자네들도 모두 진 안으로 들어가서 각자 자웅을 겨루어 재난의 운수를 마무리 짓도록 하게."

"예!"

이에 모든 제자들이 너무나 기꺼운 마음으로 이튿날을 기다렸다.

한편 동관의 장수들은 만선진을 격파한다는 소식을 듣고 모두들 구경하러 가고 싶어서 안달이었다. 홍금 또한 마찬가지여서 용길공주에게 이렇게 말했다.

"나도 절교의 제자였고 당신은 요지의 선녀이니 우리도 당연히 만선진을 공격하는 데 참여해야 하지 않겠소? 여기에 앉아서 구경만 할 이유가 어디 있느냐 이 말이오!"

"그럼 우리도 내일 아침에 가기로 해요."

그렇게 생각을 굳힌 부부는 이튿날 무왕을 찾아가서 아뢰었다.

"전하, 저희도 만선진을 공격하는 데 참여하여 대원수의 지휘에 따르겠사옵니다. 이를 통해 재앙의 운수를 마무리 짓고 싶사옵니다."

"좋은 생각이외다, 당연히 상보를 도와서 적을 격파해야지요!"

이에 무왕은 무척 기뻐하며 술잔을 하사하고 전별 잔치를 열어주었다. 홍금 부부는 곧 작별 인사를 하고 떠났으니 그들의 운명이 이럴 수밖에 없었기 때문이다.

만선진 안에서 부부가 목숨 잃게 되나니
하늘이 정한 운수는 틀릴 수 없기 때문이지!

萬仙陣內夫婦絶　　天數安排不得差

이튿날 원시천존은 움막에서 내려와 제자들에게 금종과 옥경을 울리게 했다. 그리고 세 교단의 교주들이 제자들을 이끌고 만선진을 격파하기 위해 나섰다.

그 무렵 통천교주는 장이정광선에게 분부했다.

"내가 혼자서 네 두 사백과 서방에서 온 두 도인과 싸울 테니 너는 내가 지시할 때 즉시 육혼번을 펼쳐 흔들어야 한다. 절대 착오가 있어서는 안 될 게야!"

"예, 명심하겠사옵니다!"

이에 통천교주도 결전을 위해 이런저런 준비를 했다. 그 와중에 장이정광선은 혼자 생각했다.

'저번에 보니 사백님의 좌우에 모두 열두 명의 도와 덕을 갖춘 제자들이 있었고 어제 보니 서방 교주의 머리 위에 세 알의 사리가 빛나고 있었어. 그러니 도와 법력이 무한한 분들이 아니겠어?'

그런 생각에 그는 격전이 일어나기도 전에 사기가 위축되었으니 그야말로 이런 격이었다.

이전부터 마음속으로 신선의 도를 수련하고 싶었나니

정사를 파악하게 되어 비로소 위대한 조종이 될 수 있었지.

從來心上修仙道　邪正方知成大宗

한편 통천교주는 진 앞으로 나가서 노자를 비롯한 네 명의 교주를 보고 고함을 질렀다.

"오늘은 반드시 너희와 승부를 결판내고야 말겠다. 절대 대충 넘어가지 않겠다!"

그 말이 끝나기도 전에 홍금이 말을 몰고 진 앞으로 달려 나갔고 용길공주도 분부를 따르지 않고 칼을 휘두르며 달려 나갔다. 강상이 그들을 말리려고 했으나 소용없었다. 여러분, 이것은 이 두 별신이 여기서 죽어야 할 운명이었기 때문에 다짜고짜 달려 나갔던 게지요.

어쨌든 홍금이 칼을 뿌리자 그들이 탄 두 마리 말이 만선진 안으로 돌격해 들어갔다. 그런 식의 갑작스러운 공격에 미처 대비하지 못하고 있던 만선진에서는 용길공주가 요지에서 가져온 백광검白光劍을 공중에 던지자 여러 신선들이 부상당하고 말았다. 두 부부가 한참 치고 들어가니 뭉게뭉게 피어난 살기가 허공을 가득 메웠고 검고 음산한 바람에 낮의 빛이 어두워졌다. 칠향거에서 진을 펼치고 있던 금령성모가 보고를 받고 황급히 수레에서 내려와 살펴보니 용길공주가 어느새 바로 앞까지 달려오고 있었다. 금령성모는 성큼 달려가서 비금검飛金劍을 들고 맞서다가 몇 판 맞붙고 나서 사상탑四象塔을 공중에 던져 공격했다. 그런 보물이 있는 줄 몰랐던 용길공주는 미처 피하지 못하고 단번에 머리를 맞아 낙마했고 이어서 절교의 신선들에 의해 목숨을 잃고 말았다. 그 모습을 본 홍금이 고함을 질렀다.

"멈춰라!"

그러면서 그가 칼을 휘두르며 달려들자 금령성모는 다시 용호여의龍虎如意를 공중에 던졌고 그것은 정확히 홍금의 머리를 때려버렸다. 가련하게도 주나라에 귀의한 이래로 여러 차례 뛰어난 공적을 세운 그 부부는 이날 전투에서 함께 전사함으로써 무왕의 은혜에 보답한 뒤 영혼이 모두 봉신대로 떠났다. 막 통천교주와 이야기를 나누려던 원시천존은 순식간에 홍금 부부가 죽게 되자 서방의 두 교주를 향해 탄식했다.

"조금 전에 죽은 이가 바로 요지금모의 딸이외다. 하늘의 운수가 이러하니 사람의 힘으로 어찌할 수 없다는 것을 알겠구려."

그때 만선진 안에서 푸른 깃발이 펄럭이면서 은은히 네 명의 도사가 나왔으니 바로 28수二十八宿의 별신들이 만선진에 호응한 것이었다. 그들은 모두 푸른 옷을 입고 있었는데 이를 묘사한 시가 있다.

푸른 비단으로 만든 머리띠 머리 뒤로 펄럭이고
수합포 위에 허리띠 묶었구나.
원신이 나타나면 모든 거북이 멸절하나니
목이 베여 각목교°에 봉해졌지.

一字青紗腦後飄　道袍水合束絲縧
元神一現群龜滅　斬將封爲角木蛟

아홉 번 접은 비단 두건 머리에 두르고
가슴에 품은 현묘한 도리 비할 데 없지.
용과 호랑이 굴복시키는 것쯤이야 예사로우니
목이 베여 두목치°에 봉해졌지.

九揚紗巾頭上蓋　腹內玄機無比賽
降龍伏虎似平常　斬將封爲斗木豸

한 자나 기른 세 가닥 수염
삼화를 단련하여 불로장생의 비방 얻었지.

바다 위 봉래도에는 미련이 없어
목이 베여 규목랑°에 봉해졌지.

> 三綹髭髯一尺長　煉就三花不老方
> 蓬萊海島無心戀　斬將封爲奎木狼

도의 기운 수련하여 정광이 밝게 빛나고
송곳니 삐져나온 커다란 입과 헝클어진 붉은 머리카락
벽유궁에서 명성 높았으니
목이 베여 정목안°에 봉해졌지.

> 修成道氣精光煥　巨口獠牙紅髮亂
> 碧游宮內有聲名　斬將封爲井木犴

원시천존이 보니 다시 종소리가 울리고 붉은 깃발이 펄럭이면서
붉은 옷을 입은 네 명의 도사가 나왔는데 그 생김새가 흉악하기 그
지없었다. 이를 묘사한 시가 있다.

벽옥 장식한 하관 쓰고 생김새도 기괴한데
두 손을 잘 움켜쥐고 천지를 보좌하지.
도를 추구하여 불로장생의 비법을 배울 마음 없어
목이 베여 미화호°에 봉해졌지.

> 碧玉霞冠形容古　雙手善把天地補
> 無心訪道學長生　斬將封爲尾火虎

절교의 비전을 전수받아 옥추 단련하니

현묘한 도리를 두루 닦으며 공부 익혔지.

단사 담긴 화로 안에서 용이 호랑이를 굴복시키니

목이 베여 실화저°에 봉해졌지.

截教傳來煉玉樞　玄機兩濟用工大

丹砂鼎內龍降虎　斬將封爲室火豬

비밀리에 구결을 전수받고 요사한 짓 일삼아

머리 위의 신령한 구름 천지를 가렸구나.

삼화취정의 경지 성취하기 어려워

목이 베여 익화사°에 봉해졌지.

秘授口訣仗妖邪　頂上靈雲天地遮

三花聚頂難成就　斬將封爲翼火蛇

부귀영화에 미련 갖지 않고 그저 혼자 수양하여

용과 호랑이를 굴복시키고 마음대로 노닐었지.

부질없이 여러 해 동안 단사를 연마하다가

목이 베여 자화후°에 봉해졌지.

不戀榮華止自修　降龍伏虎任悠游

空爲數載丹砂力　斬將封爲觜火猴

　노자가 보니 만선진 안에서 하얀 깃발이 펄럭이면서 하얀 옷을
입은 네 명의 도사가 나왔는데 흉악한 얼굴에 몸집도 크고 모두들

요사한 기운에 덮여 있었다. 이에 노자가 원시천존에게 말했다.

"이런 죄 많은 것들도 부질없이 목숨을 버리려고 왔구먼. 보시게, 나온 것들이 죄다 이런 부류가 아닌가?"

이들의 모습을 묘사한 시가 있다.

삼산오악을 마음대로 노닐다가

현묘한 도를 찾아 마음을 수양했지.

부질없이 화로 안의 수은만 단련하고

목이 베여 우금우°에 봉해졌지.

五嶽三山任意游　　訪玄參道守心修

空勞爐內金丹汞　　斬將封爲牛金牛

배 속의 구슬이 팔방을 관통하고

삼라만상 포괄하여 도가 왕성하구나.

다만 살계로 인해 재앙을 피하기 어려우니

목이 베여 귀금양°에 봉해졌지.

腹內珠璣貫八方　　包羅萬象道汪洋

只因殺戒難逃躲　　斬將封爲鬼金羊

이궁의 용과 감궁의 호랑이가 짝을 이루어

신령한 단을 단련하여 불후의 몸이 되었지.

머리 위에 삼화 피워낼 인연 없어

목이 베여 누금구°에 봉해졌지.

離龍坎虎相匹偶　煉就神丹成不朽
無緣頂上現三花　斬將封爲妻金狗

금단 단련하여 세속의 조롱에서 벗어나
오행의 술법과 하늘의 운수를 점치며 대도에 통달했지.
삼시신 없애지 못해 여섯 기운 삼키니
목이 베여 항금룡°에 봉해졌지.

金丹煉就脫樊籠　五遁三除大道通
未滅三屍吞六氣　斬將封爲亢金龍

네 교주가 지켜보는 가운데 통천교주가 들고 있던 칼로 동서남북
을 가리키며 휘두르자 앞뒤에서 종소리가 울리더니 진의 문이 열리
면서 아주 기묘하게 생긴 네 명의 도사가 나왔는데 그들의 모습을
묘사한 시가 있다.

현묘함 속의 오묘함을 수련한 이래
벼슬살이에 미련 갖지 않았지.
통천교주는 내 스승이니
목이 베여 기수표°에 봉해졌지.

自從修煉玄中妙　不戀金章共紫誥
通天敎主是吾師　斬將封爲箕水豹

출가하여 정성 다함으로써 도를 깨닫고

성실하고 힘겹게 수행하여 죽음을 거슬렀지.
산을 옮기고 바다를 뒤집는 것도 마음대로 했지만
목이 베여 삼수원°에 봉해졌지.

出世虔誠悟道言　勤修苦行反離魂
移山倒海隨吾意　斬將封爲參水猿

대나무 껍질 모자에 도복 입고 성품도 총명하니
하얀 기운 단련하여 마음에 손상됨이 없지.
다만 불로장생을 누릴 복이 없어
목이 베여 진수인°에 봉해졌지.

箬冠道服性聰敏　煉就白氣心無損
只因無福了長生　斬將封爲軫水蚓

오행의 신묘한 술법으로 온몸이 특별해졌으니
현묘함 속에서 스스로 대장부라고 여길 만했지.
도를 깨달아 신선이 되는 행운은 없어
장수를 베고 벽수유°에 봉해졌지.

五行妙術體全殊　合就玄中自丈夫
悟道成仙無造化　斬將封爲壁水貐

원시천존이 말했다.

"절교의 제자들 가운데는 수행을 성실하게 한 이가 하나도 없어
모두 수행을 완성할 복이 없으니 이런 재난의 운수를 당해야 마땅

하구나. 참으로 슬픈 일이로다!"

그때 검은 깃발이 펄럭이면서 네 명의 도사가 나왔으니 이들을 묘사한 시가 있다.

호랑이 타고 산에 올라 학과 사슴 구경하다가
사악한 요괴를 물리치니 귀신도 통곡했지.
다만 신선이 될 복은 없어
목이 베여 여토복°에 봉해졌지.

跨虎登山觀鶴鹿　驅邪捉怪神鬼哭
只因無福了仙家　斬將封爲女土蝠

머리 위에 오색 광채 상서롭게 빛나고
삼라만상 끌어안아 무척이나 영리했지.
정과를 이룰 인연 없어
목이 베여 위토치°에 봉해졌지.

頂上祥光五彩氣　包含萬象多伶俐
無分無緣成正果　斬將封爲胃土雉

음양을 채취해 단련하여 기이한 방술을 익혔고
오행을 모아 중앙의 황색에 안배되었지.
천교가 아니라 절교에 귀의하는 바람에
목이 베여 유토장°에 봉해졌지.

採煉陰陽有異方　五行攢簇配中黃

282

붉은 머리카락과 수염에 성질도 고약하지만
삼산오악을 모두 유람했지.
삼라만상 끌어안고 부질없는 헛고생만 했으니
목이 베여 저토학°에 봉해졌지.

> 赤髮紅鬚情性惡　游盡三山并五嶽
> 包羅萬象枉徒勞　斬將封爲氐土貉

원시천존과 노자는 서방의 두 교주에게 말했다.

"저이들 좀 보시구려, 명색이 신선이라면서 신선의 풍모는 보이지 않으니 어찌 수행하여 도를 시행할 자격이 되겠소이까!"

이렇게 네 교주가 이야기를 나누고 있을 때 진의 기문이 열리면서 또 네 명의 도사가 나왔으니 그들을 묘사한 시가 있다.

위대한 도리를 수련하여 정말 거침이 없나니
현묘한 도법에도 진짜와 가짜가 있지.
도를 완성하지 못하고 오히려 속세에 떨어졌나니
목이 베여 성일마°에 봉해졌지.

> 修成大道眞瀟灑　妙法玄機有眞假
> 不能成道却凡塵　斬將封爲星日馬

무쇠 나무에 어찌 꽃이 필까?

음신이 무지개를 타고 나들이 다녔지.
다만 신선의 동료가 될 복은 없어
목이 베여 묘일계°에 봉해졌지.

鐵樹開花怎能齊　陰神行樂跨紅霓

只因無福爲仙侶　斬將封爲昴日鷄

푸르뎅뎅한 얼굴에 무위도 대단한데
붉은 머리카락 금빛 눈동자 호랑이처럼 사납구나.
비바람을 부리는 일 예사롭게 해치우나니
목이 베여 허일서°에 봉해졌지.

面如藍靛多威武　赤髮金晴惡似虎

喚風呼雨不尋常　斬將封爲虛日鼠

삼매진화가 공중에 드러나고
앞뒤로 노을빛이 백 걸음이나 피어나지.
만선진 안에서 영웅의 기상을 자랑하다가
목이 베여 방일토°에 봉해졌지.

三昧眞火空中露　霞光前後生百步

萬仙陣內逞英雄　斬將封爲房日兔

한편 진 안에 있던 통천교주는 일곱 번째 무리를 내보냈는데 새 하얀 깃발이 펄럭이면서 그 아래에 흉악하기 그지없는 네 명의 도사가 살벌한 기세를 풀풀 풍기며 모난 쇠몽둥이인 방릉간方楞鐧을 들고 나왔다.

도술이 빼어나기로는 세상에 짝이 없고
참된 성정을 수련하여 병부를 장악했도다.
불로장생의 묘결을 익히고도 속세의 재앙에 미혹되어
목이 베여 필월오°에 봉해졌지.

> 道術精奇蓋世無　修眞煉性握兵符
>
> 長生妙訣貪塵劫　斬將封爲畢月烏

머리카락은 주사 같고 얼굴은 푸르뎅뎅
온몸의 위아래로 금빛이 피어나지.
오묘한 도리를 모두 이야기하지 말지니
목이 베여 위월연°에 봉해졌지.

> 髮似硃砂面似靛　渾身上下金光現
>
> 天機玄妙總休言　斬將封爲危月燕

붉은 대추 같은 얼굴에 구레나룻 기르고
콩을 뿌려 군대 만드는 재능은 온 세상에 짝이 없지.
두 발로 구름 타면 번개가 치는 듯한데
목이 베여 심월호°에 봉해졌지.

> 面加赤棗落腮鬍　撒豆成兵蓋世無
>
> 兩足登雲如掣電　斬將封爲心月狐

배 속의 오묘한 도리를 밤낮없이 수양하여
음양을 단련하고 속세를 초월했지.
뜻밖에 오기조원의 경지에 이르지 못해
목이 베여 장월록°에 봉해졌지.

腹內玄機修二六　　煉就陰陽超凡俗

誰知五氣未朝元　　斬將封爲張月鹿

통천교주는 9요九曜°와 28수에 해당하는 장수들을 출전시켜 방위에 맞추어 서게 했다. 잠시 후 네 명씩 일곱 개의 조를 이룬 스물여덟 명의 도사들이 가지런히 자리를 잡더니 좌우로 빙빙 돌면서 일제히 몰려 나왔는데 이에 따라 노을빛과 붉은 기운이 날리면서 자줏빛 번개와 푸르스름한 빛이 피어났다. 그들이 겹겹으로 빽빽이 둘러서서 흉험한 기세를 피워내니 정말 살기가 하늘을 찌르고 시름겨운 구름이 자욱하게 서릴 지경으로 너무나 무시무시했다! 이제 뒷일이 어찌 되는지는 다음 회를 보시라.

제84회

강상, 임동관을 점령하다
子牙兵取臨潼關

유혼번 아래 밤중에 원숭이 울어대고
장한들 분주하게 북소리 다급히 울린다.
검은 안개 자욱하여 사람의 혼백이 흩어지고
요사한 기운 덮여 별을 끌어내린다.
그저 승전하여 조두 두드리며 노래할 생각뿐
간사한 행위로 훗날 땅을 치고 후회할 줄은 몰랐지.
억울하게 죽은 영웅들 피 묻은 칼날 맞아
지금도 성 아래에는 풀만 무성하지.

幽魂幡下夜猿啼　壯士紛紛急鼓鼙
黑霧瀰漫人魄散　妖氛籠罩將星低
只知戰勝歌刁斗　不識奸邪悔噬臍
屈死英雄遭血刃　至今城下草萋萋

그러니까 통천교주가 신선들을 이끌고 진 앞으로 나오자 노자가 말했다.

"오늘은 그대와 자웅을 결판내어 수많은 신선들이 재난을 당하게 함으로써 자네의 계속되는 그 우유부단한 처사에 대한 대가를 치르게 해주겠네."

"뭣이! 너희 넷은 잘 봐라, 이번에 내가 어떻게 손을 봐주는지 말이다!"

그러면서 그가 즉시 규우를 몰고 달려들어 칼을 휘두르자 노자가 코웃음을 쳤다.

"흥! 오늘 자네가 손을 봐준다고 해봐야 겨우 이런 정도일 뿐! 어쨌든 자네는 이 재난을 벗어날 수 없네!"

노자도 푸른 소를 몰아 지팡이를 들고 맞섰다. 그러자 원시천존이 좌우의 제자들에게 말했다.

"오늘 자네들도 이 살계의 운수를 다 채워야 하니 당연히 모두 진 안에 들어가서 절교의 신선들과 결전을 벌여야 하네. 실수하면 안 될 게야!"

제자들은 그 말을 듣고 모두들 기뻐서 웃더니 곧 일제히 함성을 지르며 만선진 안으로 치고 들어갔다.

만선진 안에서 현묘한 술법을 펼치며
모두들 그 안에서 재난의 운수를 끝내려 했지.

萬仙陣上施玄妙　都向其中了劫塵

문수광법천존은 푸른 사자를, 보현진인은 하얀 코끼리를, 자항
도인은 금빛 털의 산개를 타고 각자 화신을 드러낸 채 진 안으로 돌
격했다. 영보대법사는 칼을 들고, 태을진인은 보배로운 화살[寶鉆]
을 들고 진입했고 구류손과 황룡진인, 운중자, 연등도인 또한 일제
히 만선진 안으로 들어갔다. 그들 뒤에서는 강상이 나타 등의 제자
들과 함께 소리쳤다.

"오늘 만선진을 격파하여 진위를 판가름 내자!"

그 말이 끝나기도 전에 육압도인이 공중으로 날아올라 만선진 안
으로 들어가서 싸움에 가세했는데 이 격전에서는 온갖 재난이 모두
한자리에 모임으로써 신선들이 살계를 범해야 하는 운수가 비로소
끝나게 되었던 것이다.

노자는 푸른 소를 타고 이리저리 뛰어다니고
통천교주는 규우를 몰고 용맹하게 덤벼들었지.
세 보살은 푸른 사자와 흰 코끼리, 금빛 털의 산개를 몰고 달렸고
금령성모는 보검을 휘두르며 공중을 날았지.
영보대법사는 얼굴이 불꽃처럼 타올랐고
무당성모의 노기는 하늘을 찔렀지.
태을진인은 마음속 삼매진화를 발동했고
비로선도 신통력을 드러냈지.
도덕진군은 살계를 끝내려 왔고
운중자의 보검은 무지개 같았지.
구류손은 곤선승을 공중에 던졌고

금고선은 칼을 날려 공격했지.

진 안에서는 옥경이 쨍쨍 울렸고

팔괘대 아래에서는 황금 종이 맑게 울렸지.

사방에서 뭉게뭉게 검은 안개가 일어났고

팔방으로 쌩쌩 거센 바람이 몰아쳤지.

모두들 삼제와 오둔의 술법을 쓸 줄 알고

저마다 바다를 뒤집고 산봉우리를 옮기는 방법 알았지.

칼과 칼이 맞붙으니 붉은 빛 눈부시고

무기와 보물이 만나니 상서로운 기운 넘친다.

평지에는 우렛소리 진동하고

공중에는 벼락이 엇갈려 진동했지.

이쪽의 세 교단의 성인들은 정도를 실행하려 했고

저쪽의 통천교주는 사악한 이들의 두목이 되었지.

이쪽의 네 교주는 성냄과 어리석음의 번뇌를 발동했고

저쪽의 통천교주는 결국 우유부단의 과오를 반복했지.

정의가 사악함을 이겨서 결국 올바름으로 돌아가고

사악함은 정의를 거스르다 결국 불길해졌지.

다급하게 떠드는 소리에 천지가 뒤집히고

요란한 소란에 거대한 산이 무너졌지.

강상은 하늘의 뜻을 받들어 죄인을 토벌하려 했고

제자들은 각자 공을 세우려고 했지.

양전의 칼은 번쩍이는 벼락 같았고

이정의 방천극은 나는 용 같았지.

금타는 펄쩍펄쩍 뛰어다녔고

목타는 보검을 일제히 찔러갔지.

위호는 항마저를 공중에 던졌고

나타는 풍화륜을 타고 각자 영웅의 기개를 자랑했지.

뇌진자는 두 날개로 공중에서 위용을 떨쳤고

양임은 오화선을 들고 바람을 일으켰지.

또 네 신선이 주선검과 육선검, 함선검, 절선검을 공중에 던지니

이런 무기들은 그 칼날을 감당하기 어려웠지.

순식간에 28수의 목을 베고

어느새 9요도 모두 죽었지.

통천교주는 기운이 반쯤 빠져버렸고

금령성모는 중얼중얼 혼잣말을 해댔지.

비로선은 이미 어찌할 바를 몰랐고

무당성모는 전전긍긍했지.

잠시 뒤 또 서방의 교주들이 들어와서

건곤대를 공중에 띄우니

인연이 있는 이는 당연히 일찌감치 들어가고

인연이 없는 이는 아랑곳하지 않고 멋대로 굴었지.

순식간에 시름겨운 구름과 안개가 자욱하고

어느새 천지는 앞을 볼 수 없게 어두워졌지.

이제부터 통천교주는 간담이 서늘해져

아무 일도 이루지 못하고 부끄러운 표정만 지었지.

　　　　　老子坐靑牛往來跳躍　通天敎主縱奎牛猛勇來攻

三大士催開了青獅象犼　　金靈聖母使寶劍飛騰

靈寶大法師面如火熱　　無當聖母怒氣沖空

太乙真人動了心中三昧　　毗蘆仙亦顯神通

道德真君來完殺戒　　雲中子寶劍如虹

懼留孫把捆仙繩祭起　　金箍仙用飛劍來攻

陣中玉磬錚錚響　　臺下金鐘朗朗鳴

四處起圍圍烟霧　　八方長颯颯狂風

人人會三除五遁　　個個曉倒海移峰

劍對劍紅光燦燦　　兵迎寶瑞氣溶溶

平地下鳴雷震動　　半空中霹靂交轟

這壁廂三教聖人行正道　　那壁廂通天教主涉邪宗

這四位教主也動了嗔癡煩惱　　那通天教主竟犯了反覆無終

正克邪始終還正　　邪逆正到底成兇

急嚷嚷天翻地覆　　鬧吵吵華岳山崩

姜子牙奉天征討　　眾門人各要立功

楊戩刀猶如閃電　　李靖戟一似飛龍

金吒躍開脚步　　木吒寶劍齊衝

韋護祭起降魔寶杵　　哪吒登開風火輪各自稱雄

雷震子二翅半空施勇　　楊任手持五火扇搧風

又來了四仙家祭起那誅戮陷絕四口寶劍　　這般兵器難當其鋒

咫尺間斬了二十八宿　　頃刻時九曜俱空

通天教主精神減半　　金靈聖母口內喁喁

毗蘆仙已無主意　　無當聖母戰戰兢兢

一時間又來了西方教主　把乾坤袋舉在空中

有緣的須當早進　無緣的任你縱橫

霎時間雲愁霧慘　一會兒地暗難窮

從今驚破通天膽　一事無成有愧容

그러니까 노자와 원시천존은 만선진 안으로 들어가서 통천교주를 앞뒤로 막았고 세 보살도 금령성모를 포위해버렸다. 이때 세 보살이 각기 푸르고, 벌겋고, 새하얀 얼굴로 세 개의 머리와 여섯 개의 팔을 가진 모습, 여덟 개의 머리와 여섯 개의 팔을 가진 모습, 다섯 개의 머리와 여덟 개의 팔을 가진 법신을 드러냈는데 그들의 몸 위아래에는 모두 황금 등잔과 하얀 연꽃, 보배로운 진주, 영락, 눈부신 빛이 나타나서 몸을 지켜주었다. 금령성모는 옥여의를 가지고 세 보살과 맞서는 와중에 그만 머리에 쓰고 있던 금관이 땅바닥에 떨어지는 바람에 머리카락이 어지럽게 흐트러졌다. 산발을 한 채 열심히 싸우던 그녀의 머리 위로 연등도인이 던진 정해주가 날아와 정확히 정수리를 때리니 가련하게도 이런 꼴이 되고 말았다.

신에 봉해져서 제 자리 잡으니 성군들의 우두머리라

북궐의 향 연기 만 년 동안 스러지지 않았지!

封神正位爲星首　北闕香煙萬載存

이때 광성자가 주선검을, 적정자가 육선검을, 도행천존이 함선검을, 옥정진인이 절선검을 공중에 던지자 여러 갈래의 검은 기운이 공중으로 치솟아 만선진을 덮더니 봉신방에 이름이 적힌 이들은 마치 오이가 썰리듯이 모조리 도륙당했다. 또 강상은 타신편을 공중에 던져서 마음껏 휘둘렀고 양임은 오화신염선을 부쳐서 만선진 안에 뜨거운 불꽃이 타오르고 검은 연기가 천 길이나 치솟아 허공을 가렸으니 불쌍하게도 그 안에 있던 절교의 신선들은 난감하기 그지없는 상황에 빠져버렸다. 나타는 세 개의 머리와 여덟 개의 팔이 달린 모습을 드러내고 이리저리 치달리며 공격을 퍼부었고 옥허궁의 제자들은 사자가 머리를 뒤흔들듯 산예가 위세를 자랑하며 날뛰듯 무시무시하게 달려들었다.

통천교주는 제자들이 도륙당하는 모습을 보고 분기탱천하여 다급히 고함을 질렀다.

"장이정광선, 어서 육혼번을 가져와라!"

하지만 장이정광선은 접인도인이 연꽃으로 몸을 감싼 채 밝게 빛나는 사리를 드러내고 현도 문하의 열두 제자들이 모두 영락과 황금 등잔과 빛으로 몸을 감싼 모습을 보고 그들의 출신이 청정하여 절교의 제자들과는 많이 다르다는 것을 알 수 있었다. 그는 살그머니 육혼번을 거둬들이고 만선진 밖으로 나와서 곧장 주나라가 세운 움막 아래에 몸을 숨겨버렸다.

수행의 뿌리가 깊고 원래 서방의 사람인지라
움막 아래에 숨어 있다가 보배로운 깃발을 바쳤지.

根深原是西方客　躲在蘆篷獻寶幡

한편 통천교주는 장이정광선을 몇 번이나 불러도 나타나지 않자 이미 그가 떠났다는 것을 알고는 화가 치밀어 싸울 마음이 없어져버렸다. 게다가 만선진이 낭패를 당하는 것을 보고 달려가서 도와주려고 했지만 네 교주가 가로막고 있으니 어쩔 도리가 없었다. 그렇다고 후퇴하자니 제자들이 비웃을까 봐 두려워서 어쩔 수 없이 맞서 싸웠는데 또 노자의 지팡이에 한 대 얻어맞고는 다급해져서 자전추紫電鎚를 던져 공격했다. 그러자 노자가 코웃음을 쳤다.

"흥! 그따위 물건이 어찌 내게 가까이 올 수 있을까!"

그 순간 노자의 머리 위로 영롱탑이 나타나더니 자전추를 가로막았다. 통천교주가 잠시 한눈을 파는 사이 원시천존은 여의를 내질렀고 그것이 그대로 그의 어깨를 때려버리자 규우에서 떨어질 뻔한 통천교주는 더욱 화가 치밀어 힘을 내서 격전에 임했다. 그 무렵 28수의 별자리를 담당한 신들이 거의 죽자 사태가 여의치 않다고 생각한 구인은 흙의 장막을 이용해 도망치려고 했는데 그 모습을 발견한 육압도인이 황급히 공중으로 올라가서 호리병을 열자 한 줄기 하얀 빛이 쏟아지더니 그 위로 무언가 날아다니는 것이 나타났다. 육압도인은 그 물건을 향해 허리를 숙여 예를 표하며 말했다.

"보배여, 회전하시라!"

그러자 보물은 회전하기 시작했고 그와 함께 구인의 머리는 불쌍하게도 땅바닥에 떨어져버렸다. 이에 육압도인은 보물을 거둬들이고 다시 싸움판으로 뛰어들었다. 한편 접인도인은 만선진 안에서 건곤대를 펼쳐 붉은 기운을 가진 삼천 명의 신선들을 거둬들였는데 극락과 인연이 있는 이들은 모두 그 자루 안에 담겼다.

준제도인은 공작명왕과 함께 스물네 개의 머리와 열여덟 개의 팔을 드러내고 영락과 산개, 화관, 어장검, 황금 활, 은으로 된 방천극, 하얀 도끼, 깃발[幡幢], 가지신저, 보좌, 금병 등을 들고 통천교주와 싸웠다. 그를 본 통천교주는 갑자기 삼매진화가 치밀어서 버럭 욕을 퍼부었다.

"못된 놈! 또 내 진을 어지럽히다니 나를 너무 무시하는구나!"

그러면서 그가 규우를 몰고 달려들어 칼을 내지르자 준제도인은 칠보묘수를 들어 막았으니 그야말로 이런 격이었다.

서방 극락의 법력 무궁하여

모두 연꽃의 화신일세!

西方極樂無窮法　俱是蓮花一化身

준제도인이 칠보묘수를 쓱 쓸자 통천교주가 들고 있던 칼은 가루가 되어 부서져버렸다. 이에 통천교주는 규우를 몰고 진 밖으로 도망쳤고 준제도인도 법신을 거둬들였다. 노자와 원시천존 또한 그를 뒤쫓지 않았다. 여러 신선들은 만선진을 격파하고 황금 종과 옥경을 울리며 모두 움막으로 돌아왔다. 그때 노자와 원시천존이 장이정광선을 발견하고 물었다.

"그대는 절교의 정광선이 아닌가? 그런데 왜 여기에 숨어 있는가?"

장이정광선은 땅바닥에 엎드려 절을 올리며 말했다.

"사백님들, 제 죄를 고백하겠나이다. 제 사부님께서 육혼번을 단련하여 두 사백님과 서방의 교주님들 그리고 무왕과 강상을 해치려고 저더러 깃발을 들고 있다가 분부를 내리면 펼쳐 흔들라고 하셨사옵니다. 하지만 저는 사백님들의 도가 정의롭고 이치가 분명하며 제 사부님께서는 편협한 말만 믿고 이치를 거슬러 이런 죄업을 짓고 계신다는 것을 알았기에 차마 이 깃발을 쓰지 못하고 여기에 숨어 있었사옵니다. 이제 사백님들께서 물으시니 어쩔 수 없이 사실대로 아뢰옵나이다."

그러자 원시천존이 감탄했다.

"놀랍구먼! 자네는 절교에 몸을 담고 있으면서도 마음이 올바른 것을 지향하니 당연히 수행의 뿌리를 갖추었다고 할 수 있네. 어서 여기로 올라오게."

네 교주는 자리에 앉아서 오늘 비로소 정사가 분명히 나뉘었다고 말했다. 그러고 나서 노자가 장이정광선에게 말했다.

"그 육혼번을 가져와보게."

장이정광선이 육혼번을 바치자 서방의 교주가 말했다.

"그 깃발에서 무왕과 강상의 이름을 떼어내고 깃발을 펼쳐서 흔들어봅시다. 그러면 우리의 수행이 어느 정도인지 알 수 있지 않겠소이까?"

이에 준제도인은 육혼번에서 무왕과 강상의 이름을 떼어내고 장이정광선에게 깃발을 펼쳐 흔들어보라고 분부했다. 이에 장이정광선이 깃발을 펼쳐 몇 번 흔들자 네 교주의 머리 위로 각기 기이한 보물이 나타나 보호했는데 원시천존의 머리 위에는 경사로운 구름이, 노자의 머리 위에는 보배로운 탑이, 서방 두 교주의 머리 위에는 사리가 나타났던 것이다. 그 모습을 본 장이정광선은 깃발을 내던지고 엎드려 절을 올렸다.

"이것을 보니 제 사부님께서 함부로 분노의 마음을 품어서 이렇게 한없는 목숨들을 해쳤음을 알 수 있겠나이다!"

그러자 서방 교주가 말했다.

"내가 게송을 하나 읊을 테니 잘 들어보게."

극락의 나그네
서방의 술법 신묘하지.
연꽃을 부모로 삼아
아홉 개의 연화대에 섰지.
연못가에서 팔덕을 나누고
언제나 칠보원에 노닐지.
바라수에 꽃이 핀 뒤에는
온 누리에 보배가 자라지.
삼승의 불법을 강론하니
배 속에 사리가 생기지.
인연이 있어 이곳에서 태어났지만
오랜 뒤에 불가의 행운이 되리라!

極樂之鄕客　西方妙術神
蓮花爲父母　九品立吾身
池邊分八德　常臨七寶園
波羅花開後　遍地長金珍

談講三乘法　舍利腹中存

有緣生此地　久後幸沙門

그런 다음 서방 교주는 말했다.

"여기 정광선은 우리 교단과 인연이 있소이다."

원시천존이 말했다.

"저 사람이 오늘 여기에 온 것은 사악한 것을 버리고 정의로운 길로 귀의하려는 마음이 있음을 보여준 것이니 당연히 도형에게 귀의해야지요."

이에 장이정광선은 접인도인과 준제도인에게 절을 올리고 제자가 되었다. 잠시 후 강상이 움막에서 나와 나타 등에게 말했다.

"오늘 만선진 안에서 많은 도사들이 재앙을 만나 아무 죄도 없이 도륙당했으니 정말 가슴이 아프구먼."

그 말을 들은 제자들은 모두 기뻐했다.

통천교주의 만선진이 네 교주에 의해 깨지자 그 안에 있던 이들 가운데 신이 된 이도 있고 서방 교주에게 귀의한 이, 도망친 이, 무고하게 도륙당한 이도 있었다. 당시 무당성모는 진세가 더 이상 버틸 수 없게 되자 먼저 도망쳤고 신공표도 도망쳐버렸다. 비로선은 이미 서방 교주에게 귀의하여 훗날 비로불毗盧佛°이 되었는데 천 년 뒤에나 부처의 빛을 나타내게 되었던 것이다. 그날 통천교주는 이삼백 명의 하급 신선들을 거느리고 도망쳐 어느 작은 산 아래에서 잠시 쉬었다.

'가증스럽게도 정광선이 육혼번을 훔쳐 가는 바람에 대사를 그르쳤구나! 이렇게 패배당했으니 무슨 면목으로 벽유궁에서 교단을 다스릴 수 있겠는가? 하지만 기왕 시작한 일이니 끝장을 봐야지. 이제 벽유궁에 돌아가면 다시 지地, 수水, 화火, 풍風을 세워서 세상을 바꿔버리겠어!'

당시 그 주위에 있던 신선들은 모두 서로서로 부축하고 있었다. 아끼던 네 제자를 모두 잃은 통천교주는 이를 갈며 원한을 되씹었다.

'우선 자소궁으로 가서 사부님께 저들의 소행에 대해 말씀드리고 이 일을 하는 게 좋겠구나.'

그가 제자들과 향후 대책을 의논하고 있을 때 갑자기 남쪽에서 상서로운 구름이 가득 피어나면서 기이한 향기가 퍼지더니 도사 하나가 대나무 지팡이를 짚고 걸어오며 게송을 읊었다.

하늘의 구름 위에 누워
부들방석에서 참다운 도를 깨달았지.
천지의 바깥에서
교단을 다스리는 지존이 되었지.
반고가 태극을 만들어
음양과 사상이 순환했지.
하나의 도를 세 벗에게 전수하니
천교와 절교로 교단이 나뉘었지.
도교의 우두머리
선천의 일기로 홍균이 되었지!

高臥九重雲　蒲團了道眞
天地玄黃外　吾當掌敎尊
盤古生太極　兩儀四象循
一道傳三友　二敎闡截分
玄門都領秀　一炁化鴻鈞

　　홍균도인이 오자 통천교주는 황급히 다가가서 땅바닥에 엎드려 절을 올렸다.
　　"사부님, 만수무강하시옵소서! 오시는 줄을 몰라서 멀리까지 영접하러 나가지 못했사오니 부디 용서하시옵소서!"
　　"너는 왜 이 진을 설치해서 무한한 목숨들을 도탄에 빠뜨렸느냐? 어디 설명을 좀 해봐라!"
　　"사부님, 두 사형들이 제 교단을 멸시하여 자기네 제자들로 하여금 저를 욕하고 제 제자들을 죽이도록 종용하여 전혀 사형제 간의 의리를 고려하지 않았으니 이는 분명 사부님을 무시한 것과 마찬가지가 아니옵니까? 부디 자비를 베풀어주시옵소서!"
　　"이렇게 자신을 속이다니! 네 스스로 죄업을 지어 살육이 자행되어 이 많은 목숨들이 재앙을 당하도록 하지 않았더냐? 그런데도 네 잘못은 덮어두고 남의 탓만 하다니 참으로 괘씸하구나! 당시 세 교단에서 함께 봉신방을 작성했거늘 어찌 그것을 잊었더란 말이냐! 명리를 다투는 것은 세속의 속된 무리들이나 하는 짓이고 분노를 일으키는 것은 아녀자들이나 하는 짓이 아니더냐? 삼시신을 죽이지 못한 신선이나 반도회에 참석하지 못한 이들이라 할지라도 그런 번뇌에서 벗어나고자 하거늘 혼원대라금선混元大羅金仙으로서 영원히 스러지지 않는 몸을 이루어 세 교단의 우두머리가 된 너희 셋이 그런 자잘한 일로 분노하여 이런 사악한 욕망을 일으킬 줄이야! 네 두 사형은 원래 그럴 생각이 없었지만 네가 이런 악행을 저지르니 어쩔 수 없이 응대했을 뿐이다. 비록 하늘이 정한 운수가 그렇게 만들었다 하더라도 네가 단속을 엄격히 하지 않는 바람에 네 제자들이 문제를 일으켰던 게야. 그러니 사실 네 잘못이 컸다. 만약 내가 오지 않았더라면 서로 복수를 계속할 테니 그것이 언제 끝나겠느냐? 내가 특별히 자비심을 발휘하여 너희의 원한을 풀어줄 테니 이제부터는 각자 교단을 잘 다스려서 문제가 일어나지 않도록 해라."

그리고 홍균도인은 통천교주의 제자들에게 분부했다.

"너희들은 각자의 동부로 돌아가서 도를 닦고 수양하여 속세를 초월할 때를 기다리도록 해라."

이에 그들이 절을 올리고 떠나자 홍균도인은 통천교주에게 움막으로 가서 자신이 왔다는 것을 알리라고 분부했다. 통천교주는 어쩔 수 없이 움막으로 향하면서 속으로 생각했다.

'무슨 면목으로 그 양반들을 만나지?'

하지만 그는 어쩔 수 없이 뻔뻔한 얼굴로 움막을 찾아가야 했다.

한편 나타는 위호 등과 함께 움막 아래에서 만선진 안의 모습에 대해 이야기를 나누고 있었다. 그때 갑자기 통천교주가 다가오는 것을 발견했는데 그의 뒤에는 어느 도인이 대나무 지팡이를 짚고 상서로운 구름이 주위를 감싼 채 상서로운 기운이 몸을 휘감으며 느긋하게 다가오고 있었다. 나타 등은 너무나 놀라서 어쩔 줄 몰라 했다. 잠시 후 통천교주가 움막 아래로 와서 소리쳤다.

"나타, 노자와 원시천존에게 어서 나와서 어르신을 영접하라고 알려라!"

나타는 그 사실을 보고하기 위해 황급히 움막으로 달려 들어갔다.

한편 서방 교주와 함께 제자들에게 재난의 운수가 다 찼다는 이야기를 들려주고 있던 노자는 갑자기 상서로운 빛이 자욱하게 피어나는 것을 발견하고는 스승이 왔음을 알아챘다. 그는 황급히 자리에서 일어나 원시천존에게 말했다.

"사부님께서 오셨네!"

그들은 서둘러 제자들을 이끌고 움막 밖으로 나갔다. 그러자 나타가 달려와서 보고했다.

"통천교주가 어느 도인과 함께 와서 '어르신을 영접하라!'라고 하는데 무슨 영문인지 모르겠사옵니다."

"이미 알고 있다, 사부님께서 우리들 사이의 원한을 풀어주려고 오신 모양이다."

노자는 일행을 이끌고 나가서 길가에 엎드려 절을 올렸다.

"사부님, 오시는 줄을 몰라서 멀리까지 나가 영접하지 못했사옵니다. 부디 용서하시옵소서!"

"단지 열두 제자들이 살겁을 당해야 할 운수였기 때문에 너희 두 교단 사이가 틀어진 것이니라. 그래서 너희들 사이의 원한을 풀어주러 이렇게 왔으니 이제부터는 각자 교단을 잘 다스리면서 서로 등지는 일이 없도록 해라."

노자와 원시천존이 일제히 대답했다.

"알겠사옵니다."

이에 그들은 홍균도인을 모시고 움막으로 들어가서 서방의 두 교주와 인사를 나누었다. 홍균도인은 그들을 보고 칭송했다.

"서방 극락세계는 정말 복된 땅이지!"

"과분한 칭찬이옵니다!"

서방의 두 교주가 절을 올리려 하자 홍균도인이 말했다.

"그대들은 예의에 얽매일 필요 없네. 이 셋은 내 제자들이니 당연히 이래야 하지만 말일세."

이에 접인도인과 준제도인은 고개를 숙여 예를 표하고 자리에 앉았다. 이어서 노자와 원시천존이 나와서 정식으로 절을 올렸고 열두 명의 제자와 그들의 제자들도 모두 절을 올리고 나서 양쪽으로 나뉘어 시립했다. 통천교주도 한쪽에 서 있었다. 그러자 홍균도인이 말했다.

"너희 셋은 이리 나오너라."

노자와 원시천존, 통천교주가 앞으로 나오자 홍균도인이 물었다.

"당시에는 주나라가 흥성하고 상나라가 망해야 할 운수이고 신선들도 살겁의 운수를 겪어야 했기 때문에 너희 셋에게 함께 봉신방을 만들라고 했다. 그래서 여러 도인들의 수행의 깊이에 따라 신선과 신으로 나누어 그 지위를 부여하게 했다. 그런데 뜻밖에 통천이 제자들의 말을 함부로 믿고 문제를 일으켰구나. 비록 재난의 운수를 피하기 어려웠기 때문이라고는 하나 너는 청정한 마음을 지키지 않고 스스로 해놓은 맹서를 저버림으로써 여러 도인들이 해탈하지 못하고 모두들 도륙당하게 만들었다. 그러니 모든 죄는 네게 있다 하겠다. 사부인 내가 누구를 편애하는 것이 아니라 공평하게 이야기한 것이니라."

그러자 접인도인과 준제도인이 일제히 말했다.

"어르신, 지당하신 말씀이십니다."

홍균도인이 말을 이었다.

"오늘 내가 분명히 설명해주었으니 이제부터 서로 화해하도록 해라. 큰 아이야, 네가 양보하도록 해라. 그리고 모두들 자기 거처로 돌아가서 생명을 해치지 말도록 해라. 너희 제자들의 액운도 이제 그 기한이 다 찼고 강상도 곧 공을 세우게 될 테니 더 이상 다른 말이 필요 없겠구나. 이제부터는 각자의 교단에서 수련에 매진하도록 해라. 자, 너희 셋은 이리 와서 무릎을 꿇어라."

세 교주가 일제히 무릎을 꿇자 홍균도인이 소매에서 호리병을 하나 꺼냈다. 그리고 그 안에서 세 알의 단약을 쏟아서 각자에게 하나씩 건네주었다.

"일단 그것을 먹어라, 그러면 내가 할 말이 있다."

세 교주가 단약을 하나씩 삼키고 나자 홍균도인이 말했다.

"그 단약은 병을 치료하거나 불로장생할 수 있게 해주는 것이 아니다. 자, 잘 들어둬라."

이 단약은 현묘한 공부로 단련했나니

너희 셋이 각기 싸웠기 때문에 만들었노라.

만약 허튼 생각을 하게 되면

배 속의 단약이 발작하여 즉시 죽게 될 것이다!

此丹煉就有玄功　因你三人各自攻

若是先將念頭改　腹中丹發卽時薨

홍균도인이 그렇게 읊조리고 나자 세 교주가 고개를 조아렸다.

"사부님, 자비를 베풀어주셔서 감사하옵니다!"

홍균도인은 자리에서 일어나 서방의 두 교주와 작별하고 나서 통천교주에게 분부했다.

"너는 나를 따라오너라."

통천교주는 감히 그 분부를 거역하지 못했다. 잠시 후 접인도인과 준제도인도 자리에서 일어나 노자와 원시천존과 함께 제자들을 이끌고 움막 밖으로 나가서 전송했다. 노자와 원시천존은 제자들과 길가에 엎드려 절을 올리며 홍균도인이 떠나기를 기다렸다. 그러자 홍균도인이 말했다.

"너희도 어서 떠나라."

노자 등이 일어나서 공손히 서자 홍균도인은 통천교주와 함께 상서로운 구름을 타고 표연히 떠났다. 서방의 두 교주도 작별 인사를 하고 서방으로 돌아갔다. 이에 노자와 원시천존은 강상에게 말했다.

"이제 우리는 열두 제자와 함께 동부로 돌아가겠다. 너도 신들을 다 임명하고 나면 다시 수행하여 진정한 신선이 될 수 있을 게야."

그야말로 이런 격이었다.

다시 수련하여 머리 위에 삼화가 나타나면

원래 모습으로 돌아가 다시 신선이 되리라!

重修頂上三花現　返本還元又是仙

　　노자와 원시천존은 열두 명의 제자를 거느리고 움막에서 나왔다. 그리자 강상이 길가에 엎드려 아뢰었다.

　　"제가 사부님의 가르침에 따라 이곳에 들어왔사온데 나중에 제후들과 회합하는 일이 어찌 될 것인지 알려주시기 바라나이다."

　　그러자 노자가 말했다.

　　"내가 시를 한 수 읊어줄 테니 잘 기억해둬라."

험난한 곳에서 또 험난한 곳을 만나 지나야 하리니

앞일에 대해서는 물을 필요 없노라.

팔백 명의 제후가 조만간 모일 테니

그저 신을 임명하고 개선가 부를 때만 기다려라!

險處又逢險處過　前程不必問如何

諸侯八百看看會　只待封神奏凱歌

　　그렇게 읊고 나서 노자는 원시천존과 함께 옥경玉京으로 돌아갔다. 그러자 광성자와 열두 명의 신선들이 모두 강상에게 작별 인사를 했다.

　　"여보게, 우리도 이제 떠나야겠네. 이후로는 다시 만날 일이 없겠구먼."

강상은 그들을 보내기가 너무나 아쉬워 움막 아래에서 한참 동안 머뭇거리다가 결국 시를 한 수 지어 전송했다.

동쪽으로 임동관 들어가서 여러 선인들을 만났는데
한없이 돌아보며 헤어지기 못내 아쉽구나.
이제 이별하면 언제 다시 만날까?
어찌하면 다시 만나 옛 인연을 이야기할까?

東進臨潼會衆仙　依依回首甚相憐

從今別後何年會　安得相逢訴舊緣

여러 신선들이 작별하고 떠나자 육압도인만 남았다. 그는 강상의 손을 잡으며 말했다.

"이제 우리가 떠나면 다시 만나기 어려울 것이오. 앞길에 흉험한 곳도 있겠지만 그때마다 해결해줄 사람이 나타날 거외다. 그리고 몇 가지 처치 곤란한 일이 생길 텐데 그때는 이 보물이 없으면 안 될 거요. 이 호리병에 든 보물을 드릴 테니 훗날 필요할 때 쓰시구려."

강상은 한없이 감사했다. 육압도인은 호리병에서 꺼낸 비도飛刀를 강상에게 건네주고 떠났다.

여기서 이야기는 둘로 갈라지니 옥허궁으로 돌아간 원시천존의 이야기를 해보자.

만선진이 깨지고 나서 신공표는 다른 산으로 도망쳐 숨어 지내려고 했다. 그런데 뜻밖에 그의 죄가 차고 넘쳐서 호랑이를 타고 도망치다가 그만 백학동자의 눈에 띄고 말았다. 백학동자는 그가 번개처럼 내달리는 것을 보고 황급히 원시천존에게 보고했다.

"앞쪽에 신공표가 도망치고 있사옵니다."

"저 아이는 예전에 맹서한 것이 있지. 황건역사로 하여금 내 삼보옥여의로 저놈을 잡아 기린애 앞에 대령하라고 해라."

백학동자가 옥여의를 받아 황건역사에게 건네주자 황건역사는 곧 신공표를 쫓아가며 소리쳤다.

"신공표, 거기 서라! 천존의 분부를 받들어 너를 붙잡아 기린애 앞에 대령하겠다!"

황건역사는 곧 옥여의를 던져 냉큼 그를 붙들어 기린애로 갔다. 잠시 후 원시천존이 기린애 앞에 도착하여 구룡침향련에서 내리자 황건역사가 신공표를 앞으로 끌고 왔다. 원시천존은 그를 보고 말했다.

"너는 예전에 북해의 눈을 막겠다고 맹서한 바 있으니 오늘은 피하지 못할 것이다."

신공표는 고개를 숙이고 아무 말도 못했다. 이에 원시천존이 황건역사에게 분부했다.

"내 부들방석으로 저놈을 말아 북해로 데려가 눈을 막도록 해라!"

이에 황건역사가 분부대로 시행했으니 이를 묘사한 시가 있다.

가소롭구나 천교의 신공표여

상나라 지키려고 무왕을 멸하려 했지.

뜻밖에 오늘 제 몸으로 북해를 막게 되었으니

붉은 해가 격변하는 천지를 비추는 것도 모르겠지.

> 堪笑闡教申公豹　要保成湯滅武王
>
> 今日誰知身塞海　不知紅日映蒼桑

황건역사는 신공표의 몸으로 북해를 막고 돌아와서 원시천존에게 보고했다.

한편 강상은 제자들을 이끌고 동관으로 가서 무왕을 알현했다. 그러자 무왕이 말했다.

"상보, 돌아오셨군요. 병사들이 모두 정돈되어 있으니 속히 진격하여 제후를 회합해주시구려."

이에 강상은 곧 군령을 내려서 임동관을 향해 병력을 진군시켰다. 그곳은 팔십 리밖에 떨어져 있지 않았기 때문에 금방 도착해서 관문 아래에 영채를 세웠다.

임동관의 사령관 구양순歐陽淳은 보고를 받고 부장인 변금룡卞金龍과 계천록桂天祿, 공손탁公孫鐸과 상의했다.

"지금 강상의 군대가 도착했는데 겨우 이 하나의 관문으로 주나라 군대를 어찌 막을 수 있겠는가?"

그러자 부장들이 말했다.

"사령관님, 내일 주나라 군대와 일전을 벌여보십시오. 승리하면 그대로 저들을 물리치는 셈이고 승리하지 못하면 굳게 방어하면서 조가에 급히 상소를 올려 구원병을 보내달라고 하십시오. 이것이 최선이 아닐까 싶습니다."

"좋은 생각이오."

이튿날 강상은 중군 막사에 나와서 수하 장수들에게 물었다.

"누가 임동관의 첫 전투에 나서겠는가?"

그러자 황비호가 자원하니 강상이 허락했다. 황비호는 곧 병력을 이끌고 포성을 울리며 관문 아래로 달려가서 싸움을 걸었다. 보고를 받은 구양순이 물었다.

"누가 나가시겠소?"

잠시 후 선봉장 변금룡이 관문 밖으로 나와서 소리쳤다.

"그대는 누구인가?"

"내가 바로 무성왕 황비호다."

"역적! 나라의 은혜에 보답할 생각은 하지 않고 오히려 역적을 돕다니! 나는 임동관의 선봉장 변금룡이다."

황비호는 진노하여 오색신우를 몰고 달려들어 창을 휘둘렀고 변금룡도 도끼를 휘두르며 맞섰다. 그렇게 서른 판쯤 맞붙었을 때 황비호가 빈틈을 발견하고 벼락같이 기합을 내지르며 창을 찔러 변금룡을 낙마시켰다. 그리고 그의 수급을 베어 들고 돌아와서 강상에게 보고하자 강상이 무척 기뻐하며 공적을 기록했다.

그 무렵 정찰병의 보고를 받은 구양순은 깜짝 놀랐다. 변금룡의 아내 서씨胥氏 또한 부하의 보고를 받고 대성통곡했다. 그러자 뒤뜰에 있던 큰아들 변길卞吉이 그 소리에 놀라서 하인에게 물었다.

"어머님께서 왜 저리 통곡하시는 게냐?"

하인이 자세히 설명하자 변길은 머리카락이 모자를 뚫을 정도로 분기탱천하여 즉시 갑옷을 차려입고 모친에게 달려갔다.

"어머님, 고정하십시오. 제가 아버님의 복수를 하겠습니다!"

하지만 서씨는 그저 통곡만 할 뿐 아들의 말에는 신경을 쓰지 않았다. 변길은 곧 말을 타고 사령부 앞으로 갔다. 수하의 보고를 받은 구양순이 그를 안으로 불러들이자 그가 절을 올리고 나서 눈물을 머금고 말했다.

"제 부친을 죽인 자가 누구이옵니까?"

"자네 춘부장은 불행히도 역적 황비호의 창에 전사하고 말았네."

"오늘은 이미 날이 저물었으니 내일 그 원수를 붙잡아 부친의 원한을 씻겠사옵니다."

집으로 돌아온 변길은 집안의 장수들에게 분부해서 붉은 궤짝을 하나 가져오라고 하여 곧 병사들을 이끌고 관문 밖으로 나갔다. 그는 그곳에 커다란 깃대를 하나 세우고 붉은 궤짝을 열어 깃발을 꺼내서 네다섯 길 높이로 공중에 매달았는데 그 깃발은 대단히 무시무시했으니 이를 묘사한 시가 있다.

만 개의 해골을 모아 만들어 세상에서도 드문 것이요

천지가 열린 이래로 제일 기이한 것이었지.

주나라 왕에게 크나큰 복이 없었더라면

백만 명의 정예병은 이곳에서 위험에 빠졌으리라!

萬骨攢成世罕知　開天闢地最爲奇

周王不是多洪福　百萬雄師此處危

그날 변길은 깃대를 세우고 단신으로 주나라 진영의 원문 앞으로 달려가서 싸움을 걸었다. 보고를 받은 강상이 주위를 돌아보자 곧 남궁괄이 나섰다. 잠시 후 남궁괄이 영채 밖으로 나가보니 흉악하게 생긴 젊은 장수가 방천극을 들고 고함을 지르는 것이었다.

"너는 누구냐?"

"허허! 젖비린내도 가시지 않은 애송이가 나를 알아볼 리 없지. 나는 주나라 대장군 남궁괄이다."

"잠시 살려줄 테니 돌아가서 황비호에게 나오라고 해라. 그자는 내 부친을 죽인 불구대천의 원수다. 무고한 그대가 목숨값을 대신 바칠 필요는 없다!"

그 말에 분기탱천한 남궁괄은 말을 몰고 달려들어 칼을 휘둘렀고 변길도 방천극을 들어 맞섰다. 둘은 바둑판의 맞수를 만난 것처럼 엄청난 격전을 벌였는데 서른 판쯤 맞붙고 나서 갑자기 변길이 고삐를 돌려 날아나기 시작했다. 그러자 남궁괄이 바짝 뒤쫓았는데 변길이 깃발 밑을 지나가자 아무것도 모르는 남궁괄도 깃발 아래로 갔고 그 즉시 말과 함께 땅바닥에 쓰러져버렸다. 그가 정신을 잃고 쓰러지자 깃발을 지키고 있던 병사들이 달려들어 오랏줄로 묶어버렸다. 정신을 차려보니 남궁괄은 자신이 좌도방문의 술법에 당했다는 것을 알아챘다. 이에 변길은 관문 안으로 들어가서 보고했고 구양순은 그를 끌고 오라고 했다. 남궁괄이 대전 앞으로 끌려 와서도 무릎을 꿇지 않고 뻣뻣이 서 있자 구양순이 호통쳤다.

"역적! 포로가 되어서도 감히 예의를 차리지 않다니. 여봐라, 당장 참수하여 수급을 효수하라!"

그러자 옆에 있던 공손탁이 말했다.

"사령관님, 지금 간신들이 천자의 귀를 막고 관문을 지키는 우리 장수들이 모두 거짓으로 적이 쳐들어온다고 보고하여 군량을 축내고 뇌물을 먹여 거짓으로 공적을 사려 한다고 간언하는 바람에 폐하께서 변방의 모든 상소문을 윤허하지 않고 계실 뿐만 아니라 전령까지 참수형에 처해버리고 계십니다. 그러니 제 생각에는 남궁괄을 일단 가두었다가 역적의 수괴를 잡은 뒤에 함께 조가로 압송하여 간신들의 입을 막고 변경의 보고가 거짓이 아니었음을 알리는 것이 좋을 듯합니다. 어찌 생각하시는지요?"

"아주 좋은 생각이오."

구양순은 곧 남궁괄을 옥에 가둬두라고 분부했다.

그 무렵 강상은 남궁괄이 사로잡혔다는 소식을 듣고 깜짝 놀라서 우울한 심정으로 중군 막사를 지켰다. 이튿날 변길이 와서 또 싸움을 걸며 황비호에게 나오라고 요구하자 이번에는 황비호가 황명과 주기를 대동하고 영채 밖으로 나갔다. 변길은 나는 듯이 말을 몰고 달려들며 고함을 질렀다.

"너는 누구냐?"

"내가 바로 무성왕 황비호다."

"역적 놈! 감히 내 부친을 죽였으니 불구대천의 원수로구나! 오늘 네놈을 잡아서 시체를 만 조각으로 쪼개 원한을 풀고 말겠다!"

그러면서 변길이 방천극을 휘두르며 달려들자 황비호도 창으로 맞섰다. 서른 판쯤 맞붙고 나서 변길은 패배한 척하며 깃발 아래로 도망쳤는데 멋모르고 쫓아간 황비호는 남궁괄과 마찬가지로 사로잡히고 말았다. 황명이 분기탱천하여 황비호를 구하려고 도끼를 휘

314

두르며 달려들었지만 그 역시 깃발 아래에서 쓰러져 사로잡히고 말았다. 변길은 두 장수를 사로잡고 관문 안으로 들어가서 공적을 보고하고 서둘러 황비호의 목을 베어 부친의 복수를 하려고 했다. 그러자 구양순이 말했다.

"여보게, 부친의 복수를 위해서는 목을 베야 마땅하지만 그자는 역적의 수괴 가운데 하나이니 조정에 바쳐서 국법에 따라 처리하는 것이 좋겠네. 그러면 부친의 원한도 풀어드릴 수 있고 그대의 공적으로 빛낼 수 있으니 그야말로 일거양득이 아니겠는가? 그러니 일단 옥에 가둬두도록 하세."

변길은 어쩔 수 없이 눈물을 머금고 물러갔다.

한편 황명까지 사로잡히는 것을 본 주기는 감히 싸움에 나서지 못하고 물러가서 강상에게 보고했다. 강상은 황비호가 사로잡혔다는 소식을 듣고 깜짝 놀라서 주기에게 물었다.

"어떻게 사로잡혔는가?"

"관문 밖에 깃발이 하나 세워져 있는데 모두 해골을 꿰어 만든 것으로 높이가 몇 길이나 됩니다. 그자가 패한 척하고 도주하면서 그 깃발 아래를 지나면 뒤쫓는 이가 깃발 아래에 이르러 말과 함께 한꺼번에 쓰러져버립니다. 황명도 무성왕을 구하러 갔다가 똑같이 사로잡히고 말았사옵니다."

"어허! 또 그놈의 좌도방문의 술법이로구먼! 내가 내일 직접 출전해보면 어찌 된 일인지 알게 되겠지."

이튿날 강상은 제자들을 이끌고 영채 밖으로 나가보니 허공에 걸린 깃발에서 수만 줄기 검은 기운이 피어나고 차가운 연기가 잔뜩

子牙兵取臨潼關

강상, 임동관을 점령하다.

서려 있었다. 나타 등이 자세히 살펴보니 그 해골들 위로 모두 붉은 부적이 찍혀 있기에 강상에게 보고했다.

"사숙, 저 위에 찍힌 부적이 보이십니까?"

"나도 봤네, 좌도방문의 술법이로구먼. 이후로 자네들은 교전할 때 절대 저 깃발 아래로 지나가지 말게. 그러면 문제없겠지."

그때 정찰병의 보고를 받은 구양순도 직접 관문을 나와서 강상과 마주했다. 구양순이 깃발 아래를 피해 옆으로 돌아오자 그것을 본 강상이 제자들에게 말했다.

"보게나, 저쪽 사령관도 저기를 피해서 오지 않는가?"

이에 모두들 고개를 끄덕였다. 강상은 앞으로 나서서 물었다.

"귀하가 이 관문의 사령관이오?"

"그렇다."

"장군, 어째서 천명을 모르시오? 다섯 관문 가운데 이곳 하나만 남았는데 아직도 하늘의 군대에 항거하려는 것이오?"

"뭣이! 하찮은 놈이 감히 그런 말을 하다니!"

그러면서 구양순은 변길을 돌아보며 말했다.

"저 역적을 잡아 오게!"

이에 변길이 말을 몰고 달려들어 방천극을 휘두르자 강상의 옆에 있던 뇌진자가 호통쳤다.

"멈춰라! 내가 여기 있다!"

뇌진자는 풍뢰시를 펼치고 날아올라 황금 몽둥이를 휘둘렀다. 그러자 그의 사나운 모습을 보고 곧 기인임을 알아본 변길은 몇 판 맞붙기도 전에 깃발 아래로 도망쳤다. 뇌진자는 속으로 생각했다.

'저 깃발이 요사한 술법으로 만든 것이라면 먼저 때려 부수고 나서 변길을 공격하면 되겠구나!'

이에 그는 공중으로 날아올라 깃발을 향해 몽둥이를 내리쳤는데 깃발 주위에 요사한 기운이 가로막고 있어서 거기에 닿자마자 사람을 혼절시켜버린다는 것을 몰랐다. 그 바람에 몽둥이를 미처 휘두르기도 전에 뇌진자는 요사한 기운이 몸에 닿아 그대로 혼절하여 땅바닥으로 떨어지고 말았다. 그러자 깃발을 지키고 있던 병사들이 달려들어 그를 오랏줄로 묶어버렸다. 그것을 본 위호가 분기탱천하여 항마저를 던져 깃발을 후려쳤으나 그 항마저는 사마외도邪魔外道의 인물에게는 효과가 있어도 그 깃발에는 먹혀들지 못하고 그대로 아래로 떨어지고 말았다.

위호의 항마저는 이야기하지 말지니
어찌 유혼백골번의 상대가 되랴?

休言韋護降魔杵　　怎敵幽魂白骨幡

위호는 항마저가 깃발 아래로 떨어져버리자 깜짝 놀랐다. 다른 제자들도 어리둥절한 표정으로 서로 얼굴만 쳐다보았다. 그때 변길이 다시 앞으로 나서서 고함을 질렀다.

"강상, 일찌감치 안장에서 내려서 투항해라. 그러면 목숨은 살려주겠다!"

그 말에 진노한 나타가 풍화륜을 타고 나가며 세 개의 머리와 여덟 개의 팔이 달린 모습을 드러내고 호통쳤다.

"가소로운 놈, 꼼짝 마라!"

변길은 나타가 화첨창을 내지르며 공격하자 그의 모습에 놀라서 싸우기도 전에 이미 가슴이 덜컥했다. 몇 판 맞붙고 나서 나타가 던진 건곤권에 얻어맞은 그는 간신히 낙마의 위기를 넘기고 패주해버렸다. 그때 강상의 뒤에 있던 이정이 말을 몰고 달려 나가 창을 휘두르자 구양순의 옆에 있던 계천록이 나서서 칼을 들고 맞섰다. 하지만 몇 판 지나지 않아서 계천록은 이정의 창에 찔려 낙마했고 분기탱천한 구양순이 도끼를 휘두르며 달려들자 강상이 수하들에게 북을 울려서 이정을 독려하게 했다. 그때 진열의 뒤쪽에서 신갑과 신면, 모공 수와 주공 단, 소공 석을 비롯한 현자들과 주나라 장수들이 달려 나와서 구양순을 포위했고 주기와 용환, 오겸도 가세했다. 이렇게 되자 구양순은 공격을 막아내는 데 급급해서 반격할 여력이 없었으니 이제 뒷일이 어찌 되는지는 다음 회를 보시라.

등곤과 예길, 주나라에 귀순하다
鄧芮二侯歸周主

서산에 해 저물어 풍경도 쓸쓸한데

큰 건물 무너지는 곳에 작은 새끼줄 빌려 막으려 했구나.

무고한 변길이 억울하게 죽고

구양순의 뜨거운 피 노을빛 비단 물들였지.

간사한 자가 집권하니 백성들이 목숨 잃고

요사한 것들 자주 일어나 사직이 흔들렸지.

애석하다, 상나라 선조로부터 대대로 이어온 기업이

오가는 조수에 가볍게 던져졌구나!

西山日落景寥寥　　大廈將傾借小條

卞吉無辜遭屈死　　歐陽熱血染霞綃

奸邪用事民生喪　　妖孽頻興社稷搖

可惜殷商先世業　　輕輕送入往來潮

그러니까 구양순은 주나라 장수들에게 포위되어 공격을 막아내느라 투구가 비뚤어지고 갑옷이 엉망이 되어 등에서는 식은땀이 줄줄 흘렀다. 그는 도저히 당해낼 수 없다고 판단하고는 재빨리 말을 몰아 포위망을 벗어나 그대로 관문으로 들어가서 대문을 단단히 닫아걸고 나오지 않았다. 한편 원문에 있던 강상은 뇌진자까지 사로잡히자 기분이 몹시 울적해졌다.

그 무렵 사령부의 대전에 들어간 구양순은 변길이 부상당한 것을 보고 집에 돌아가서 요양하라고 분부했다. 그리고 뇌진자를 옥에 가두게 하고 급히 구원병을 파견해달라는 상소문을 작성해 조가로 전령을 보냈다. 때는 마침 늦봄에서 초여름으로 넘어갈 무렵이어서 전령이 가는 길은 무척 아름다웠으니 이를 묘사한 시가 있다.°

맑고 온화한 날씨 상쾌하니
못에는 마름과 연꽃 자란다.
매실은 비 맞은 후에 익어가고
보리는 바람 따라 익어간다.
꽃잎 진 곳에 풀이 자라고
늙은 꾀꼬리 버들가지 위에 가벼이 앉았구나.
강제비는 새끼 데리고 나는 연습을 시키고
꿩은 우는 새끼에게 먹이를 먹인다.
중원 천하는 낮이 길어져
만물이 밝게 빛나지.

清和天氣爽　池沼芰荷生

梅逐雨餘熱　參隨風景成
草隨花落處　鶯老柳枝輕
江燕攜雛習　山難哺子鳴
斗南當日永　萬物顯光明

　전령은 밤낮을 가리지 않고 길을 재촉하여 며칠 만에 조가에 도착했다. 그는 일단 역관에서 하룻밤을 쉬고 이튿날 상소문을 들고 오문으로 들어가서 문서방에 제출했다. 그날은 중대부 악래惡來°가 당직을 서고 있었는데 전령에게서 상소문을 받고 막 읽으려는 차에 미자계가 들어오자 그에게 구양순의 상소문을 건네주었다. 미자계는 상소문을 읽어보고 깜짝 놀랐다.

　"강상의 군대가 임동관 아래에 이르렀다니 적병이 벌써 지척에 왔구나. 그런데도 천자는 아무것도 모르고 편히 연회만 즐기고 계시니 이를 어쩐단 말인가! 아, 정말 큰일이로구나!"

　그는 황급히 상소문을 품에 안고 내궁으로 달려갔다. 주왕은 녹대에서 세 명의 요물들과 술을 마시고 있었는데 그때 미자계가 왔다는 보고를 받았다.

　"들라 하라!"

　미자계는 녹대로 올라가서 절을 올렸다. 그러자 주왕이 물었다.

　"황형皇兄, 무슨 상소가 올라왔소이까?"

　"강상이 멋대로 희발을 왕으로 내세우고 반란을 일으켜 제후를 규합하여 분란을 일으키며 천자의 강토를 침범했는데 다섯 관문 가운데 벌써 네 곳이 함락당했사옵니다. 지금 그 병력이 임동관 아래에 주둔하며 우리 장수와 병사들을 해치고 방자하게 횡포를 부리고 있으니 참으로 이 나라가 계란을 쌓아놓은 것처럼 위태롭기 그지없사옵니다. 관문을 지키는 사령관이 지급으로 보고를 올렸사오니 부디 폐하께서도 사직을 중시하시어 매일 몸소 조회를 열어 정사를 살피시고 속히 조치를 내려주시옵소서!"

미자계가 상소문을 올리자 주왕이 받아 읽어보고 깜짝 놀랐다.

"강상이 이리도 방자하게 굴며 짐의 네 관문을 점령했다니 속히 조치를 취하지 않으면 스스로 등창을 키워 큰 병을 만들겠구려. 여봐라, 대전에 나갈 준비를 하라!"

주왕은 좌우의 시종들에게 수레를 대령하게 하고 곧 금란전으로 나갔다. 대전을 관리하는 이와 금오대장金吾大將이 황급히 종과 북을 울리자 문무백관들이 단정하게 들어와서 대전 안의 분위기가 금방 엄숙히 변했다. 주왕은 여러 해 동안 조회에 나온 적이 없다가 이제 갑자기 직접 조회를 여니 관료들의 마음도 무척 고무되었다. 그 모습을 묘사한 노래가 있다.

연기가 봉각을 덮고
용루에 향 연기 자욱하다.
병풍에는 달빛 흔들리고
구름은 취화翠華°를 스치며 흐른다.
시중드는 신하의 등불과 궁녀의 부채는 쌍쌍이 광채를 비추고
공작 병풍과 기린전에는 곳곳에 빛이 떠다닌다.
정편이 세 번 울리니

관료들은 제왕에게 절을 올린다.
금빛 문장과 자줏빛 인장 끈에는 하늘의 문양을 드리웠나니
틀림없이 강산은 영원히 이어지리라!

煙籠鳳閣　香靄龍樓

光搖月宸動　雲拂翠華流

侍臣燈宮女扇雙雙映彩　孔雀屛麒麟殿處處光浮

淨鞭三下響　衣冠拜冕旒

金章紫綬垂天象　管取江山萬萬秋

어쨌든 문무백관들은 주왕이 조회를 열자 모두 기뻐했다. 신하들이 절을 올리고 나서 주왕이 말했다.

"강상이 방자하게 하극상을 저질러서 짐의 관문을 침범하여 벌써 네 곳을 무너뜨리고 지금 임동관 아래에 진을 치고 있소이다. 그러니 짐이 결단을 내려 그 죄를 징치하지 않으면 국법이 아무 소용이 없게 될 것이오. 경들은 주나라 군대를 물리칠 무슨 대책이 있소이까?"

그 말이 끝나기도 전에 왼쪽 반열에서 상대부 이통李通이 나와서 아뢰었다.

"제가 알기로 '군주는 머리요 신하는 팔다리'라고 했사옵니다. 폐하께서 평소 나랏일을 중시하지 않으시고 참언만 믿고 중신을 멀리하고 주색에 빠져 지내시며 정치를 팽개치셨기에 하늘이 근심하고 백성이 원망하는 지경에 이르렀사옵니다. 폐하께서 오늘에야 조회에 나오셨지만 이미 때가 늦었사옵니다. 백성이 안전하지 않

으니 천하가 혼란에 빠지고 분열되었사옵니다. 지금 조가에 어찌 유능하고 현량한 인재가 없겠사옵니까마는 다만 폐하께서 평소 충성스럽고 현량한 이를 중용하지 않으셨기에 이제 그들도 폐하를 중시하지 않게 되었을 따름이옵니다! 지금 동쪽에서는 강문환이 반란을 일으켜 유혼관이 밤낮으로 평안할 때가 없고 남쪽에서는 악순이 반란을 일으켜 삼산관이 위태롭게 공격받고 있으며 북쪽에서는 숭흑호가 반란을 일으켜 진당관이 언제 무너질지 모르는 위험에 처해 있고 서쪽에서는 희발이 반란을 일으켜 임동관을 공격하고 있으니 며칠을 버티지 못하고 무너질 것이옵니다. 그야말로 큰 건물이 무너지기 직전인데 나무 하나로 어찌 막을 수 있겠사옵니까! 이제 제가 죽음을 무릅쓰고 직간하오니 부디 속히 기강을 바로잡아 나라를 위난에서 구하시옵소서. 제 간언이 틀리지 않다고 여기신다면 두 명을 추천하겠사오니 먼저 그들로 하여금 임동관으로 가서 주나라 병력을 저지하게 하시고 다음 일을 상의해야 할 것이옵니다. 그리고 폐하께서도 매일 덕으로 정치를 베푸시고 간신을 멀리하며 올바른 간언을 받아들여 시행하신다면 조금이라도 하늘의 뜻을 늦추어 상나라의 맥이 당장 끊어지는 일은 막을 수 있을 것이옵니다."

"그러면 경은 누구를 추천하겠다는 것이오?"

"여러 신하들 가운데 오직 등곤鄧昆과 예길芮吉이 평소 충심을 가지고 나랏일을 보좌하려는 성실한 마음이 있었사오니 이들을 파견하시면 아무 걱정이 없어질 것이옵니다."

주왕은 그 간언을 윤허하고 곧 등곤과 예길을 대전으로 불렀다.

잠시 후 그 둘이 들어와서 절을 올리자 주왕이 말했다.

"지금 상대부 이통이 간언하기를 그대들이 충심으로 나라를 위하니 임동관의 수비를 맡기는 것이 좋겠다고 천거했소이다. 이에 짐이 황금 도끼와 하얀 깃대 장식을 하사하여 외부의 일을 전담할 수 있는 권한을 줄 테니 전심전력을 다해 주나라 군대를 물리치고 역적의 수괴를 사로잡기 바라오. 그렇게 되면 그대들의 공적은 사직에 길이 남을 것이고 짐 또한 봉토를 아끼지 않고 작위로 보답할 것이오. 그러니 짐의 분부를 받아주기 바라오."

등곤과 예길은 고개를 조아리고 말했다.

"미력하나마 최선을 다해 저희를 알아봐주신 폐하의 성은에 보답하겠나이다."

"두 분께 짐의 마음을 나타내는 연회를 베풀어드리겠소이다."

이에 두 신하는 고개를 조아려 성은에 감사하고 대전을 나왔다. 잠시 후 내관들이 잔치를 준비하자 문무백관들이 그들 두 제후와 술을 마셨다. 그때 미자와 기자가 두 제후에게 술을 권하며 목이 메어 말했다.

"두 분 장군, 사직의 안위가 두 분께 달렸으니 두 분께서 나라의 위난을 해결해주시면 이 나라의 복이 아니겠습니까!"

"전하, 걱정하지 마십시오. 저희가 평소 품고 있던 충심으로 오늘에야 나라의 은혜에 보답할 수 있게 되었사옵니다. 어찌 감히 이 막중한 임무를 맡겨주신 폐하의 마음과 저희를 천거해주신 여러 대부들의 은혜를 저버리겠사옵니까!"

두 사람은 술을 마시고 미자와 기자를 비롯해 여러 대신들에게 감사했다. 그리고 이튿날 서둘러 군대를 이끌고 맹진으로 가서 황하를 건넜다.

한편 토행손은 군량을 조달해서 원문에 도착하여 깃발이 세워진 것을 발견하고는 그 아래에 위호의 항마저와 뇌진자의 황금 몽둥이가 있는 것을 보고 무슨 영문인지 몰라 의아했다.

'그 사람들이 왜 무기를 저 깃발 아래에 버려놓았지? 대원수를 뵙고 사정을 알아봐야겠구나.'

잠시 후 중군 막사로 들어간 토행손은 강상에게 절을 올리고 나서 물었다.

"조금 전에 보니 관문 앞에 세워진 깃발 아래에 위호와 뇌진자의 무기가 놓여 있던데 이것이 어찌 된 일이옵니까?"

강상은 변길의 일에 대해 자세히 설명했다. 그러자 토행손이 믿기지 않는다는 듯이 말했다.

"그럴 리가!"

그때 나타가 말했다.

"변길은 내 건곤권에 맞아 며칠 동안 나오지 않고 있네."

"내가 직접 가보면 알겠지."

"안 되네, 그 깃발은 정말 무시무시하다네!"

토행손은 여전히 믿지 않아서 날이 저물자 영채를 나와 곧장 깃발 아래로 갔다. 하지만 그 역시 깃발 아래에 도착하자마자 혼절하여 쓰러지고 말았고 정찰병의 보고를 받은 강상은 깜짝 놀라서 고민했다. 한편 임동관 위의 병사들은 깃발 아래에 난쟁이 하나가 쓰러져 있는 것을 발견하고 구양순에게 보고했다.

"나가서 끌고 오너라!"

그런데 구양순은 변길의 수하만이 깃발 아래에 있는 사람을 잡아오는 일을 할 수 있다는 사실을 몰랐다. 그 바람에 당시 토행손을 잡으러 갔던 병사들은 모조리 정신을 잃고 쓰러지고 말았다. 그 모습을 본 다른 병사들이 다급히 보고하자 구양순도 깜짝 놀라서 변길을 불러오게 했다. 이에 변길은 집에서 요양하고 있다가 사령관의 호출을 받고 어쩔 수 없이 사령부로 갔다. 구양순이 사정을 설명하자 변길이 말했다.

"별일 아닙니다."

그는 자신의 수하에게 분부했다.

"가서 그 난쟁이를 잡아 오고 병사들을 풀어주도록 해라."

수하는 곧장 나가서 토행손을 오랏줄에 묶고 다른 병사들을 깃발 밖으로 끌어냈다. 그제야 병사들은 모두 정신을 차리고 눈을 비비며 어리둥절한 표정을 지었다. 잠시 후 구양순은 병사들이 토행손을 둘러메고 사령부로 오자 그에게 물었다.

"너는 누구냐?"

"깃발 아래에 황금 몽둥이가 있기에 집에 가져가서 놀려고 했는데 나도 모르게 잠이 들어버렸소."

그때 옆에 있던 변길이 호통쳤다.

"가소로운 놈! 감히 그따위 말로 나를 희롱하려 하다니. 여봐라, 끌고 나가서 목을 쳐라!"

이에 병사들이 그를 끌고 나가서 목을 치려는데 토행손이 몸을 움찔하는가 싶더니 어느새 눈앞에서 사라져버렸다.

오묘한 지행술 정말 부럽구나.
몸을 한번 흔들면 어느새 흙 속으로 들어가버리지!

　　　　　　　　地行妙術眞堪羨　　一滉全身入土中

깜짝 놀란 병사들이 사령부로 달려가서 보고했다.

"사령관님, 괴상한 일이 생겼사옵니다. 그 난쟁이를 끌고 나가서 막 목을 치려는데 그놈이 몸을 흔들자마자 모습이 사라져버렸사옵니다."

구양순은 변길에게 말했다.

"그자가 바로 토행손이로구먼. 조심해야 하네!"

한편 영채로 돌아온 토행손은 강상을 찾아갔다.

"정말 그 깃발은 대단했사옵니다. 제가 그 깃발 아래에 도착하자마자 정신을 잃고 쓰러져버렸는데 지행술이 아니었다면 목숨을 잃을 뻔했사옵니다."

이튿날 상처가 완치된 변길은 수하들을 이끌고 주나라 진영 앞으로 가서 싸움을 걸었다. 그러자 정찰병의 보고를 받은 강상이 물었다.

"누가 나가시겠소?"

이에 나타가 자원하여 풍화륜에 올라 화첨창을 들고 영채 밖으로 나갔다. 원수를 본 변길은 다짜고짜 방천극을 휘두르며 공격했고 나타도 화첨창을 휘두르며 맞섰으니 그 격전을 묘사한 노래가 있다.

전고가 울리며 살기 어린 함성 일어나니

영웅이 전장에 나섰지.

붉은 깃발은 타는 불꽃 같았고

전사는 네 개의 팔을 바삐 놀렸지.

이쪽이 은으로 자루를 단 방천극을 전개하자

저쪽은 화첨창을 발동했지.

나타가 무력을 펼치자

변길도 용맹을 자랑했지.

충심으로 사직을 지키려 하고

일편단심으로 군주를 위했지.

난적이 서로 만났으니

누가 먼저 죽게 될까?

> 戰鼓殺聲揚　英雄臨戰場
>
> 紅旗如烈火　征夫四臂忙
>
> 這一個展開銀杆戟　那一個發動火尖槍
>
> 哪吒施威武　卞吉逞剛強
>
> 忠心扶社稷　赤膽爲君王
>
> 相逢難下手　孰在孰先亡

　격전을 치르던 변길은 나타가 다시 손을 쓰기 전에 고삐를 돌려 미리 깃발 아래로 도망쳤다. 그런데 여러분, 나타는 사실 연꽃의 화신으로 혼백이 없는 몸인지라 그 깃발 아래로 문제없이 갈 수 있었지요. 다만 그는 영리한 천성을 타고나서 혹시라도 문제가 생길까 봐 그 자리에 멈춰 섰고 곧 변길이 깃발 아래를 지나가자 이윽고 풍화륜을 돌려 자기 영채로 돌아와버렸지요.

변길은 임동관으로 돌아가서 구양순에게 말했다.

"제가 나타를 속여 깃발 아래로 오게 했는데 그자가 교활하게도 쫓아오지 않고 자기 영채로 돌아가버렸습니다."

"이런 경우에는 어찌해야 하는가?"

그들이 의논하고 있을 때 정찰병이 들어와서 보고했다.

"등 제후와 예 제후께서 어명을 받들어 지원하러 오셨사옵니다."

구양순은 곧 장수들을 거느리고 사령부 밖으로 나가서 그들을 영접했다. 말에서 내린 그들은 은안전으로 들어가서 정식으로 인사를 나누고 나서 두 제후가 상석에 앉고 구양순은 아래쪽에 배석했다. 잠시 후 등곤이 물었다.

"저번에 장군께서 지급으로 보고하신 상소문을 폐하께서 보시고 우리 둘에게 장군과 협력하여 이 관문을 지키라고 분부하셨소이다. 지금 강상이 횡포를 부리는데 가는 곳마다 장수들이 목을 내놓고 군대의 사기가 꺾였으니 아무래도 이것은 전투를 잘 못 한 탓은 아닌 듯하오. 여기 임동관은 조가의 마지막 보루라서 다른 관문과는 의미가 다르니 마땅히 대규모 병력으로 수비해야 우환이 생기지 않을 것이외다. 그나저나 장군께서는 요 며칠 동안 주나라 군대와 교전을 벌이셨을 텐데 승부가 어찌 되었소이까?"

"처음에는 제 부장인 변금룡이 패전했지만 다행히 그의 아들 변길에게 유혼백골번幽魂白骨幡이라는 깃발이 있어서 이것 덕분에 주나라 병력을 막고 있사옵니다. 첫 번째 전투에서 남궁괄을 사로잡

왔고 두 번째는 황비호와 황명을, 세 번째는 뇌진자를 사로잡았사
옵니다."

"혹시 다섯 관문에서 반란을 일으킨 그 황비호를 사로잡았다는
말씀이시오?"

"바로 그자이옵니다."

무심히 황비호의 이름을 언급했으니
조만간 임동관은 강상에게 넘어가리라!

無心說出黃飛虎　咫尺臨潼屬子牙

등곤이 다시 물었다.

"그러니까 무성왕 황비호라는 말씀이시오?"

"그렇사옵니다."

"홍! 이제 그자도 사로잡았으니 장군께서 아주 지대한 공을 세우
셨구려!"

구양순은 겸손을 떨었고 등곤은 그 일을 몰래 마음에 새겨두었
다. 원래 황비호는 등곤의 이종사촌과 결혼한 사이였는데 다른 장
수들은 그 사실을 전혀 몰랐던 것이다. 어쨌든 구양순은 술상을 차
리게 하여 두 제후를 대접했다. 여러 장수들과 술을 마시고 나서 거
처로 들어온 등곤은 속으로 생각했다.

'황비호가 사로잡혔다니 어떻게 구해내지? 천하의 제후 팔백 명
이 이미 주나라에 귀의했으니 이 관문의 대세도 이미 꺾였어. 이런
마당에 이 관문으로 어찌 강상의 군대를 막을 수 있다는 말인가? 차

라리 나도 주나라에 귀의하는 게 상책이지! 그런데 예길은 어쩌지?
내일 일단 전투를 벌이면서 기회를 봐서 처리해야겠구나.'

이튿날 두 제후가 은안전으로 나가자 장수들이 인사를 올렸다.
예길이 말했다.

"우리는 어명을 받들고 왔으니 마땅히 충심으로 나라의 은혜에
보답해야 할 것이오. 속히 군령을 내리고 관문 밖으로 나가서 강상
과 자웅을 결판내고 무고한 백성들이 도탄에 빠지지 않도록 해주십
시다."

구양순이 대답했다.

"아주 훌륭하신 말씀이십니다."

그는 즉시 변길 등에게 분부하여 포를 쏘고 함성을 지르게 한 후
병력을 이끌고 일제히 관문 밖으로 나갔다. 등곤과 예길은 관문 밖
으로 나가서 여러 길 높이로 솟아 큰길을 가로막고 있는 유혼백골
번을 보았다. 그때 변길이 안장에 앉은 채 말했다.

"두 분 장군님, 병력을 왼쪽 길로 행군하게 하시고 깃발 아래를
지나가게 하시면 안 됩니다. 이 깃발은 아주 특별한 보물이기 때문
입니다."

이에 예길이 말했다.

"그렇다면 가지 말아야지요."

그리하여 병사들은 모두 왼쪽 길을 통해 강상의 진영 앞으로 갔
다. 그리고 좌우의 정찰병에게 말했다.

"무왕과 강상에게 나오라고 전해라!"

정찰병의 보고를 받은 강상이 말했다.

"전하를 보자고 한 것은 분명 깊은 뜻이 있는 것 같구먼. 여봐라, 가서 전하를 모셔 오너라!"

이어서 강상은 병사들에게 포를 쏘고 함성을 지르게 한 후 꿩 깃털이 장식된 보독번을 앞세우고 원문을 열었다. 북과 뿔피리가 일제히 울리는 가운데 주나라 병력이 영채 밖으로 몰려 나왔으니 이를 묘사한 노래가 있다.

붉은 깃발 번쩍번쩍 군중에서 나오고
쌍쌍이 영웅은 무지개 같은 기세를 토한다.
말 위의 장수는 맹호 같고
보병은 흡사 교룡 같다.
뭉게뭉게 살기가 하늘로 치솟고
자욱한 무위의 광채가 하늘을 찌른다.
황금 투구의 봉황 날개는 눈부시게 빛나고
물고기 비늘 같은 은빛 갑옷에 상서로운 광채가 무성하다.
찬란한 두건과 붉은 머리띠
속발관에서 힘차게 흔들리는 꿩 꼬리 깃털
오악의 문인은 날래고 용맹하니
나타가 바로 선봉장이지.
주나라 보좌하여 주왕 멸하려 대원수가 왔으니
군법도 엄격하게 세운 강상이로다!

紅旗閃灼出軍中　對對英雄氣吐虹

馬上將軍如猛虎　步下士卒似蛟龍

腾腾殺氣沖霄漢　靄靄威光透九重
金盔鳳翅光華吐　銀甲魚鱗瑞彩橫
幞頭燦爛紅抹額　束髮冠搖雉尾雄
五嶽門人多驍勇　哪吒正印是先鋒
保周滅紂元戎至　殺法森嚴姜太公

　등곤과 예길이 보기에도 위풍당당하고 살기등등한 주나라 군대의 모습은 대단히 훌륭했다. 삼산오악의 문인들이 가지런히 늘어서 있고 무왕의 좌우에는 사현팔준이 양쪽으로 나뉘어 늘어서 있으니 붉은 비단으로 만든 양산 아래 소요마를 탄 무왕은 그야말로 천자다운 위엄을 갖추고 있었다. 이를 묘사한 시가 있다.

　용과 봉황 같은 풍모는 한없이 출중하고
밝고 왕성한 기운은 그야말로 제왕의 모습이로다.
삼정三停이 고르고° 금빛 노을 감싸였으며
오악五嶽이 반듯하고° 자줏빛 안개 나뉘었다.
인자함은 요·순을 이어받았고
백성을 위로하고 죄인을 토벌한 업적은
우 임금과 탕 임금보다 뛰어나다.
팔백십 년을 대대로 이어갈 왕업을 열어
그야말로 때맞춰 내리는 비가 불길을 끄는 것 같구나!

龍鳳丰姿迥出群　神清氣旺帝王君
三停勻稱金霞遶　五嶽朝歸紫霧分

仁慈相繼同堯舜　弔伐重光過夏殷
八百十年開世業　特將時雨救如焚

이때 등곤과 예길이 안장에 앉은 채 소리쳤다.

"그대들이 무왕과 강상이시오?"

강상이 대답했다.

"그렇소이다, 두 분은 누구신지요?"

등곤이 말했다.

"나는 등곤이고 이쪽은 예길이오. 강상, 그대들 주나라는 인의예지로 나라를 보필하지 않고 함부로 왕이라는 칭호를 참칭하면서 도망친 역적을 받아들이고 천자의 군대와 장수를 살해했으니 그 죄는 이미 용서받을 수 없소. 그런데 지금 또 이렇게 횡포를 부리면서 군주를 기만하고 도리에 어긋나게 반역을 일으켜 천자의 강토를 침범했으니 대체 무슨 생각이오! '천하의 백성은 모두 천자의 신하'라는 것을 모르시오? 어찌 교묘한 말로 천하 후세의 인심을 미혹할 수 있겠소!"

예길이 또 무왕을 가리키며 말했다.

"그대의 선왕께서는 평소 덕망이 높아서 유리에 칠 년 동안 구금되어서도 한마디 원망도 하지 않고 신하로서 도리를 지키셨소. 주왕께서 그를 불쌍히 여기시어 죄를 사면하고 고국으로 돌려보내시면서 황금 도끼와 하얀 깃발 장식을 하사하시어 정벌의 권한을 내리셨으니 그 은택이 참으로 두텁지 않소이까? 그러니 그대들은 마땅히 대대로 그 은혜에 보답해도 만분의 일도 갚지 못할 터인데 이제 선왕이 세상을 떠나신 지 얼마 되지도 않은 시점에 강상의 요망한 말에 미혹되어 아무 명분도 없는 군대를 일으켜서 대역죄를 범했소이다. 이는 일족의 멸망을 자초하는 행위일진대 나중에 후회한들 무슨 소용이 있겠소이까! 그러니 이제 내 말대로 하시구려, 어서 무기를 돌려 잡고 관문에서 물러나 저 역적의 수괴들을 잡아 상나라 제단에 바치고 스스로 죄에 대한 처벌을 기다리시오. 그러면 그나마 죽음을 피할 희망이 있을 것이지만 그렇지 않으면 천자께서 결단을 내리셔서 친히 대군을 이끌고 하늘을 대신하여 토벌을 감행하실 텐데 그렇게 되면 그대들은 한 사람도 남김없이 도륙당하고 말 것이오!"

그러자 강상이 웃으며 말했다.

"허허! 두 분 제후께서는 법을 지킬 줄만 알지 시무時務는 모르시는구려. '천명은 일정하지 않아 오로지 덕이 있는 이에게 돌아간다'라는 옛말도 있지 않소이까? 지금 주왕은 무도하고 잔학하며 음란하고 흉포하여 대신을 살육하고 아내를 죽이고 자식을 버렸으며 사직을 돌보지 않고 종묘에 제사도 지내지 않소. 신하도 이에 물들어 친구를 원수로 만들고 백성을 해쳐서 무고한 이들이 하늘에 호소하니 그 추악함이 널리 소문으로 퍼지고 죄가 차고 넘쳤소이다. 이에 하늘도 진노하여 특별히 우리 주나라로 하여금 하늘을 대신하여 토벌을 거행하도록 하였소. 이 때문에 천하의 제후들이 서로 주나라를 섬기고 맹진에서 회합하여 상나라 정권을 장악하려 하고 있는 것이오. 그런데도 두 제후께서는 여전히 미혹에서 벗어나지 못하고 이 문제를 언쟁하고 계십니까? 제가 보기에 두 분께서는 주인이 누구인지도 모르고 빌붙어 사는 손님이나 마찬가지이니 속히 칼끝을 거꾸로 돌려서 우매한 군주를 버리고 현명한 군주에게 투신하는 것이 그나마 제후의 지위를 잃지 않는 길인 것 같소이다. 부디 속히 결정하시기 바라오!"

그 말에 등곤이 진노하여 변길에게 명령했다.

"저 시골 영감을 잡아 와라!"

그러자 변길이 말을 몰고 달려들어 방천극을 휘둘렀고 강상의 옆에 있던 조승이 쌍칼을 들어 가로막았다. 두 사람이 격전을 벌이고 있을 때 예길이 칼을 들고 달려 나오자 주나라 진영에서 손염홍이 도끼를 휘두르며 가로막았다. 곧이어 무길이 말을 몰고 달려 나가서 가세하자 선봉장 나타도 분을 참지 못하고 풍화륜에 올라 세 개의 머리에 여덟 개의 팔이 달린 모습을 드러내고 달려들었다. 등곤은 나타의 괴상한 모습을 보고 혼비백산 놀라서 황급히 징을 울려 병력을 물리게 했고 이에 장수들도 각자 무기를 들고 막았다.

다들 희발이 요·순보다 뛰어나다고 하더니
군웅들이 운집하여 성스러운 군주를 보좌하는구나!

人言姬發過堯舜　雲集群雄佐聖君

등곤은 급히 임동관으로 후퇴하여 은안전으로 들어가 자리에 앉았다. 그러자 구양순과 변길이 강상의 용병술이 법도에 맞고 장수와 병사들도 날래고 용감하며 또 제자들 가운데 삼산오악에서 도술을 익힌 이들이 많아서 승리하기 어렵겠다며 한숨을 내쉬었다. 구양순은 그저 술상을 차리게 하여 위로하는 수밖에 없었다. 그리고 밤이 되자 모두들 각자의 거처로 돌아갔다.

등곤은 깊은 밤에 혼자 생각에 잠겼다.

'하늘의 운세가 이미 주나라로 돌아갔고 주왕은 황음무도하여 오래갈 것 같지 않구나. 게다가 황비호는 내 이종사촌의 남편인데 지금 여기에 잡혀 있어서 내게 걸림돌이 되고 있으니 이를 어쩐단 말인가! 무왕은 공덕이 나날이 흥성하고 용과 봉황의 풍모를 갖추어 제왕의 위엄을 보이니 그야말로 천운에 부응하는 군주가 아닌가! 강상은 용병술이 뛰어나고 그 제자들도 다들 도술을 부릴 줄 아니 어찌 주왕을 위해 이 관문을 오랫동안 지킬 수 있겠는가? 차라리 주나라에 귀순해서 하늘의 운세에 순응하는 것이 나을 것이다. 하지만 예길이 동의하지 않을 테니 문제로구나! 일단 내일 슬쩍 운을 떼어서 그 사람 생각이 어떤지 알아보고 다시 방도를 찾아야겠다.'

그가 그렇게 한밤중에 생각에 잠겨 있을 때 무왕과 결전을 경험한 예길 또한 비록 술을 마시기는 했지만 나름대로 고민이 많았다.

'다들 무왕이 덕이 있다고 하더니 과연 풍도風度가 남다르고 강상이 용병술에 뛰어나다고 하더니 그 제자들도 모두 기인이사들이군. 지금 천하의 삼분의 이를 주나라가 소유하고 있으니 당장 이 관문을 어찌 지킬 수 있겠는가! 차라리 관문을 바치고 주나라에 투항해서 전쟁의 고난을 피하는 것이 낫지 않을까? 하지만 등곤의 생각을 알 수 없으니…… 일단 운을 떼서 그 사람 생각을 알아봐야겠어.'

이렇게 둘은 각자의 생각을 정했다.

이튿날 두 제후는 은안전으로 들어갔다. 장수들에게 인사를 받고 나서 등곤이 말했다.

"이 관문 안에 있는 장수는 수가 모자라고 병사들은 힘이 약하오. 어제 전투를 벌여보니 과연 강상은 용병술이 뛰어나고 도술을 쓰는 이들의 도움까지 받고 있었소이다. 나랏일이 이처럼 곤란에 처했는데 이를 어쩌면 좋겠소이까?"

그러자 변길이 말했다.

"국가가 흥성하려면 당연히 호걸들이 와서 도와줄 텐데 어찌 사람의 수만 가지고 논할 수 있겠사옵니까!"

등곤이 말했다.

"변 장군의 말씀이 옳기는 하나 당장 버티기도 힘든 상황이니 어쩐단 말씀이오?"

"지금 관문 밖에는 아직 저 깃발이 주나라 병력을 막고 있으니 아마 강상은 그것을 넘어설 수 없을 것이옵니다."

두 사람의 이야기를 들은 예길은 속으로 생각했다.

'등곤은 이미 주나라에 귀순할 생각을 하고 있구나!'

어느덧 날이 저물자 사람들은 술을 몇 잔 마시고 나서 자리를 파했다. 등곤은 은밀히 예길에게 심복을 보내서 술이나 한잔 하자고 청했고 예길도 기꺼이 달려왔다. 둘이 밀실로 들어가서 가벼운 인사를 나누고 나자 시종들이 등불을 밝혔다. 이에 두 제후가 마주 보며 술을 마시게 되었으니 그야말로 이런 격이었다.

두 제후가 진정한 군주에게 귀의할 마음이 있었으니

당연히 고명한 이가 편지를 보내오리라!

二侯有意歸眞主　自有高人送信來

두 제후는 밀실에서 술을 마시면서도 선뜻 속내를 터놓고 밝히기 곤란했다.

그 무렵 강상은 중군 막사에서 임동관을 점령할 방책을 연구하고 있었다. 그런데 유혼백골번이 길을 막고 있으니 다른 길을 찾아보려 해도 관문 안의 사정을 알 수 없고 황비호 등이 사로잡혀 있는 상황이라 도무지 대책이 떠오르지 않았다. 그러다가 문득 토행손을 떠올리고는 그를 불러서 분부했다.

"오늘 밤에 관문으로 들어가 이러이러한 부분을 정탐해보게. 절대 실수하면 안 되네!"

"예!"

토행손은 정신을 추스르고 일경 무렵이 되자 관문 안으로 들어갔다. 먼저 감옥으로 가서 남궁괄 등의 상황을 알아보려고 했는데 간수들이 아직 자고 있지 않아서 함부로 움직이지 못하고 다른 곳으로 갔다. 그때 마침 조금 가다 보니 등곤과 예길이 술을 마시고 있기에 땅속에서 그들의 이야기를 엿들었다.

등곤이 좌우를 물리고 나서 예길에게 웃으며 말했다.

"아우, 우스갯소리 하나 하겠네. 자네가 보기에 장차 주나라가 흥성하겠나 아니면 주왕이 흥성하겠나? 우리 각자의 생각을 숨김없이 이야기해보세. 다른 사람들은 절대 모를 테니 괜찮을 걸세."

"하하! 그리 물으시니 제가 솔직히 말씀드리기 곤란하군요. 만약 우리 생각이 전혀 다르다면 감히 이야기하기 곤란할 테고 그렇다고 애매하게 이야기하면 제가 쓸모없는 인간이라고 비웃으실 것이 아닙니까? 그러니 말씀드리기 곤란할 수밖에요!"

"허허! 우리가 성은 달라도 형제와 같은 정의를 맺고 있지 않은가? 지금 자네가 하는 말은 나만 들을 것인데 어째서 본심을 말하기 어렵다는 것인가? 아우, 염려하지 마시게!"

"대장부가 마음이 통하는 벗과 함께 천하의 정치를 논하는데 속내를 터놓고 이야기하지 못한다면 어찌 천하의 일을 담당할 만하고 시무를 아는 준걸이라 할 수 있겠습니까! 제 생각에는 지금 우리가 칙명을 받들어 함께 관문을 지키고 있지만 이는 억지로 하늘과 백성의 마음을 거스르는 데 지나지 않습니다. 이것이 어찌 백성이 바라는 바이겠습니까! 지금 주상은 덕을 잃어 천하가 분열되고 제후들이 반란을 일으켜 현명한 군주가 자리에 오르기를 바라고 있으니 천하의 일은 점쳐볼 필요도 없이 빤합니다. 게다가 주나라 무왕은 어진 덕망으로 천하에 명성이 널리 퍼져 있고 강상은 현명하고 유능하게 재상의 직무를 잘 수행하고 있으며 삼산오악의 도술을 아는 이들이 그를 보좌하고 있습니다. 이렇게 주나라는 나날이 강성해지고 상나라는 쇠약해지니 장차 상나라의 뒤를 이어 천하를 다스릴 이는 주나라 무왕이 아니면 누구겠습니까? 어제 전투할 때 보니 그분의 용모와 기품이 당연히 남다르다는 것을 알겠더군요. 하지만 우리는 나라의 두터운 은혜를 입었으니 오직 죽음으로 그 은혜에 보답하고 맡은 바 직분을 다해야 할 뿐입니다. 형님께서 물으시니 사실대로 말씀드렸지만 다른 일은 제가 아는 바가 아닙니다."

"하하! 아우님 말씀을 들으니 정말 식견도 높고 멀리까지 내다보고 있어서 다른 이가 따라잡을 수 없을 정도인데 애석하게도 때를 잘못 타고 태어나 제대로 된 군주를 만나지 못했구먼. 장차 주왕이 주나라의 포로 신세가 되면 우리는 그저 헛된 죽음만 맞이하겠지. 못난 나야 초목과 더불어 썩어야 마땅하지만 아우는 '훌륭한 새는 나무를 가려서 둥지를 틀고 현명한 신하는 군주를 가려서 벼슬살이를 한다'라는 옛사람의 말을 따라 재능을 펼쳐야 하지 않겠는가? 참으로 애석하구먼!"

그렇게 말하고 등곤은 한숨을 쉬었다. 그러자 예길이 웃으며 말했다.

"하하! 보아하니 형님은 이미 주나라에 귀의할 마음이 있는데 일부러 운을 떼어 제 속내를 살피시는 모양입니다. 저도 그런 생각을 오래전부터 하고 있었습니다. 형님이 정말 그런 생각이시라면 저도 형님을 모시고 따라가겠습니다."

그러자 등곤이 황급히 자리에서 일어나 위로했다.

"내가 감히 신하의 도리를 저버리려는 마음이 있어서가 아니라 그저 천명과 백성의 마음에 따라 그렇게 정한 것뿐일세. 결국 상나라의 운명이 좋지 않게 끝나게 될 마당에 부질없이 죽는 것은 아무 이로움도 없지 않겠는가? 아우도 그런 마음을 가지고 있다니 이야말로 '두 사람이 마음을 합치면 그 예리함은 무쇠라도 자를 정도'인 것이지. 하지만 주나라에 귀의하려 해도 마땅한 길이 없으니 참으로 곤란하지 않은가!"

"천천히 생각해보고 적당한 기회를 찾아야지요."

땅속에서 두 사람의 이야기를 듣고 있던 토행손은 무척 기뻐했다.

'이 기회에 이 사람들과 만나보는 게 좋겠어. 이 또한 내가 여기에 들어온 보람이 아니겠어? 이들 두 제후를 주나라에 귀의하도록 이끌어주면 그 또한 공적을 세운 셈이니 말이야.'

그야말로 이런 격이었다.

세상만사 모두 하늘의 운수에서 비롯된 것이라
현명한 제후들을 무왕에게 귀의하도록 이끌 수 있었지.

世間萬事由天數 引得賢侯歸武王

토행손은 어둠 속을 뚫고 나와서 모습을 드러내고 두 제후에게 다가갔다.

"두 분 전하, 안녕하십니까? 무왕께 귀의하실 생각이라면 제가 길을 이끌어드리겠사옵니다."

등곤과 예길은 그가 갑자기 나타나자 너무 놀라서 한참 동안 아무 말도 못했다. 그때 토행손이 말했다.

"놀라지 마시옵소서, 저는 강상 대원수 휘하의 독량관 토행손이옵니다."

두 사람은 그제야 정신을 차리고 물었다.

"장군, 어떻게 이 깊은 밤중에 여길 오셨소?"

"솔직히 말씀드리자면 저는 대원수의 분부를 받들어 관문 내부의 상황을 정탐하려고 왔사옵니다. 그런데 마침 두 분께서 주나라에 귀의할 마음이 있지만 마땅한 길이 없다고 말씀하시는 것을 듣고 무례하게 모습을 드러냈습니다. 놀라셨다면 죄송합니다. 어쨌든 정말 주나라에 귀의하실 생각이시라면 제가 먼저 받아들이겠사옵니다. 우리 대원수께서는 지위가 낮은 선비들도 겸손하게 공경하시니 두 분의 훌륭한 뜻을 절대 저버리지 않으실 것이옵니다."

이에 등곤과 예길이 무척 기뻐하며 황급히 절을 올렸다.

"장군, 오시는 줄을 몰라서 미리 영접하지 못한 것을 양해해주시구려."

등곤은 다시 토행손의 손을 붙잡고 탄식했다.

"무왕께서는 어질고 성스러우시니 그대같이 고명한 인사의 보필을 받고 있구려. 못난 우리 두 사람은 어제 전투에서 무왕과 대원수의 모습을 뵈니 모두 덕이 충만한 분들이신지라 천하가 머지않아 주나라에게 돌아갈 것임을 알게 되었소이다. 오늘 관문으로 돌아와 아우와 상의하고 있던 차에 뜻밖에 장군께서 알게 되셨으니 우리 둘에게는 너무나 큰 행운이 아닐 수 없소이다."

"이 일은 지체해서는 아니 되옵니다. 제후께서 서신을 한 장 써주시면 제가 미리 대원수께 알려드리겠사옵니다. 그러면 제후께서 기회를 봐서 이 임동관을 바치실 때 저희도 받아들일 준비를 해놓을 수 있지 않겠사옵니까?"

등곤은 서둘러 등불 아래에서 편지를 써서 토행손에게 건네주었다.

"그럼 장군께서 수고를 좀 해주시구려. 대원수께 말씀드려서 관문을 점령할 방도를 마련하시도록 해야지요. 그리고 장군께서 조만간 다시 들어오셔서 구체적인 내용을 상의하도록 하십시다."

"알겠사옵니다."

토행손은 곧 몸을 흔들더니 종적도 없이 사라져버렸다. 두 제후는 두 눈을 부릅뜨고 입을 딱 벌린 채 감탄해 마지않았으니 이를 묘사한 시가 있다.

임동관에 몰래 들어가서 정찰한 것도 기이한 일인데
마침 두 제후가 함께 상의하던 때였구나.
토행손이 그들을 현명한 군주에게 귀의하도록 인도했으니
대원수의 부탁을 저버리지 않았구나.

暗進臨潼察事奇　二侯共議正逢時

行孫引進歸明主　不負元戎託所知

토행손이 중군 막사로 돌아오니 시간은 막 오경 무렵이 되어 있었다. 그때까지도 강상은 뒤쪽 막사에서 토행손의 소식을 기다리고 있었다. 그때 갑자기 토행손이 앞에 나타나자 다급히 다녀온 결과를 물었다.

"관문 안에 들어가보니 네 장수들은 아직 옥에 갇혀 있었는데 간수들이 자지 않아서 손써볼 도리가 없었사옵니다. 그러다가 등 제후의 밀실로 가니 마침 두 사람이 주나라에 귀의하고 싶은데 마땅한 길이 없어서 고민하며 상의하고 있었사옵니다. 그래서 제가 모습을 드러내자 두 분께서 무척 기뻐하며 대원수께 서신을 전해달라고 하셨사옵니다."

강상은 서신을 받아 들고 등불 아래에서 읽어보고는 무척 기뻐했다.

"이야말로 천자의 복이로구나! 다시 계책을 마련해서 소식을 기다리도록 하세."

한편 등곤과 예길은 이튿날 은안전으로 들어갔다. 장수들이 들어와서 인사하자 등곤이 말했다.

"우리 두 사람이 어명을 받고 이 관문을 지키며 주나라 군대를 물리치려고 왔는데 어제 전투에서 승부를 보지 못했으니 이는 지휘관으로서 해야 할 도리가 아니외다. 내일은 병력을 정비하여 단숨에 주나라 병력을 물리치고 일찌감치 개선하여 폐하께 보고하고 싶소이다."

그러자 구양순이 말했다.

"지당하신 말씀이옵니다."

그날은 병력을 수습했으니 별일 없이 지나갔다.

이튿날 등곤은 병력을 점검하고 포성을 울리며 관문 밖으로 나가 주나라 진영 앞에서 싸움을 걸었다. 그는 길 가운데 유혼백골번이 있는 것을 보고 즉시 변길에게 명령했다.

"이 깃발을 치우게!"

"아니! 전하, 이 깃발은 값을 따질 수 없는 보물인지라 주나라 병력을 막는 일은 전적으로 이것에 달려 있사옵니다. 그러니 이 깃발을 치우게 되면 임동관도 끝나고 말 것이옵니다."

그러자 예길이 말했다.

"나는 조정에서 파견된 몸이거늘 어찌 샛길로 다닐 수 있겠는가? 그대는 편장의 신분으로 가운뎃길로 다니니 주나라 병사들이 이것을 본다면 법도가 엉망이라고 생각할 것이 아닌가? 설사 우리가 승리를 거둔다 해도 당당하다고 할 수 없지. 그러니 저 깃발은 치워야 마땅하네!"

변길이 속으로 생각했다.

'이것을 치우면 적을 이길 방도가 없어질 테지만 그렇다고 지휘관에게 항명할 수도 없는 노릇이 아닌가? 이미 아버님의 원수는 갚았으니 이까짓 부적 하나를 아낄 필요는 없지!'

이에 그가 허리를 숙여 예를 표하며 말했다.

"두 분 전하, 깃발을 치울 필요는 없사옵니다. 일단 관문으로 돌아가서 잠시 상의하도록 하시옵소서. 그러면 자연히 오가는 데에는 아무 문제가 없어질 것이옵니다."

잠시 후 등곤과 예길이 관문으로 들어오자 변길이 서둘러 부적세 개를 그려서 그들에게 하나씩 나누어주어 두건 안쪽에 붙이게 하고 또 구양순에게 하나를 주어 투구 안쪽에 붙이게 했다. 그렇게하자 다시 관문을 나가서 깃발 아래를 다녀와도 아무 문제가 없었다. 두 제후는 무척 기뻐하며 주나라 진영 앞으로 가서 수문장에게 말했다.

"그대들 대원수에게 나오라고 전해라!"

강상은 보고를 받고 급히 장수들을 이끌고 영채 밖으로 나갔다. 그러자 등곤이 소리쳤다.

"강상, 오늘은 너와 자웅을 결판내고야 말겠다!"

등곤과 예길, 주나라에 귀순하다.

그러면서 등곤은 즉시 말을 몰고 달려들었고 강상의 뒤쪽에서 황비표 형제가 나란히 말을 몰고 나와 각기 등곤과 예길을 맞아 격전을 벌였다. 그들의 싸움이 무르익자 변길은 보고만 있을 수 없어서 고함을 지르며 가세했다.

"두 분 전하, 두려워 마십시오. 제가 돕겠사옵니다!"

그때 주나라 진영에서 무길이 달려 나와 그를 막아섰는데 잠시 후 변길이 고삐를 돌려 깃발 아래로 도망치자 무길은 더 이상 뒤쫓지 않았다. 이에 강상은 황급히 징을 울려서 등곤과 예길과 맞서고 있던 황비표 형제를 물러나게 했다. 병력을 거두고 돌아온 강상은 등곤과 예길이 깃발 아래를 지나는 모습을 보고 의아한 생각이 들었다.

'저번에는 변길 혼자만 지나다닐 수 있고 나머지는 모조리 혼절했는데 오늘은 어찌 네 명 모두 거기를 지나다닐 수 있게 된 것이지?'

그때 토행손이 말했다.

"대원수, 혹시 그 깃발 아래로 네 사람이 지나간 것 때문에 이상하게 생각하시는 것이옵니까?"

"바로 맞혔네."

"그거야 제가 오늘 다시 관문에 다녀오면 알 수 있지 않겠사옵니까?"

"그렇구먼! 속히 다녀오도록 하게!"

그날 밤 초경이 되자 토행손은 관문으로 들어가서 등곤의 밀실로 찾아갔다. 두 제후는 그가 온 것을 보고 무척 기뻐했다.

"안 그래도 기다리고 있었소이다. 유혼백골번이라고 하는 그 깃발은 달리 처리할 방법이 없소이다. 오늘 우리 둘이 그자를 곤란하게 밀어붙였더니 부적을 그려서 하나씩 머리 위에 두게 했는데 그렇게 하자 아무 일 없이 깃발 아래를 지나다닐 수 있었소이다. 장군, 이 부적을 대원수께 드려서 속히 병력을 진군하게 하시구려. 우리도 나름대로 관문을 바칠 계책을 준비하고 있겠소이다.”

토행손은 곧 영채로 돌아가서 강상에게 자세한 상황을 설명했고 강상은 무척 기뻐하며 부적을 받아 들고 이내 그 안에 담긴 묘리를 간파했다. 그는 주사를 가져와서 부적을 그리고 장수들에게 군령을 내렸는데 이제 변길의 목숨이 어찌 되는지는 다음 회를 보시라.

제 74 회

1)   정륜은 코로 하얀 기운을 내뿜기 때문에 '홍' 장군이라고 했고 진기는 입으로 노란 기운을 내뿜기 때문에 '호' 장군이라고 번역했다.

제 75 회

1)   인용된 부는 『서유기』 제1회에서 화과산花果山을 묘사한 것과 적지 않은 부분 유사하다.

2)   일반적으로 다섯 가지 금속은 금과 은, 구리, 철, 주석을 가리킨다.

제 76 회

1)   도교의 기공에서 '삼관'이 가리키는 뜻은 여러 가지가 있지만 일반적으로 전삼관과 후삼관으로 나누어 설명한다. 후삼관은 독맥督脈의 아래에서부터 위로 이어지는 길에 위치한 세 개의 뚫기 어려운 관문인 항문 근처의 미려관尾閭關과 심장 뒤의 등 쪽에 있는 녹로관(轆轤關, 협척관夾脊關이라고도 함) 그리고 뒤통수에 있는 옥침관玉枕關을 가리킨다. 전삼관은 하단전下丹田과 강궁絳宮, 니환궁을 가리킨다. 이 외에도 내단의 수련 과정에서 거치는 고비인 백일

관百日關과 시월관十月關, 구년관九年關을 '삼관'이라고 하고 내단의 기초를 다지고 정精, 기炁, 신神을 하나로 합치는 과정에서 거치게 되는 단계를 가리키는 '내삼관內三關'에 대한 이론도 있다.

제77회

1) 본문의 '일기삼청一炁三淸'은 '일기화삼청一炁化三淸'을 줄여 표현한 것이다. 도교에서는 만물의 원리인 도道가 혼돈원기混沌元氣로 변하고 거기에서 음양의 두 기운이 생겨나며 다시 음양이 천, 지, 인의 삼재로 변했다가 여기에서 천하의 만사萬事와 만물萬物이 생겨난다고 생각한다. 『도덕경』의 설명처럼 도에서 하나가 생겨나고 하나에서 둘이, 둘에서 셋이, 셋에서 만물이 생겨난다고 했으니 이는 하나가 셋으로 변한 것과 마찬가지로 결국 셋은 곧 하나인 셈이다. 이런 설명에 따르면 이른바 '삼청'은 옥청玉淸 원시천존과 상청上淸 영보천존靈寶天尊, 태청太淸 도덕천존道德天尊으로 나뉘어 있지만 사실상 이것은 인격신人格神의 형상으로 표현된 도를 가리키는 셈이다.

2) 『산해경』「신수이지神獸異志」에 따르면 규우奎牛는 서해 밑 삼천 리 되는 곳에 사는 기이한 짐승으로 몸길이는 일곱 길[丈] 남짓이고 외눈과 외다리를 하고 있는데 쉽게 화를 내며 이 짐승이 세상에 나오면 바람과 우레가 거세져서 천지가 놀랍도록 변한다고 한다. 규우는 황조黃鳥와 도철饕餮, 독룡獨龍과 함께 상고시대의 사대신수四大神獸로 꼽힌다.

3) 원문에는 주선관誅仙關이라고 되어 있으나 뒷부분의 내용에 따라

교정해서 번역했다.

4) 도가에서는 납[鉛]을 혼돈의 시기에 만들어진 천지의 부모이자 음양의 본원本源으로 산천 어디에도 없고 오로지 사람의 몸 안에 담긴 선천원정先天元精으로서 '참다운 하나의 물[眞一之水]'이라고 한다. 도가 서적에서는 이것을 백호白虎 또는 수중금水中金, 수향연水鄕鉛, 금공金公, 낭군郞君, 감수坎水, 서강수西江水, 황하수黃河水, 역류수逆流水, 조계수漕谿水 등으로도 부른다. 또 수은[汞]은 차녀姹女, 청의여자靑衣女子, 목액木液, 주리홍朱里汞, 이팔二八, 화火, 청룡靑龍, 진목震木, 태양류주太陽流珠, 양리진음陽裏眞陰, 수은水銀, 백설白雪, 성성, 벽안호아碧眼胡兒, 후천기後天炁, 일日, 이중허離中虛, 주사朱砂, 교리交梨, 적봉수赤鳳水, 기토己土, 건마乾馬, 일혼日魂, 금오金烏, 백룡간白龍肝, 음정陰精, 처처妻, 청아靑娥, 아가我家, 목화일가木火一家, 옥지玉芝, 음화백陰火白, 진음眞陰, 부상扶桑, 주작朱雀 등의 비유적인 명칭으로도 부른다. 한편 음양과 성명性命으로 보았을 때 진음眞陰은 성성 즉 수은이고 진양眞陽은 명命 즉 납에 해당한다.

5) 이상 두 구절은 송나라 때 황정견黃庭堅의 시「목동牧童」의 제1~2구를 그대로 인용한 것이다.

6) 동한東漢 왕일王逸의「구사九思·수지守志」에 대한 홍흥조洪興祖의 주석에 따르면 현황玄黃은 중앙의 천제天帝를 가리킨다고 한다.

7) 인용된 부는『서유기』제99회에 수록된 것을 일부 변형한 것이다.

8) 통천하通天河는『서유기』제47~48회에서 삼장법사 일행이 영감대왕靈感大王의 방해를 물리치고 거북의 등을 빌려 건넜다고 묘사된 강이다.

9) 『운급칠첨』「헌원본기軒轅本紀」에 따르면 백택白澤이라는 신령한 동물은 동해의 바닷가에 사는데 사람의 말을 할 줄 알고 만물의 정황에 통달했다고 한다. 황제가 그에게 천하 귀신의 일에 대해 물어보고 일만 천오백이십 종에 이르는 그것을 그림으로 그리게 했다고 하며 일설에는 여와가 세상에 분란을 일으키는 주작, 청룡, 백호, 현무를 제압할 때 기린, 백리白曬, 등사螣蛇 그리고 외뿔이 달린 신령한 백택의 도움을 받았다고 한다. 또 종규鐘馗가 이것을 타고 다녔다고도 한다.

제78회

1) 인용된 시는 『서유기』 제7회에서 적각대선赤脚大仙을 묘사한 시를 일부 변형하여 수록한 것이다.

2) 도교에서 태식胎息은 '배꼽 호흡[臍呼吸]' 또는 '단전호흡丹田呼吸'이라고 하는 것으로 이것은 원래 입과 코로 호흡하는 것이 아니라 태 속에 있는 아이처럼 단전을 이용해서 호흡하는 것이다. 그러므로 사실상 고도의 부드러운 복식호흡腹式呼吸의 일종이라 할 수 있다.

3) 인용된 부는 『서유기』 제73회에 수록된 것을 일부 변형한 것이다.

제79회

1) 여기까지 노래의 내용은 송나라 때 장백단(張伯端 : 983~1082)이 지은 「서강월 · 선악일시망념善惡一時忘念」의 전반부에서 따온 것이다.

2)	이 시는 『서유기』 제41회에서 호산號山 고송간枯松澗 화운동火雲洞
	의 모습을 묘사한 시를 바탕으로 내용을 추가하고 일부 구절을 변
	형한 것이다.

3)	사위국(舍衛國, Śrāvastī)은 인도의 옛 왕국으로 문물국聞物國 또는
	사바제성舍婆提城이라고도 하며 그 안에 기원정사祇園精舍가 있는
	것으로 유명하다.

4)	단대丹臺는 고대에 제왕이 공신들의 초상화를 그려 전시한 곳으로
	한나라 때 운대雲臺나 당나라 때 능연각이 이에 해당한다.

제80회

1)	수화선水火扇은 음양의 문양이 표현된 부채를 가리킨다.

2)	인용된 부는 『서유기』 제7회에 수록된 것을 일부 변형한 것이다.

제81회

1)	봉이封夷는 봉이封姨 또는 봉가이封家姨, 십팔이十八姨, 봉십팔이封
	十八姨 등으로 불리며 고대 신화에 등장하는 바람의 신이다.

2)	승마升麻는 용안근龍眼根, 주마周麻, 굴륭아근窟窿牙根 등으로 불리
	는 약재로 병으로 인한 체내의 독기를 발산하거나 해독하는 작용
	을 하여 역병이나 두통, 오한, 인후통, 치통, 혓바늘, 복통, 독창毒瘡
	등을 치료하는 데 쓰인다.

제82회

1)	옛날 명검 이름이다. 『수호전水滸傳』에서 입운룡入雲龍 공손승公孫

勝이 쓰는 칼의 이름이 '송문고정검松紋古定劍'이니 여기서 착안한
듯하다.

2)   팔차록八叉鹿은 여덟 갈래로 나뉜 뿔이 난 사슴을 가리킨다.

3)   옛날 명검 이름이다. 『열자列子』「탕문湯問」에 따르면 주나라 목왕
穆王이 서융西戎을 정벌하자 그 나라에서 곤오검昆吾劍을 바쳤다고
하며 『시자尸子』에서는 이 칼이 옥을 쪼갤 만큼 단단하고 날카롭다
고 한다.

4)   연자고蓮子箍는 연밥 모양 장식이 달린 머리 테를 가리킨다.

5)   『회남자』「설산훈說山訓」에 따르면 유명幽冥이란 "보아도 형체가
없고 들어도 소리가 없으니 이를 일컬어 유명이라 한다. 유명이라
는 것은 도를 비유한 것이지 그 자체가 도는 아니다[視之無形 聽之無
声 謂之幽冥 幽冥者 所以喩道 而非道也]"라고 한다.

제83회

1)   『도덕경』제16장에 따르면 귀근歸根이란 "만물은 어지럽게 번성
하다가 다시 그 뿌리로 돌아간다. 뿌리로 돌아가는 것을 일컬어 고
요하다고 하고 고요함은 성명性命을 회복함을 가리킨다. 성명을
회복하는 것을 항상됨이라고 하는데 항상됨을 아는 것을 현명하
다고 한다. 항상됨을 모르면 망령되게 행동하게 되니 흉한 일이 생
긴다. 항상됨을 알면 포용하게 되고 포용하면 공정하게 되며 공정
하면 온전하게 될 수 있고 온전하면 자연스러워지며 자연스러워
지면 도와 합치되는데 도와 합치되면 오래도록 유지되어 육신이
사라지더라도 위태롭지 않다[夫物云云 各復歸其根 歸根曰靜 是謂復命

復命曰常 知常曰明 不知常 妄作 凶 知常容 容乃公 公乃王 王乃天 天乃道 道乃
久没身不殆]"라고 한다.

2) 인용된 시는『서유기』제42회에 수록된 것을 변형한 것이다.

3) 각목교角木蛟는 28수의 각수角宿로 도교에서 동방을 지키는 청룡
신군靑龍神君 휘하의 일곱 개의 별자리 가운데 하나이다. 이 별자리
는 청룡의 뿔에 해당하는 자리에 위치해 있는데 이곳은 목성이 지
나는 길목이고 모습은 대개 뿔이 없는 용인 교룡蛟龍으로 묘사된
다. 이 별자리의 신은 전투에 무척 뛰어나다고 여겨져서 밀교에서
는 북두 만다라 바깥 정원의 동남쪽에 위치한 첫 번째 별자리로 채
화수彩畵宿라고도 부르며 범어로는 citra라고 한다. 별자리의 주요
별로는 현대 천문학에서 처녀자리Virgo 알파성과 제타성이 있다.
『봉신연의』(상해고적본, 이하 같음)에서 그는 별신이 되기 전에 백
림柏林이라는 이름을 가졌다고 한다.

4) 두목치斗木豸는 28수 중 북방 현무에 속하는 일곱 개의 별자리 가
운데 첫 번째로 두목해斗木獬라고도 부르며 별의 조합이 국자[斗]
처럼 생겼다. 이 별은 현대 천문학에서 주로 궁수자리Sagittarius에
속해 있다.『봉신연의』에서 그는 별신이 되기 전에 양신楊信이라는
이름을 가졌다고 한다.

5) 규목랑奎木狼은 28수 중 서방 백호에 속하는 일곱 개의 별자리 가
운데 첫 번째로 규수는 대길大吉을 의미하므로 장례나 혼인 등의
행사가 대개 이 별자리가 속한 날에 이루어진다. 이 별은 현대 천문
학에서 주로 안드로메다자리Andromeda와 물고기자리Pisces에 속
해 있다.『봉신연의』에서 그는 별신이 되기 전에 이웅李雄이라는

이름을 가졌다고 하며 『서유기』에서는 보상국寶象國의 월파동月波
洞에 내려와서 황포괴黃袍怪로 활동했다고 묘사된다.

6) 정목안井木犴은 28수 중 남방 주작에 속하는 일곱 개의 별자리 가
운데 첫 번째로 별의 조합이 펼쳐진 그물 모양이며 이 별자리가 속
한 날은 흉험한 일이 많은 것으로 알려져 있다. 이 별은 현대 천문
학에서 쌍둥이자리Gemini에 속해 있다. 『봉신연의』에서 그는 별신
이 되기 전에 심경沈庚이라는 이름을 가졌다고 한다.

7) 미화호尾火虎는 28수 중 동방 청룡에 속하는 일곱 개의 별자리 가
운데 여섯 번째로 구강九江이라고도 부르며 아홉 개의 별이 용의
꼬리 모양을 이루고 있다. 이 별자리가 속한 날은 흉험한 일이 많은
것으로 알려져 있다. 이 별은 현대 천문학에서 전갈자리Scorpio와
제단자리Altar, 뱀주인자리Ophiuchus에 속해 있다. 『봉신연의』에서
그는 별신이 되기 전에 주초朱招라는 이름을 가졌다고 한다.

8) 실화저室火豬는 28수 중 북방 현무에 속하는 일곱 개의 별자리 가
운데 여섯 번째로 별의 조합이 직사각형의 건물 모양을 이루고 있
다. 청묘淸廟 또는 현궁玄宮이라는 별칭으로 불리는 이 별자리는 건
물을 짓거나 수리해서 대비해야 하는 혹한의 겨울이 임박했음을
의미하며 혼인이나 제사, 장례를 치르기에 좋은 날을 의미하기도
한다. 이 별은 현대 천문학에서 주로 페가수스자리Pegasus에 속해
있다. 『봉신연의』에서 그는 별신이 되기 전에 고진高震이라는 이름
을 가졌다고 하며 화부火部에 소속된 신에 봉해진다.

9) 익화사翼火蛇는 28수 중 남방 주작에 속하는 일곱 개의 별자리 가
운데 여섯 번째로 별의 조합이 새의 날개 모양을 이루고 있다. 새는

날개가 있어야 날기 때문에 이 별자리는 대개 길한 것으로 간주된다. 이 별은 현대 천문학에서 주로 게자리Cancer에 속해 있다.『봉신연의』에서 그는 별신이 되기 전에 왕교王蛟라는 이름을 가졌다고 하며 화부에 소속된 신에 봉해진다.

10) 자화후觜火猴는 28수 중 서방 백호에 속하는 일곱 개의 별자리 가운데 여섯 번째로 별의 조합이 백호의 입 모양을 이루고 있다. 이 별은 현대 천문학에서 주로 오리온자리Orion에 속해 있다.『봉신연의』에서 그는 별신이 되기 전에 방귀方貴라는 이름을 가졌다고 하며 화부에 소속된 신에 봉해진다.

11) 우금우牛金牛는 28수 중 북방 현무에 속하는 일곱 개의 별자리 가운데 두 번째로 별의 조합이 소의 뿔 모양을 이루고 있으며 고대 점성술에서는 이 별자리를 대개 불길한 것으로 간주했다. 이 별은 현대 천문학에서 주로 염소자리Capricornus에 속해 있으며 유명한 견우성과 직녀성도 여기에 포함된다.『봉신연의』에서 그는 별신이 되기 전에 이홍李弘이라는 이름을 가졌다고 한다.

12) 귀금양鬼金羊은 28수 중 남방 주작에 속하는 일곱 개의 별자리 가운데 두 번째로 별의 조합이 주작의 머리에 씌워진 모자 모양을 이루고 있으며 고대 점성술에서는 이 별자리를 대개 불길한 것으로 간주했다. 이 별은 현대 천문학에서 주로 게자리와 바다뱀자리Hydra, 돛자리Vela에 속해 있다.『봉신연의』에서 그는 별신이 되기 전에 조백고趙白高라는 이름을 가졌다고 한다.

13) 누금구婁金狗는 28수 중 서방 백호에 속하는 일곱 개의 별자리 가운데 두 번째로 별의 조합이 삼각형의 호미 모양을 이루고 있으며

또한 말의 머리와 비슷하다고 해서 향신香神이라고도 부른다. 이 별자리는 고대 점성술에서 혼인이나 제사를 지내기에 좋아서 길한 것으로 간주했다. 이 별은 현대 천문학에서 주로 양자리Aries에 속해 있다.『봉신연의』에서 그는 별신이 되기 전에 장웅張雄이라는 이름을 가졌다고 하며 일반적으로 민간에서는 계절의 신[季神]으로 간주하여 이름을 축원래竺遠來라고 했다.

14) 항금룡亢金龍은 28수 중 동방 청룡에 속하는 일곱 개의 별자리 가운데 두 번째로 별의 조합이 용의 형상을 하고 있다. 이 별은 현대 천문학에서 주로 처녀자리와 목자자리Bootes, 이리자리Lupus, 켄타우루스자리Centaurus 등에 나뉘어 속해 있다.『봉신연의』에서 그는 별신이 되기 전에 이도통李道通이라는 이름을 가졌다고 한다.

15) 기수표箕水豹는 28수 중 동방 청룡에 속하는 일곱 개의 별자리 가운데 일곱 번째로 별의 조합이 용의 꼬리 형상을 하고 있다. 고대 점성술에서 용의 꼬리는 회오리바람을 일으키기 때문에 이 별자리에 속한 날은 남녀관계가 틀어지고 하는 일이 구설수에 오르는 등의 불길한 날로 여겨졌다. 이 별은 현대 천문학에서 주로 궁수자리Sagittarius에 속해 있다.『봉신연의』에서 그는 별신이 되기 전에 양진楊眞이라는 이름을 가졌다고 하며 북두오기수덕성군北斗五氣水德星君 가운데 하나에 봉해진다.

16) 삼수원參水猿은 28수 중 서방 백호에 속하는 일곱 개의 별자리 가운데 일곱 번째로 백호의 가슴에 해당하는 자리이기 때문에 가장 중요한 위치이기도 하다. 이 별은 현대 천문학에서 주로 오리온자

리와 토끼자리Lepus, 이리자리Lupus, 비둘기자리Columba 등에 나뉘어 속해 있다.『봉신연의』에서 그는 별신이 되기 전에 손보孫寶라는 이름을 가졌다고 한다.

17) 진수인軫水蚓은 28수 중 남방 주작에 속하는 일곱 개의 별자리 가운데 일곱 번째로 주작의 꼬리에 해당한다. 이 별은 현대 천문학에서 주로 까마귀자리Corvus에 속해 있다.『봉신연의』에서 그는 별신이 되기 전에 호도원胡道元이라는 이름을 가졌다고 하며 북두오기수덕성군 가운데 하나에 봉해진다.

18) 벽수유壁水貐는 28수 중 북방 현무에 속하는 일곱 개의 별자리 가운데 일곱 번째로 그 생김새가 실수室宿를 둘러싼 담장처럼 생겼다. 이 별은 현대 천문학에서 주로 페가수스자리와 물고기자리, 안드로메다자리, 고래자리Cetus 등에 나뉘어 속해 있다.『봉신연의』에서 그는 별신이 되기 전에 방길청方吉淸이라는 이름을 가졌다고 하며 북두오기수덕성군 가운데 하나에 봉해진다. 민간 전설에서 그의 이름은 석소화石蘇和로 사람의 몸에 돼지의 머리를 하고 있으며 검은 옷에 칼을 찬 모습으로 묘사된다.

19) 여토복女土蝠은 28수 중 북방 현무에 속하는 일곱 개의 별자리 가운데 세 번째로 별의 모양이 키[箕] 또는 계집 '녀女'자처럼 생겼다. 이 별은 현대 천문학에서 주로 백조자리Cygnus와 물병자리Aquarius에 나뉘어 속해 있다.『봉신연의』에서 그는 별신이 되기 전에 정원鄭元이라는 이름을 가졌다고 한다.

20) 위토치胃土雉는 28수 중 서방 백호에 속하는 일곱 개의 별자리 가운데 세 번째로 별의 조합이 하늘 창고에 식량을 쌓아놓은 것처럼

생겨서 사람의 위와 같은 역할을 한다고 여겨졌다. 이 별은 현대 천문학에서 주로 양자리와 페르세우스자리에 나뉘어 속해 있다.『봉신연의』에서 그는 별신이 되기 전에 송경宋庚이라는 이름을 가졌다고 한다.

21) 유토장柳土獐은 유토장柳土麞이라고도 쓰며 28수 중 남방 주작에 속하는 일곱 개의 별자리 가운데 세 번째로 별의 모양이 버들잎 즉 주작의 부리처럼 생겼다고 여겨졌다. 이 별은 현대 천문학에서 주로 바다뱀자리와 사자자리Leo에 속해 있다.『봉신연의』에서 그는 별신이 되기 전에 오곤吳坤이라는 이름을 가졌다고 한다.

22) 저토학氐土貉은 28수 중 동방 청룡에 속하는 일곱 개의 별자리 가운데 세 번째로 별의 자리가 용의 가슴에 해당한다. 이 별은 현대 천문학에서 주로 천칭자리Libra와 바다뱀자리, 목자자리, 이리자리 등에 나뉘어 속해 있다.『봉신연의』에서 그는 별신이 되기 전에 고병高丙이라는 이름을 가졌다고 한다.

23) 성일마星日馬는 28수 중 남방 주작에 속하는 일곱 개의 별자리 가운데 네 번째로 별의 자리가 주작의 눈에 해당한다. 이 별은 현대 천문학에서 주로 저울자리와 바다뱀자리, 사자자리에 나뉘어 속해 있다.『봉신연의』에서 그는 별신이 되기 전에 여능呂能이라는 이름을 가졌다고 한다.

24) 묘일계昴日鷄는 28수 중 서방 백호에 속하는 일곱 개의 별자리 가운데 네 번째로 이 별은 현대 천문학에서 주로 황소자리에 속해 있다.『봉신연의』에서 그는 별신이 되기 전에 황창黃倉이라는 이름을 가졌다고 하며 민간 전설에서 그의 이름은 장노소張弩小로 진한 초

록색 홑옷을 입은 모습으로 묘사된다.

25) 허일서虛日鼠는 28수 중 북방 현무에 속하는 일곱 개의 별자리 가운데 네 번째로 천절天節이라고도 부른다. 이 별은 현대 천문학에서 주로 물병자리와 망아지자리Equuleus 등에 나뉘어 속해 있다. 『봉신연의』에서 그는 별신이 되기 전에 주보周寶라는 이름을 가졌다고 한다.

26) 방일토房日兎는 28수 중 동방 청룡에 속하는 일곱 개의 별자리 가운데 네 번째로 용의 오장이 들어 있는 배의 자리에 해당한다. 이 별은 현대 천문학에서 주로 전갈자리와 물병자리 등에 나뉘어 속해 있다. 『봉신연의』에서 그는 별신이 되기 전에 요공백姚公伯이라는 이름을 가졌다고 한다.

27) 필월오畢月烏는 28수 중 서방 백호에 속하는 일곱 개의 별자리 가운데 다섯 번째로 변방을 지키는 군대에 해당하며 한거쭈車라고도 부른다. 이 별은 현대 천문학에서 주로 황소자리에 속해 있다. 『봉신연의』에서 그는 별신이 되기 전에 김승양金繩陽이라는 이름을 가졌다고 한다.

28) 위월연危月燕은 28수 중 북방 현무에 속하는 일곱 개의 별자리 가운데 다섯 번째로 현무의 꼬리 부분에 해당한다. 이 별은 현대 천문학에서 주로 물병자리와 백조자리, 페가수스자리, 도마뱀자리 Lacerta 등에 나뉘어 속해 있다. 『봉신연의』에서 그는 별신이 되기 전에 후태을侯太乙이라는 이름을 가졌다고 한다.

29) 심월호心月狐는 28수 중 동방 청룡에 속하는 일곱 개의 별자리 가운데 다섯 번째로 화룡의 배에 해당한다. 이 별은 현대 천문학에서

주로 전갈자리와 이리자리에 나뉘어 속해 있다. 『봉신연의』에서 그는 별신이 되기 전에 소원蘇元이라는 이름을 가졌다고 한다.

30)	장월록張月鹿은 28수 중 남방 주작에 속하는 일곱 개의 별자리 가운데 다섯 번째로 주작의 몸체와 날개가 이어지는 부분에 해당한다. 이 별은 현대 천문학에서 주로 사자자리와 바다뱀자리, 펌프자리Antlia, 도마뱀자리 등에 나뉘어 속해 있다. 『봉신연의』에서 그는 별신이 되기 전에 설보薛寶라는 이름을 가졌다고 한다.

31)	9요九曜는 북두칠성과 그것을 보좌하는 두 개의 별을 아울러 부르는 칭호이다. 도교에서는 태양의 별칭으로 쓰이기도 했다.

제84회

1)	훗날 불교에서 일반적으로 '비로불毘盧佛'이라고 표기하는 부처를 가리키는 듯하다.

제85회

1)	인용된 시는 『서유기』 제96회에 수록된 것에서 몇 글자만 바꾼 것이다.

2)	악래惡來는 악래혁惡來革이라고도 부르며 비렴의 아들이다.

3)	취화翠華는 천자의 의장儀仗 가운데 푸른 깃털로 장식한 깃발이나 수레 덮개를 가리키는데 대개 제왕의 수레나 제왕 자체를 지칭하기도 한다.

4)	옛날에 관상을 볼 때 얼굴과 신체를 세 부분으로 나누어 '삼정三停'이라고 했다. 얼굴에서는 산근(山根, 콧등)부터 준두(準頭, 코끝)까

지, 몸에서는 허리가 중정中停에 해당한다. 그리고 얼굴에서 머리
카락이 나는 부분부터 인당(印堂, 미간)까지, 몸에서는 머리가 상
정上停에 해당한다. 또 얼굴에서 인중人中부터 지각(地閣, 아래턱)
까지, 몸에서는 발이 하정下停에 해당한다.

5) 본문의 '오악조귀五嶽朝歸'는 '오악조천五嶽朝天' 또는 '오악조읍
五嶽朝揖'이라고도 한다. 고대 중국의 관상술에서 사람 얼굴 가운
데 이마는 남악 형산衡山, 코는 중악 숭산嵩山, 턱[頦]은 북악 항산恒
山, 왼쪽 광대뼈[顴]는 동악 태산泰山, 오른쪽 광대뼈는 서악 화산華
山이라고 일컬었다. 이 다섯 군데에 결함이 없으면 부귀할 관상이
라고 한다.

구인

지렁이가 득도하여 사람의 모습으로 변한 존재로 신위대장군으로서 청룡관의 수비를 담당한다. 그는 황천상을 죽이는 등 공을 세우나 훗날 만선진의 전투에서 육압의 보물인 비도에 머리가 잘려 죽는다.

양임

상나라의 상대부上大夫로 녹대 건설 중지를 간언하다가 두 눈알이 뽑히는 형벌에 처해졌다가 청허도덕진군에 의해 죽음을 모면하고 선계로 올라가 두 눈 대신 손바닥에 난 눈으로 하늘과 땅속과 인간 세상의 천 리 밖까지 볼 수 있는 능력을 가지게 된다. 이후 강상을 도와 오화신염선으로 온황진을 격파하고 지행술에 뛰어난 장규를 사로잡는 것을 돕는 등 공을 세우지만 맹진의 전투에서 득도한 원숭이 원홍에게 목숨을 잃는다.

여화룡의 다섯 아들

동관의 사령관 여화룡의 아들 여달, 여조, 여광, 여선, 여덕. 강상이 주나라 대원수로 임명되고 나서 원시천존이 그에게 '달, 조, 광, 선, 덕'을 조심하라고 예언하는데 이 가운데 여덕은 좌도방문의 술법으로 마마독을 써서 강상 진영을 궤멸 직전까지 몰아넣는다. 하지만 결국 여광은 뇌진자의 몽둥이에, 여조와 여선은 양임의 오화신염선에, 여달은 위호의 항마저에 목숨을 잃는다. 그리고 여덕은 강상의 타신편에 맞고 쓰러졌다가 이정의 창에 목숨을 잃는다.

원시천존

도교에는 태초의 지고한 존재인 홍균도조 문하에 세 제자가 있는데 첫째는 태상노군, 둘째는 원시천존, 셋째는 통천교주이다. 이 가운데 태상노군은 인도교人道教를 창시했고 원시천존은 천교闡教, 통천교주는 절교截教를 창시했다. 원시천존은 천교를 총괄하는 장교掌教로 상나라의 천수가 다하는 시기를 이용해서 신계 창설 계획을 세워 강상에게 봉신 계획을 수행하도록 한다.

육압도인

서곤륜의 한선閑仙으로 불을 만들었다는 수인씨의 제자이기도 한 그는 위기 상황에 나타나 곤륜산 12대선을 구한다. 만선진을 격파한 뒤에는 강상에게 요괴의 목을 벨 수 있는 비도飛刀를 건네주고 떠난다.

절교 4대선

금령성모, 귀령성모, 다보도인, 무당성모. 절교의 제자들로 통천교주를 도와 강상의 군대를 막지만 주선진의 전투에서 금령성모는 연등도인의 정해주에 목숨을 잃고, 거북이 수련하여 신선이 된 귀령성모는 접인도인에게 패하여 본색이 드러난 채 거둬들여져 서방으로 가게 된다. 다보도인은 노자의 풍화포단에 사로잡혔다가 서방으로 가서 수행하게 되고, 무당성모는 만선진의 전투에서 전세가 불리해지자 도망치는데 이후 종적을 알 수 없다.

정륜

도액진인의 제자로 기주후 소호가 주나라에 귀의하자 주왕에 대한 신하의 도리를 지키다가 끝내 소호의 설득에 주나라로 귀순한다. 스승으로부터 콧구멍으로 기운을 내뿜어 사람의 혼백을 빨아들이는 비법을 전수받아 '홍 장군[哼將]'이라는 별명으로 불린다. 그러나 맹진의 전투에서 득도한 소의 정령인 김대승에게 목숨을 잃고 만다.

진기

청룡관에서 양곡 조달을 담당한 독량관으로 입에서 사람의 혼백을 흩어지게 만드는 노란 연기를 내뿜어 등구공과 황비호 부자를 사로잡는 등 공을 세우기 때문에 '호 장군[哈將]'이라는 별명으로 불린다. 그러나 청룡관의 전투에서 나타의 건곤권에 팔을 다치고 황비호가 내지른 창에 목숨을 잃는다.

태상노군

천교의 대장로로 인간계에서 노자로 알려진 그는 신계 창설 계획에 적극적으로 가담하지는 않지만 절교가 천교에 정면으로 대항하자 하계로 내려온다.

통천교주

절교의 최고 선인으로 곤륜산에서 수행하는 천교의 태상노군, 원시천존과 달리 금오도 벽유궁에서 수행한다. 신계 창설 계획에 절교도가 궤멸될 음모가 숨겨져 있다고 보고 격분하여 천교를 공격할 것을 명령한다.

통천교주의 벽유궁 제자

규수선, 오운선, 금광선, 영아선. 절교의 제자들로 만선진에서 통천교
주를 도와 강상의 군대를 막지만 규수선은 태극진에서 문수광법천존
에게 제압되어 푸른 털의 사자라는 본색이 드러나 문수광법천존의 탈
것이 되고, 오운선은 준제도인의 제자 수화동자의 대나무에 낚여 황금
수염이 난 자라의 본색이 드러나 서방 팔덕지로 가게 된다. 금광선은
사상진에서 자항도인에게 제압되어 금빛 털의 산개라는 본색이 드러
나 자항도인의 탈것이 되며, 영아선은 양의진에서 보현진인에 의해 제
압되어 하얀 코끼리라는 본색이 드러나 보현진인의 탈것이 된다.

화령성모

구명산에서 수련한 절교의 신선으로 제자인 호뢰가 홍금에게 죽자 복
수를 하기 위해 가몽관에 와서 화룡병을 이용해 강상의 군대를 막는
다. 강상을 죽음 직전까지 몰아세운 그녀는 광성자의 번천인에 목숨을
잃는다.

1판 1쇄 인쇄	2016년 8월 19일
1판 1쇄 발행	2016년 8월 29일
지은이	허중림
옮긴이	홍상훈
펴낸이	임양묵
펴낸곳	솔출판사
기획편집	홍지은, 임정림
교정교열	임홍열
편집디자인	오주희
마케팅	김지윤
제작관리	김윤혜, 김영주
주소	서울시 마포구 서교동 342-8
전화	02-332-1526~8
팩시밀리	02-332-1529
홈페이지	www.solbook.co.kr
이메일	solbook@solbook.co.kr
출판등록	1990년 9월 15일 제10-420호

ISBN   979-11-6020-000-3 04820
             979-11-86634-94-3 (세트)

• 이 도서의 국립중앙도서관 출판예정도서목록(CIP)은 서지정보유통지원시스템
　홈페이지(http://seoji.nl.go.kr)와 국가자료공동목록시스템(http://www.nl.go.kr/kolisnet)에서
　이용하실 수 있습니다. (CIP제어번호:CIP016015455)
• 잘못된 책은 구입한 곳에서 바꿔드립니다.
• 책값은 뒤표지에 표시되어 있습니다.